AF392879

TEATRO

Koldo Campos Sagaseta de Ilurdoz

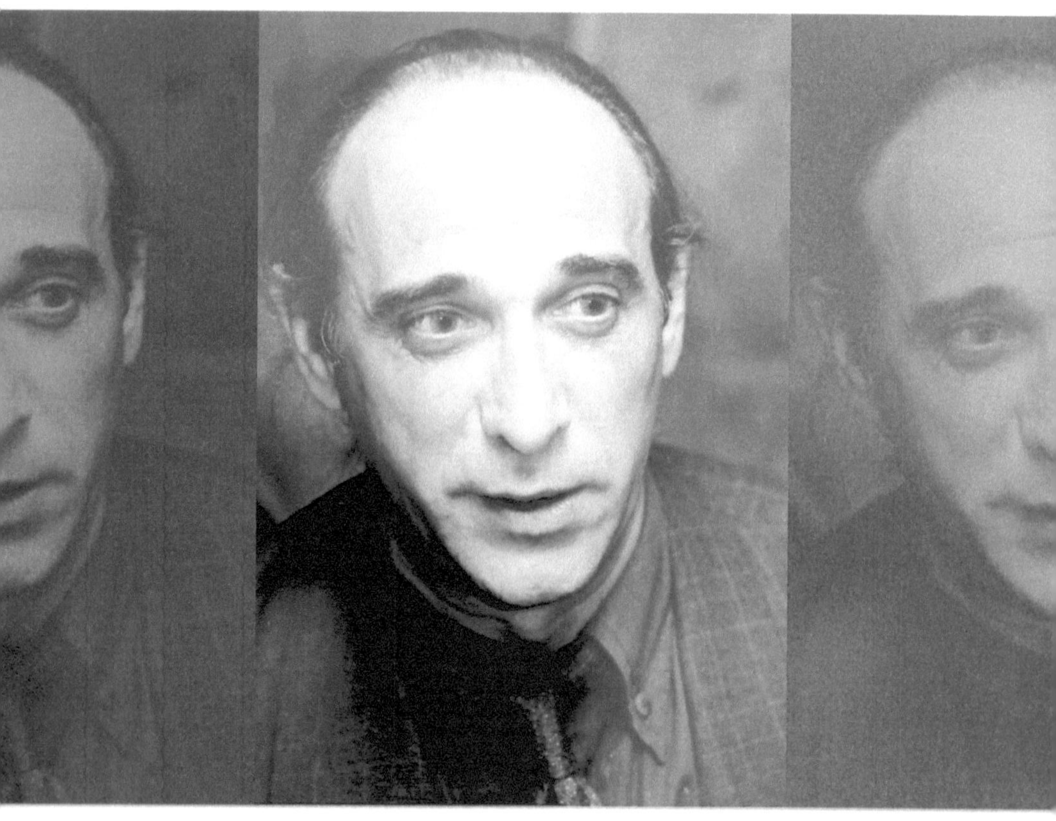

Koldo Campos Sagaseta de Ilurdoz

TEATRO

Santo Domingo, República Dominicana
2020

Título: *TEATRO*
© 2020, Koldo Campos Sagaseta de Ilurdoz
koldocs@hotmail.com

Gestora de difusión literaria

Diagramación:
Eric Simó / Zéjel Media Group

Caricatura de cubierta:
José Mercader

Foto del autor:
Manuel Gómez

Impresión:
Soto Castillo Impresores S.R.L.

ISBN: 978-9945-09-592-0

Nota del autor:
Resido en Azkoitia, Gipuzkoa, (País Vasco) y respondo al teléfono 669223873.
También contesto mensajes en cualquiera de estas dos direcciones electrónicas:
koldocs@hotmail.com
urrategi@hotmail.com

Impreso en Santo Domingo, República Dominicana
Printed in Santo Domingo, Dominican Republic

*A Micky Montilla, mi «pana full de long time»,
mi dama, mi serpiente.*

*A todas las maravillosas obras de teatro que, a falta de un editor
generoso y perspicaz, velan su sueño perdidas dentro de viejas
carpetas y en el estante más alto del olvido.*

Índice

Prólogo

Irene Campos Fernández

No sé cómo se hace un prólogo. Nunca había hecho ninguno y he dudado de si estaría a la altura de la tarea, sobre todo, tratándose de un libro de mi padre. Nunca pensé que me fuera a poner en semejante aprieto.

Ya me advirtió que no tengo permiso para críticas destructivas. Es una lástima porque, en general, es lo que mejor se me da, aunque, si he de ser honesta, confieso que para él no tendría ninguna. Y que conste que no porque sea mi padre dejaría de ponerlo en evidencia si fuera el caso, como tampoco pienso prodigarme en flores. Al fin y al cabo, también eso lo aprendí de él.

Así que, heme aquí sin ideas novedosas ni frases rebuscadas que puedan atraer a miles de lectores ni hacer del presente el *best seller* del año. Tengo noticias para ti, pa, seguramente no lo será. No tiene nada que ver con la calidad del libro, es simplemente equilibrio cósmico.

De hecho, confieso con toda la desfachatez que me caracteriza y de la que me enorgullezco (para bien o para mal), que ni siquiera he leído por completo el libro, y que cuando me dispuse a ello, por mero respeto a mantener una mínima coherencia con mi nueva tarea de prologuista, me di cuenta de que, sin leerlo, ya lo había leído.

Repasaba cada artículo rápidamente, una ojeada y, con solo un par de oraciones, ya sabía de qué trataba. No se confundan, no estoy queriendo decir que sea predecible, aburrido o superfluo. Lo sabía, porque conozco las ideas de mi padre. Sé cuáles son sus luchas más acérrimas, lo que pregona y practica (en este caso afortunadamente coinciden). Sé lo que repite hasta el cansancio (el ajeno y el propio y el mío) con la esperanza de que alguna vez su clamor se haga escuchar (todavía no). He sido testigo de su constante revolución personal e intelectual contra las injusticias y desigualdades del mundo político y del literario y quizás por eso las opiniones que me puedan merecer sus escritos son las mismas que profeso hacia su persona, pues una pluma no hace más que transcribir un pensamiento. O al menos así debería ser.

Mis ideas se han nutrido de las suyas, son las propias de una hija que ha crecido en un mundo confuso e incongruente, donde no aplica la lógica (ni el karma), y aparentemente tampoco la intervención divina.

Admiro a mi padre, insisto, no por ser mi padre (que también tiene sus méritos), sino por esas convicciones y esas ideas, construidas a lo largo de los años sobre experiencias y argumentos tan sólidos como la historia que los sustenta. Admiro su pensar y su sentir, donde confluyen siempre como en una enorme olla de caldo, la indignación por la desgracia ajena y la condena a sus perpetradores.

Que le he heredado el talento, dicen algunos. Eso quisiera pensar, un talento siempre por pulir, algo desmejorado, descuidado y a veces olvidado, que espero no acabe por claudicar ante mi indiferencia y negligente trato, pero más que el talento de escribir, quiero heredar lo inquebrantable, la firmeza de esas ideas que no tienen bandera, sino todas las del mundo; abogadas del pueblo, justicieras; las voces de los mudos y de los enmudecidos, profetas del honor y la ética, pregoneras de verdades.

Así va él, en este y otros libros, repartiendo homenajes y bofetadas, sin distinciones ni favoritismos. Porque puede. Y puede solo quien tiene honor. El honor de una pluma que no se vende, ni se venderá jamás.

Nota del autor:

Alguien dijo una vez al respecto de las luchas sociales que cuando teníamos las respuestas nos cambiaron las preguntas. Y algo así ha pasado con este prólogo de mi hija Irene escrito hace tres años para un libro mío recopilatorio de mis columnas de opinión.

Cuando mi hija tenía el prólogo el padre le cambió el libro, pero en fin, espero que ella me lo perdone y que los lectores lo comprendan.

Nota del editor:

Este prólogo prologa bien, no se prolonga ni prorroga la lectura; habla del autor y su cordura; que venga de otro libro a visitarnos, ¡genial!, primer prólogo que se muda. ¡Bienvenido, prólogo de *Cronopiando*!, esta es tu casa, puedes acomodarte.

¡Hágase la mujer!

Farsa en un solo acto que, en clave de humor, desnuda la creación de la mujer y a los dos guionistas a cargo del libreto.

Personajes:

Dios

Ángel-serpiente

Hombre

Mujer

Presentador de TV- 1

Presentador de TV- 2

DIOS. ¡Hágase la música!

Y solemne la música obedece a su creador.

DIOS. ¡Ábrase el telón!

Se abre el telón. El escenario permanece a oscuras.

DIOS. ¡Hágase la luz!

Se ilumina el escenario. Un escritorio al centro, una mecedora a la derecha y un pequeño sofá a la izquierda. Cerca del escritorio un colgador. En un extremo del proscenio un púlpito con ruedas.

Tras el escritorio, Dios, cómodamente recostado, parece absorto en la lectura de un periódico. Su rostro permanece oculto tras las páginas. Sobre la mesa se acumulan expedientes, carpetas, planos, reglas, un teléfono, un portarretratos con la foto de Dios, una varita mágica, una canasta con un ovillo de lana y agujas de coser, servilletas, vasos plásticos y restos de pizza.

Suspendido en el aire cuelga el triángulo divino con el habitual ojo de Dios en el centro. Más arriba un lema: "El Paraíso C por A" Se oyen unos golpes. Alguien llama a la puerta. Dios responde sin apartar sus ojos del periódico ni descubrirse al público.

DIOS. ¡Ábrase la puerta!

La puerta se abre y entra el ángel-serpiente, una especie de asistente que el divino tiene en la oficina. Viste un extraño traje de color verde. De andar ligero y amanerado, lleva una caja envuelta en papeles de brillantes colores con la que cruza la oficina al ritmo de un cadencioso son. Parece encontrarse de muy buen humor.

ÁNGEL-SERPIENTE. ¿Cómo le amaneció hoy a mi señor y dueño? Como os lo aseguré vuestra aura ya está lista. Vos no me creíais... "cómo va a ser que en tres días, pues hombre, y como están las cosas en esta época del año..." (*Imitando el acento y la voz divina*) ...pero es que La Celestial tiene al servicio de su distinguida clientela la más variada gama de destellos multicolores y a precios verdaderamente milagrosos. ¡Vístase de gloria... en la Celestial!

Cuando repara en que Dios, entretenido con la lectura, no le atiende, cambia de tono y de expresión.

AS. ¿No estaréis enojado conmigo? ¿Es por eso que no me habláis? Seguro que ya os ha ido el hombre con el cuento... ¿verdad?, pero vuestra merced sabe que son infundios, esos de que yo cobro comisión de La Celestial. Si todas las compras las encargo en La Celestial es porque La Celestial ofrece calidad y al menor precio. ¿Cómo iba yo a aceptar poner en duda mi honor, arrojar por la borda mi prestigio, traicionar vuestra confianza...? ¿Cómo iba a permitir que fuera mi dignidad impelida al fango nauseabundo de la corrupción y el peculado? ¡Y todo por 145 euros con 75 centavos! ¡Pongo a Dios por testigo...!

El ángel-serpiente interrumpe su acto de fe al advertir que Dios reacciona y salta distraídamente por encima de la mesa desentendiéndose del periódico. Viste su tradicional uniforme blanco.

DIOS. ¡Hoy es el gran día! ¡Todos los periódicos hablan de ello, la radio, la televisión... hasta los mudos hablan de ello! ¡El mundo ya es una realidad a la espera de ser inaugurada y la espera va a concluir dentro de breves horas! Tanto tiempo esperando este momento, el sublime instante en que las manecillas de la Historia pongan en marcha la gloriosa singladura del hombre por la vida y quede inaugurado el paraíso... el más bello sueño que he tenido.

Por fin, Dios repara en su asistente y a su triunfal proclama agrega un tono de preocupación.

DIOS. ¡Ah... estabas ahí! ¿Cómo va todo, se sigue trabajando en los preparativos?

AS. ¡Oh sí, mi señor! Es increíble la constante afluencia de animales. Desde primeras horas de la mañana, miles y miles de especies se han ido concentrando en los bellos jardines del Paraíso y aguardan expectantes su inauguración.

DIOS. ¿Y qué más?

AS. Bueno, que os digo, mi señor... Todas las aves, todas, sobrevuelan el Paraíso ejecutando sorprendentes cabriolas y piruetas, contribuyendo con sus vistosas evoluciones a resaltar aún más el colorido y la alegría de este magno evento próximo a comenzar.

DIOS. ¿Y qué más?

AS. Alrededor de la tribuna, miles de gallinas, perros y caballos desfilan majestuosamente ante el aplauso unánime de una multitud de bestias que no cesan de entonar hermosos cánticos de amor y esperanza a la espera del acto de apertura.

DIOS. ¿Y qué más?

AS. Y también se han dispuesto magníficos arreglos florales y se han sembrado nuevos árboles frutales y se han limpiado los arroyos cristalinos y se ha cortado el césped...

DIOS. ¿Y qué más?

AS. Y todos los animales y las plantas y este, vuestro más humilde servidor, aguardan impacientes el histórico momento en que el Paraíso quede inaugurado.

DIOS. ¿Y qué más?

Harto del interrogatorio y acorralado por las evidencias, el ángel-serpiente se declara.

AS. ¡Pues que no aparece el hombre, coño!

Cuando repara en su grave error recula buscando protección tras el sofá, dada la creciente indignación divina.

DIOS. ¿Cómo? ¿Qué no aparece el hombre? ¿Repite lo que has dicho?

El ángel-serpiente asoma su cabeza por detrás del sofá y temeroso, repite lo dicho, aunque limitándose sólo a vocalizarlo gestualmente incluyendo el coño.

DIOS. ¿Tú sabes lo que estás diciendo?

El ángel-serpiente decide dar la cara.

AS. Ya sabéis bien cómo es el hombre. Tan pronto parece satisfecho y feliz como se deprime sin razón alguna. ¡Qué animal más necio... con perdón!

Dios se acerca amenazador a su asistente.

DIOS. ¿Dónde está el hombre?

AS. No lo sé, todavía no lo sé, pero sé cómo resolver el problema.

DIOS. ¿Ah sí, tú sabes cómo se resuelve el problema?

Dios levanta por las patillas al ángel-serpiente.

DIOS. Yo te diré cómo se resuelve. ¡Encuéntralo!

Pateado en las nalgas, el ángel-serpiente rueda por el suelo. Cuando finalmente se detiene, insiste.

AS. Su divina merced, yo creo que si se prescindiera del hombre se evitarían muchos sobresaltos y disgustos y aquí, en el Paraíso, existen otras bestias tan inteligentes como el hombre y mucho más razonables. Por cierto, yo mismo, aquí donde me veis...

DIOS. ¡Cállate! No quiero volverte a oír repetir esa tontería. El hombre es mi obra maestra, la obra más perfecta que he creado. ¿Es que no vas a acabar de entenderlo nunca? Ningún ser, ni animal ni vegetal, tiene la capacidad de discernimiento que tiene el hombre. Yo he creado la rosa, por ejemplo. De un antiguo recuerdo y un secreto de luces y guirnaldas hice crecer la gracia por un beso de pétalos y lunas para que la rosa existiera. Y el hombre construyó... ¡floreros para las rosas! Yo he creado la alondra, con un soplo de aliento y un corazón de flautas y campanas puse a latir un verso en un pañuelo de círculos y plumas para que la alondra existiera. Y el hombre construyó... ¡jaulas para las alondras! ¡Qué talento, qué imaginación, qué derroche de ingenio!

A media voz murmura el ángel-serpiente.

AS. Nos ha jodido el poeta.

DIOS. El hombre es el más acabado mecanismo que he puesto a funcionar y será él y no otra bestia quién herede la tierra. Y ya vale de discursos. Si deseas conservar tu cargo te quiero de vuelta antes de treinta minutos y si no vuelves con el hombre no te tomes la molestia de regresar.

AS. Inmediatamente. Vuestros deseos son mis fundamentos.

DIOS. ¿Pero a qué estás esperando? ¡Vamos, muévete rápido, rápido!

Antes de retirarse el ángel-serpiente se desahoga con el público.

AS. Quién lo entiende, primero me hace serpiente y ahora pide velocidad. Lo que hay que aguantar en este maldito Paraíso.

A solas, Dios pasea su decepción por la oficina.

DIOS. Siete días con sus noches trabajando sin descansar en la creación del mundo y hoy que se inaugura el Paraíso... el hombre no aparece. ¿En dónde se habrá metido?

De improviso, como si se percatara de alguna contradicción, reflexiona frente al público.

DIOS. Sí, ya sé que soy Dios y Dios todo lo sabe, pero una cosa es que sea Dios y otra que tenga que estar dando facilidades. En fin, ojalá que los del informativo de televisión ya tengan noticias sobre el caso. ¡Préndase el televisor!

Bajo una luz cenital, en un extremo del escenario, aparecen dos presentadores.

PRESENTADOR 1. Muy buenas noches. En los próximos minutos estaremos informándoles de las últimas noticias llegadas a nuestra redacción de Tele-Cosmos...

PRESENTADOR 2. ¡Psssst... usted... sí, sí, usted! ¿Qué pretende hacer? ¿Es que quiere ahorcarse? Sí, ya sé que no le van bien las cosas, pero antes de ahorcarse reflexione, no se precipite. Uno sólo se ahorca una vez en la vida. Use una soga de calidad y garantía. ¡Sogas La Celestial... su último deseo!

PRESENTADOR 1. Expulsan condenado del Infierno por apagar las llamas.

PRESENTADOR 2. ¿Se va a casar? ¿Necesita un fotógrafo? Estudio Fotográfico La Celestial... ¡No le aseguramos la felicidad, pero le fotografiamos el intento!

PRESENTADOR 1. La elegancia tiene un nombre. ¡La Celestial! ¡Quítese la hoja y vista como Dios manda! ¡Pague hoy e hipotéquese mañana!

PRESENTADOR 2. Y hasta aquí el avance de las principales noticias llegadas a nuestra redacción.

PRESENTADOR 1. Una vez finalice el capítulo 1492 de "Llámame a la Magdalena", retransmitiremos en directo por cortesía de La Celestial el solemne acto de apertura del Paraíso. Para toda la teleaudiencia de Tele-Cosmos, el canal divino, reportó...

El ángel-serpiente irrumpe en escena y con disimulo pasa una nota de prensa y algunos billetes a uno de los locutores.

PRESENTADOR 1. ¡Última hora, última hora! Continúan los rumores en el Paraíso en torno a la posible suspensión del acto de apertura. Se cree que la medida podría estar relacionada con la sorprendente desaparición del hombre ya que, como se sabe y se especula, existen fuertes desavenencias entre Dios y su supuesta obra maestra cuya inmoralidad y haraganería parece haber agotado la paciencia de Dios...

Dios interrumpe indignado a los presentadores.

DIOS. ¡Pero qué están diciendo... fuera, fuera de aquí!¡Los voy a cancelar!

Ya a solas, vuelve la desazón a Dios que se pone una estola y entra en el púlpito.

DIOS. Queridos hermanos. He cuidado hasta el mínimo detalle. Nada entre lo creado es producto del azar. Todas las cosas, antes de que existieran, fueron planificadas y corregidas con tanta meticulosidad y tan repetidamente, que todavía no me explico que sólo me tardara una semana. Y ni una mota de polvo ha quedado fuera de su sitio. ¿Alguien ha visto acaso un reptil que vuele o un ave que se arrastre? Todos los burros, no importa su color, su raza o su ideología, tienen cuatro patas. No hubo ninguno que me saliera con tres o con cinco o sin ninguna. A todos los puercos les encanta el fango y enlodarse ¿y alguien sabe de un puerco que se afeite antes de salir? Todas las ratas las hice repugnantes, asquerosas y las puse a vivir en las cloacas ¿y alguien ha visto una rata embelleciéndose delante de un espejo?

Dios sale del púlpito cabizbajo, sumamente deprimido y deambula por el escenario.

DIOS. Tanto trabajo, tantas noches en vela, problemas, retrasos, sacrificios, para que todo resultara perfecto y hoy que se inaugura el Paraíso... el hombre no aparece. Más de 400 invitados entre dioses, profetas y bestias... tres meses preparando el batón ballet del paraíso, exposiciones, conferencias, ruedas de prensa...

Dios abandona el Paraíso sumido en una profunda depresión a la vez que irrumpe en el patio de butacas el ángel-serpiente.

AS. Como si uno no tuviera otra cosa que hacer que pasarse el día buscando a ese sinvergüenza, pero así es que se me agradece mi dedicación al trabajo, mi entrega, mi sacrificio. ¡Hombre! ¡Aparece ya, carajo! ¡Churriento, gilipollas, pila de mierda!

Finalmente, con ayuda del olfato, lo encuentra tratando de pasar desapercibido entre el público. El hombre dispone como único atuendo de una hoja de parra, convenientemente ancha. A latigazos, el asistente de Dios lo empuja hasta el escenario. Cuando más grave se torna para el hombre la situación hace su entrada Dios. Al ver al hombre lloroso se apresura a consolarlo. El ángel-serpiente, ya con el látigo levantado y a punto de dejarlo caer sobre el hombre, disimula saltando a la comba con ayuda del propio látigo.

DIOS. ¡Gracias a Dios que llegaste! ¿Y qué pasó hijo mío, por qué te ocultas a mis ojos? ¡Vamos, no temas, sé que hay algo que te atormenta! No hace falta ser Dios para darse cuenta. ¿Por qué no eres feliz? Precisamente hoy que se inaugura el Paraíso, hoy que es un día de gloria, de júbilo, de clamor... ¿Tú no puedes estar triste? ¿O sí?

Tras confirmar Dios sus peores augurios, decide tomar la iniciativa.

DIOS. ¡Toma mis manos, hijo mío, toma mis manos y siente el poder de Dios! ¡Que no silencie tu corazón la pena que te aflige!

El ángel-serpiente, de pie sobre el sofá, colabora entusiasmado.

AS. ¡Aleluya, aleluya, loado sea el señor y toda su corte celestial! ¡Aleluya, aleluya, Jehová es mi pastor!

Dios lo interrumpe secamente.

DIOS. ¿Qué haces ahí todavía? ¡Fuera, fuera, retírate!

AS. Inmediatamente, vuestros deseos son órdenes para mí.

*El ángel-serpiente se retira y quedan a solas Dios y el hombre
que comienza a llorar con más fuerza, como un bebé que recla-
mara la atención de su padre.*

DIOS. ¿No habrás comido del fruto prohibido?

*El hombre interrumpe repentinamente su llanto para negar tal
posibilidad.*

HOMBRE. No, todavía no.

DIOS. ¡Ah, ya sé lo que te pasa! ¿Es porque no te he dado alas...
verdad? Pero eso no es un problema, eso lo resuelvo inmediatamente.

*Dios toma el teléfono y se comunica con el Departamento de
Aderezos Aéreos. Cuando el hombre advierte lo desencami-
nado que anda su creador, apela a llorar de nuevo con más
fuerza. Dios entiende que debe existir otra razón que explique
el desconsuelo humano y cuelga el teléfono.*

DIOS. ¿Quieres tener más brazos? ¿Tal vez otra cabeza? Todavía
estamos a tiempo de introducir cualquier arreglo, pero es necesario que confíes en mí, sólo tienes que pedir lo que desees.

HOMBRE. Señor, los puercos no están dispuestos a limpiar el suelo ni a fregar los platos. El caballo dice que no puede barrer.
Las cabras no son las más indicadas para lavar, ninguna gallina
sabe cocinar y las vacas se niegan a ordeñarse solas. Las mari-
posas, aún cuando son muy bellas, no son costureras y, si bien
es cierto que nada supera a la rosa en fragancia y armonía, las
rosas no cortan leña, ni desgranan mazorcas, ni despiojan. Yo
mismo, con todo y ser tu obra maestra, siendo el más inteligente, no puedo, sin embargo, engendrar otra vida...

DIOS. ¿Has hablado ya de todo esto con el ángel-serpiente?

HOMBRE. El ángel-serpiente se niega a entrar en razón. Dice que
él no es bacinilla de nadie.

DIOS. ¡A ese yo lo voy a arreglar de una vez por todas! Y en cuanto
al resto de las bestias, me van a oír. Los puercos limpiarán, los

caballos barrerán, los chivos aprenderán lo que haga falta y tú, si así lo deseas, parirás tu propia descendencia.

Lejos de animarse ante tan gratas perspectivas el hombre prorrumpe de nuevo en sollozos. Dios, hastiado con la situación, reacciona agresivamente.

DIOS. ¿Y qué pasa ahora? ¿No te estoy asegurando que el problema va a resolverse? Ya no solloces más, por favor, cálmate ya. ¡Maldita sea! Todo lo he creado pensando en ti. Tienes agua, comida, cobijo, eres inteligente, decidido, fuerte, te he asegurado el respeto y la sumisión de las restantes bestias hasta el punto de que ninguna se puede comparar contigo... ¿Qué más quieres?

También el hombre parece cansarse de la discusión y decide ir al grano.

HOMBRE. ¡Lo que quiero es no perder miserablemente el tiempo todo el día metido en el Paraíso! A estas alturas, las bestias han formado sindicatos y cualquier acción que pretendas contra ellas sólo servirá para empeorar más mi situación y yo, hasta el momento, no hago otra cosa que joderme la existencia trabajando para que esas bestias se alimenten, descansen, disfruten y encima se burlen de mí. ¿Qué puedo hacer con la imaginación, barrer el piso? ¿Qué puedo hacer con la inteligencia, regar las plantas? ¿De qué sirve la calle desde la ventana? ¿Hallaré la fuente inagotable de la sabiduría... en la despensa?

El ángel-serpiente entra en la oficina interrumpiendo las quejas del hombre.

AS. Con permiso. Los animales se están yendo. He tratado de hacer valer mis influencias, pero mis denodados esfuerzos por evitarlo me temo que no han dado el fruto apetecido. Se están yendo todos, todos, todos. Bueno, sólo faltan por abandonar el Paraíso algunas tortugas y caracoles por razones obvias.

DIOS. No importa. Anuncia por los altavoces que la inauguración ha quedado suspendida indefinidamente...y ahora retírate.

AS. ¿Me llevo también al hombre?

DIOS. ¡He dicho que te retires, que te retires...!

Molesto por el tono divino, el ángel-serpiente se dirige hacia la puerta, pero antes de salir y al observar a Dios de espaldas, obsequia al hombre unos cuantos procaces gestos que no pasan, para su desgracia, desapercibidos al creador.

DIOS. Ya estás otra vez de mañoso... Como te vuelva a sorprender en esas licenciosas procacidades te voy a condenar a arrastrarte el resto de tu existencia. ¡Serpiente mal nacida!

AS. Y qué se creerá este que vengo haciendo, sino arrastrarme, arrastrarme y arrastrarme...

Desconcertado, Dios vuelve a pasear su frustración por la oficina mientras el hombre se mantiene a la expectativa.

DIOS. Voy a hablar seriamente con el ángel-serpiente porque nadie mejor que él para poner orden entre las bestias.

HOMBRE. Sería inútil. El ángel-serpiente es tan corrupto que ni siquiera se puede confiar en que te traicione.

DIOS. Pues es preciso resolver este problema cuanto antes, ya no podemos prolongar más esta situación.

De improviso Dios interrumpe sus cavilaciones. Algo parece habérsele ocurrido y alborozado se vuelve hacia el hombre.

DIOS. Claro, ya está.

El Creador se hace sitio en su mesa de trabajo, toma papel y lápiz y propone mientras diseña.

DIOS. ¿Qué te parece si te invento la escoba?

El hombre no parece entusiasmarse con la idea y reinicia sus gimoteos.

DIOS. ¿No decías que los caballos se negaban a barrer? Pues con la escoba les será más cómodo. También podría inventarte la lavadora, la secadora, el lavaplatos...

HOMBRE. No se trata sólo de eso. Y además ¿qué podría hacer yo con el lavaplatos... por las noches?

DIOS. Puedes lavar platos si así lo deseas. ¿Cuál es el problema?

HOMBRE. No sólo de lavar platos vive el hombre. Me gustaría ocupar la noche y, sobre todo, la cama, en otros quehaceres más sensuales que lavar platos, en otras ocupaciones más... ¿Tú me entiendes?

Dios no lo entiende.

DIOS. ¿Vas a acabar de decirme lo que te pasa?

HOMBRE. Me siento solo.

DIOS. ¿Solo? ¿Aquí, en el Paraíso?

Dios busca en el público apoyo a su perplejidad.

DIOS. Miles de especies de dos y cuatro y cien patas incluso. Tenemos ladridos, maullidos, relinchos, rebuznos, especies con plumas, especies con escamas, animales con cuernos y sin cuernos, con pico y sin pico, con rabo y sin rabo... bestias de todos los colores y tamaños. Domésticos, salvajes, más rápidos, más lentos; especies para río, para selva, para pantano, para montaña... Cuando ya no quedan en el Paraíso una piedra, una hoja o una nube que no la ocupe algún insecto o ave... este jodido sale con que se siente solo.

HOMBRE. Solo sí... solo en una cama demasiado ancha como para que duerma solo, sin nadie que me reconforte por la dura jornada, sin una expresión de cariño que endulce mi soledad, sin ternura a media noche, sin una simple caricia que me levante el ánimo, solo... solo... solo... ¡Sin nadie a quien joder!

Dios parece ir comprendiendo la verdadera dimensión del problema humano. El ángel-serpiente reaparece de nuevo.

AS. Perdón si interrumpo, pero pasaba por ahí y no pude evitar oír toda la conversación. Creo que tengo la solución al problema humano.

El secretario de Dios se pavonea de puntillas ante el temor del hombre.

HOMBRE. No lo dejes hablar, haz que se vaya.

AS. Yes, my darling, sería una lástima que tan oportunas sugerencias se echaran a perder, pero ya que insisten... Total, de mejores paraísos me han echado.

Cuando el ángel-serpiente estaba a punto de perderse por la puerta Dios lo reclama.

DIOS. ¡Espera, yo no he dicho que te retires todavía!

HOMBRE. Pero señor, nada de lo que diga puede ser sensato.

DIOS. Ya no tenemos a dónde recurrir y, además, ¿qué perdemos con oírle? Siempre estaremos a tiempo de mandarlo callar.

Desafiante, Dios se dirige al ángel-serpiente.

DIOS. Si tienes algo que decir, ahora es el momento.

Con aires de suficiencia, el ángel-serpiente ocupa el púlpito consciente de la atención que ha suscitado su intervención.

AS. Distinguido auditorio... he estado cavilando todo lo que concierne a tan enojoso conflicto de intereses y luego de recopilar, organizar y analizar el marasmo de datos de que disponemos, un enfoque objetivo del enfoque en estudio, en el presente marco conceptual, nos remitiría a aceptar que dados los retos que la globalización nos impone a las puertas de un nuevo milenio y considerando la presente coyuntura contrastada en sus distintos niveles, niveles por cierto de desarrollo desigual y alterno...

Impaciente Dios por la perorata de su asistente se aproxima a este amenazador. Al advertirlo, el ángel-serpiente da por terminado su discurso con la simple y apresurada exposición de su propuesta.

AS. ...que el hombre necesita a su lado una compañera.

La propuesta conmociona a todos. Consciente de ello, el ángel-serpiente abandona el púlpito y vuelve a la carga.

AS. Propongo que, en tanto en cuanto la cuestión se limite a averiguar el nombre de la bestia que será agraciada con tan alto honor, el hombre escoja una bestia provisional con la que holgar y refocilarse, que no sea yo, y que al mismo tiempo le sea concedida la gracia de procrear su propia descendencia... He dicho.

HOMBRE. ¡Me niego, me niego! Esa propuesta es inaceptable. Ya sabía yo que saldría con eso.

Dios que parecía dar crédito a la propuesta, observa extrañado al hombre.

DIOS. Pero hombre... ¿Y qué es lo que no te agrada de la propuesta? Entre todas las bestias del Paraíso alguna habrá que se acomode a tu cintura y tú mismo me sugerías hace un momento la posibilidad de parir y multiplicar tu descendencia...

El ángel-serpiente aprovecha la oportunidad para desacreditar a un hombre cada vez más desconcertado.

AS. ¡Si es que nada le satisface lo bastante...él es realmente el problema, él es el problema...!

El hombre sale de su aturdimiento e improvisa una nueva estrategia.

HOMBRE. ¡Oh mi Dios y creador, padre misericordioso...! ¿Le harás más caso a este pérfido y viscoso reptil que a tu obra maestra? Lo que el ángel-serpiente propone hace ya tiempo que lo intenté.

La noticia provoca la consternación de todos. El ángel-serpiente se santigua, retirándose hacia el sofá. Dios también sienta su desolación en el otro extremo. Toma una canastilla con un ovillo de lana, unas agujas y un jersey a medio hacer y, consternado, contiene el llanto. El hombre, se confiesa.

HOMBRE. Cuando todos dormían yo me levantaba a escondidas de mi desierto lecho y buscaba entre las sombras alguna amable y dulce compañía con quien compartir la soledad de la noche...

Al tiempo que el hombre, látigo en mano, se flagela las espaldas en penitencia por sus pecados, el ángel-serpiente trata de contribuir al descrédito del hombre.

AS. No te esfuerces, no te esfuerces, que ya sabemos por dónde vas. ¿Seguro que eran noches de plenilunio, verdad?

HOMBRE. ¿Cómo lo sabes?

AS. ¡Su obra maestra... valiente porquería! Y flagélate bien si vas a hacerlo. ¿Me dejas que lo haga yo?

DIOS. Dejar ya de discutir. ¿Y qué pasó mi hijo, qué pasó?

HOMBRE. Visité gallineros, establos, pocilgas...

El hombre insiste en flagelarse mientras, avergonzado, detalla su agitada vida nocturna en el Paraíso.

HOMBRE. No hubo corral al que no entrara ni porqueriza que yo no conociera. Me asomé a nidos, sorprendí aves y becerras, escudriñé cuevas y madrigueras... pero todo fue inútil.

AS. ¡Ahora me explico por qué era que no ponía la gallina!

El hombre arroja con furia el látigo sobre el ángel-serpiente y, ya mucho más calmado, se acerca a su padre.

HOMBRE. En todo el Paraíso no hay bestia que sea tan dócil como para aceptar mis requerimientos amorosos siempre que yo lo desee. Ninguna bestia tan sumisa y obediente que se conforme y dedique su existencia a procurarme placer. Ninguna bestia tan complaciente y servicial que me lave los pies si regreso cansado, me alimente si vuelvo con hambre o me planche la hoja si voy a salir. Ninguna bestia tan paciente y generosa que vea por mis ojos, oiga por mis oídos y que trabaje por sus brazos. Ninguna bestia que me cuide y atienda si regreso borracho a media noche...

El hombre, persuasivo, tras la mecedora en que Dios descansa, masajea sus sienes.

HOMBRE. Y en cuanto a la posibilidad de que yo pariera... ¿no habría otra forma de resolverlo? porque eso sí que constituiría un problema. Tendrías que dotarme de vagina, de útero, de senos, de placenta y debes estar muy fatigado. Demasiadas emociones para un solo día, siéntate y relájate, has creado excesivamente y ahora es necesario que descanses...

AS. ¡Corrupto, embaucador, pero ya verás cuando maduren las manzanas!

HOMBRE. Yo también he estado pensando, he estado dándole vueltas al problema y por primera vez y sin que sirva de precedente, coincido con el ángel-serpiente. Realmente necesito a mi lado una compañera pero una compañera que no está en el Paraíso y que no puede ser tampoco cualquier compañera. Necesito conmigo alguien especial...

DIOS. ¿Alguien igual a ti?

HOMBRE. No necesariamente igual, qué te digo. Tendrían que establecerse ciertas diferencias que faciliten la futura convivencia... ¿Tú me entiendes? Su voz, por ejemplo, deberá ser suave y melodiosa, casi musical...

DIOS. Pero sin que resulte monótona.

HOMBRE. De timbre delicado y fino, casi angelical...

DIOS. Pero sin que parezca ridículo.

HOMBRE. Una voz sensual, erótica, casi voluptuosa, incluso lúbrica, libidinosa, lasciva...

DIOS. ¡Pero sin que sea pornográfica!

HOMBRE. No, claro que no. ¿Qué te hace pensar eso? Además, esa voz sería sólo para hablar conmigo.

DIOS. Tú lo que quieres es una ventrílocua.

HOMBRE. Cuando camine, se moverá con gracia, con garbo, que más que andar, desfile. Lo que yo necesito es un ser de carne y hueso.

DIOS. Con más carne que hueso.

HOMBRE. Alguien a mi imagen y semejanza.

DIOS. A tu imagen y semejanza... pues no sé si me acordaré.

Dios reflexiona. Evidentemente está tratando de acordarse.

DIOS. Pero habrá de ser fuerte, tan fuerte como tú lo eres porque sólo si es fuerte podrá desempeñar tantos oficios.

HOMBRE. Sí, pero le haremos creer que es delicada como pétalo de rosa para que ignore su fuerza.

DIOS. Y también deberá ser valiente, decidida, porque hace falta valor para cargar tan pesado.

HOMBRE. Valor y espaldas, pero sería bueno que se creyera temerosa como cordero para que ignore su poder.

DIOS. Y también habrá de ser inteligente, porque sólo si es inteligente podrá servirte a tiempo y con eficiencia.

HOMBRE. Sí, pero le haremos creer que es torpe como gallina para que ignore su razón.

El hombre y Dios se van entusiasmando con la idea.

HOMBRE. Lo que yo necesito es alguien con quien poder justificar mis errores y a quien poder culpar de mis fracasos.

DIOS. Alguien un poco masoquista.

HOMBRE. Alguien que se ocupe y resuelva todos los problemas de la casa, que me ayude en el trabajo y me procure placer y engendre mi descendencia... Lo que yo necesito es una... una... una...

El hombre, que todavía confía en que Dios interprete el nombre de la bestia que quiere por compañera, dibuja en el aire sugerentes curvas en la esperanza de que sea el creador quien le ponga el nombre a su necesidad.

DIOS. Una... una...

HOMBRE. Una... una...

DIOS. ...una... una pelota.

HOMBRE. ¡Una mujer, coño, una mujer!

Dios reacciona finalmente.

DIOS. Sí, eso es, una mujer...ya me parecía a mí que era una mujer lo que te hacía falta... pero si te lo iba a proponer... esta memoria mía...

HOMBRE. Pero pongamos manos a la obra...

DIOS. ¿Dónde la hago?

HOMBRE. Hazla en la cama.

DIOS. ¿Y si la hago en la cocina?

HOMBRE. ¡Hazla donde quieras, pero hazla!

Tras algunas dudas sobre cuál sería el lugar idóneo que lleva a Dios y a su hijo a corretear torpemente por la oficina, finalmente, Dios hace su invocación.

DIOS. ¡Hágase la mujer!

Se apaga el Paraíso y comienza a oírse un mambo. Bajo una luz cenital aparece una mujer con una manzana en la mano bailando ante los atónitos ojos de Dios y su obra maestra. Lleva puesta una camiseta y unos jeans, así como un collar de cuentas de colores. Tal vez sea Eva, pero se trata de una Eva contemporánea.

Cuando cesa la música, la mujer observa el Paraíso y sus inquilinos. El hombre no le quita los ojos de encima.

HOMBRE. ¡Diablo, mi señor...por una vez has estado afortunado! ¡Qué regalo de hembra!

Inmediatamente se acerca a la mujer, examinándola más de cerca.

HOMBRE. La verdad es que no está nada mal la criaturita, no señor, no está nada mal...

La mujer, un tanto molesta por el examen, lo hace saber irónicamente.

MUJER. Sólo me falta un lazo... ¿verdad?

HOMBRE. ¡Oh, si hasta tiene sentido del humor! ¿Tú la oíste? ¡Dios, eres un verdadero artista!

DIOS. Si es que yo cuando me pongo...

El hombre gira alrededor de la mujer, observándola con lasciva curiosidad. Ella, aunque molesta, contribuye al examen facilitando atrevidas poses. En cierto modo, está cansada, aburrida, de visitar paraísos para acabar encontrando siempre el mismo trato. En unos segundos sus expectativas de que esta vez fuera diferente no tienen mucho futuro y está empezando a saberlo. No obstante, opta por seguir el juego entre molesta y decepcionada.

DIOS. ¿Te agrada? ¿La encuentras a tu gusto? Fíjate bien si están todos los dientes. Son doce arriba, doce abajo, la lengua va en el medio. ¡Papa Dios se porta, eh!

El hombre, finalmente, pone su mano sobre un seno de la mujer, mientras comenta con admiración su estado.

HOMBRE. ¡Cómo estás mami!

La mujer corresponde al saludo con un cortés apretón de hoja que hace temblar al hombre.

MUJER. Yo muy bien... ¿y usted?

El saludo de la mujer no es del agrado del hombre que, dadas las circunstancias y sosteniéndose la maltrecha "hoja", se precipita hacia el creador.

HOMBRE. ¡Me ha agredido, señor, me ha agredido, a mí, a tu obra maestra!

DIOS. Ya te advertí los inconvenientes de hacerla a tu imagen y semejanza. Ahora no me vengas con que te ha agredido.

HOMBRE. ¿Es que te vas a quedar de brazos cruzados, sin hacer nada?

DIOS. ¿Y qué pretendes? ¿Que la salude yo también?

MUJER. Este tiene que ser el Paraíso ¿cierto? Pues yo vengo por lo del anuncio.

HOMBRE. ¿El anuncio?

DIOS. ¡Caray con la varita!

MUJER. ¿Y no era aquí que necesitaban una "compañera"?

DIOS. Sí, yo mismo hice la solicitud. Necesitamos una compañera.

MUJER. ¿Y ese sería el... compañero?

DIOS. Precisamente. Mujer te presento al hombre; hombre, te presento a la mujer.

Ante el riesgo de que se repita el saludo, el hombre retrocede un tanto alarmado.

HOMBRE. Ya...ya nos habíamos presentado.

La mujer observa al hombre más tranquila y confiada.

MUJER. ¿Y cuál sería el horario, las condiciones de trabajo, la paga, las vacaciones? ¿Y el contrato, dónde está el contrato?

HOMBRE. ¿El contrato?

Sorprendido por la demanda de la mujer, el hombre busca ayuda divina.

HOMBRE. ¿Oíste eso? ¡Pregunta por el contrato! Seguro que ya habló con el ángel-serpiente.

Casi al oído, Dios advierte al hombre.

DIOS. No me gusta nada esta mujer. Primero te vienen con el contrato, luego con el 8 de marzo, con el 25 de noviembre...

HOMBRE. ¿Qué clase de contrato, laboral o matrimonial?

MUJER. ¿Y cuál es la diferencia?

HOMBRE. Bueno... que en uno te jodes trabajando y en el otro trabajas para que te jodan.

La diferencia no es del agrado de la mujer.

MUJER. Ese contrato como que no tiene mucho futuro.

HOMBRE. Como veinte siglos tirando por lo bajo.

MUJER. Pues a mí no me convence.

HOMBRE. ¿Y qué es lo que no te convence?

MUJER. Todo, el Paraíso, el trabajo, ese viejo decrépito...

La declaración de la mujer asombra e indigna al hombre y a Dios.

HOMBRE. ¡Pero bueno...! ¿Y qué es lo que pretendes? ¿Ocupar mi puesto, ponerte en mi lugar?

DIOS. ¿Y qué es lo que pretendes? ¿Ocupar su puesto, ponerte en su lugar?

MUJER. En todo caso el mío, mi puesto.

El hombre busca la complicidad divina.

HOMBRE. Es inaudito, acaba de llegar y ya quiere su puesto.

DIOS. Bueno, en algún lugar tendremos que colocarla...

MUJER. ¿Colocarme? ¿Es que encima me van a... colocar?

HOMBRE. Podría ser aquí mismo, en la oficina.

DIOS. ¿Aquí? No sé, no sé, como que no hace juego con los muebles.

HOMBRE. Pues se pintan de nuevo. Además, ella podría recibir y atender a las bestias que nos visitan. Ya sabes cómo son, todos los días vienen con algún problema nuevo, que si me sobra un ala, que si me falta un cuerno...

MUJER. Entonces, yo voy a ir colocada aquí, en esta oficina.

HOMBRE. ¡Eso es! ¿Qué te parece?

La mujer, consciente de que ni Dios ni el hombre la oyen, mucho menos la entienden, se confía al público.

MUJER. ¡Otra vez con la misma historia! ¡Y aquí estoy de nuevo, a punto de convertirme en secretaria-objeto!

Establecido el juego, la mujer encara el desafío con humor demostrando sus habilidades en el rol que esperan de ella.

MUJER. ¡Guau...eso estaría fantástico! Toda mi vida deseé tener un trabajo así, tan excitante...

La mujer se sienta en la mesa de Dios y ofrece a sus empleadores una breve demostración de sus capacidades.

MUJER. ¡Pero pase de una maldita vez, señora jirafa! ¿Qué carajo le trae por acá? ¿Cómo? ¿Que todavía no han terminado de estirarle el cuello? ¿Y a mí qué me cuenta? ¿Tengo yo la culpa? Rellene una instancia, y póngase en la fila. ¿Y usted cucaracha? ¿Señora o señorita? Eso se lo dirá usted a todas... ¿Cómo va a ser? ¿Que todavía no han terminado de pintarla? ¡Ya no me joda o es que se cree que no tengo otro oficio que aguantarles sus pendejas quejas! Haga una solicitud y vuelva dentro de tres meses.

El hombre subraya con elogios la actuación de la mujer. Dios, que no deja de tejer, no parece muy convencido de que la nueva secretaria se desenvuelva como esperaba, pero prefiere obviar sus diferencias de criterio con el hombre.

HOMBRE. ¡Has estado perfecta... ni Dios lo habría hecho mejor!

MUJER. ¿Y eso sería todo lo que tendría que hacer?

HOMBRE. Bueno, qué te digo, también deberás ocuparte de...

DIOS. De cocinar, de lavar, de fregar, de barrer, de...

El hombre, alarmado por la crudeza divina, interrumpe a su creador.

HOMBRE. ¡Qué forma tienes de decir las cosas! Digamos, mujer, que te cabría el honor y la satisfacción de ocuparte del quehacer doméstico en el ámbito del Paraíso.

DIOS. Y mira que el trabajo dignifica.

MUJER. Y como ustedes ya son dignos, ahora me quieren hacer el favor a mí.

HOMBRE. Pero no te aflijas mujer... porque también está la noche.

MUJER. ¿La noche? ¿Y qué podría hacer yo cuando llegue la noche? ¿Haré punto? ¿Acostaré a las bestias? ¿Les plancharé sus uniformes de colegio?

HOMBRE. No... por la noche no.

MUJER. ¡Ah, ya caigo! Por las noches daré gracias a Dios.

HOMBRE. No... por la noche no.

DIOS. Por la noche nunca está de más una oración de gracias.

HOMBRE. No, claro que no, mi señor, nunca está de más una breve oración antes de acostarse...

DIOS. O un aleluya jubiloso.

HOMBRE. Sí... o un aleluya.

DIOS. O un...

Antes de que Dios tenga tiempo de introducir alguna nueva variante nocturna, el hombre lo interrumpe con sequedad.

HOMBRE. ¡Y sin más interrupciones!

MUJER. ¿Entonces?

HOMBRE. ¡Entonces!

MUJER. Entonces... ¡Amanece!

HOMBRE. ¡Que no, que no amanece todavía! ¡Que todavía no amanece!

El hombre parece desesperado, la mujer, decidida a seguir el juego contribuye a su confusión.

MUJER. ¡Ah...ya entiendo, ahora veo por donde vas! Pero no tenías que dar tantos rodeos. A mí también me gusta.

El hombre recupera el ánimo. La mujer la iniciativa.

MUJER. Entonces apagas la luz, yo me desnudo, tú te desnudas...

HOMBRE. ¿Y entonces?

DIOS. ¡Y se ponen el pijama!

Ni la mujer ni el hombre parecen hacer caso alguno a las objeciones de un Dios preocupado con el giro de los acontecimientos.

MUJER. ¡Y ya desnudos, los dos en pelotas, como Dios nos trajo al mundo...

HOMBRE. ¿Y entonces?

DIOS. ¡Se cubren con la sábana!

MUJER. Y ya encima de la cama, muy juntos los dos, uno encima del otro...

HOMBRE. ¿Y entonces?

En un brusco cambio de actitud, la mujer termina el juego.

MUJER. ¡Entonces yo estoy con la menstruación, se me han acabado las compresas y a ti se te olvidaron los condones!

Visiblemente afectado, el hombre se toma unos segundos antes de reaccionar. Cuando lo hace busca consuelo divino.

HOMBRE. ¿Por qué siempre me tiene que pasar lo mismo?

DIOS. ¿Siempre te dejas los condones, hijo mío?

HOMBRE. Pero señor, ¿no ves que esa mujer se está burlando de nosotros?

MUJER. ¡Será posible! Ahora resulta que yo los he decepcionado, y es que no podía ser de otra manera, al fin y al cabo, soy mujer y para nosotras decepcionar es casi una obligación. Naces, y ya estás decepcionando a unos padres que esperaban su machito, y una sigue creciendo y decepcionando hasta que te casas, para no decepcionar a la familia, claro que, entonces, decepcionas al esposo y más tarde a los hijos, a los vecinos...

HOMBRE. ¡Mira señor, que esta mujer no sólo decepciona, sino que además ofende!

DIOS. ¡No blasfemes, mujer, no blasfemes! ¡Escrito está que parirás con dolor y guardarás obediencia, respeto y fidelidad a tu padre y esposo por los siglos de los siglos...!

HOMBRE. ¡Amén!

MUJER. ¡Ya empezamos! En cuanto se les terminan los argumentos te salen con el manual de instrucciones.

Dadas las circunstancias, Dios cambia de estrategia y, mientras le prueba al hombre el jersey que teje, le cuchichea al oído nuevas recomendaciones. El hombre vuelve a tomar la iniciativa.

HOMBRE. Mira mujer, la madre naturaleza nos hizo diferentes.

DIOS. ¿Cómo que la madre naturaleza?

El hombre rectifica sobre la marcha.

HOMBRE. ¡Dios, Dios nuestro señor, quise decir! Dios nos hizo diferentes. Para mí creó la fuerza, la iniciativa, la audacia, la inteligencia... A ti te reservó la prudencia, la delicadeza, la ternura... Tuya es la belleza, la ingenuidad, la magia, la noche... el amor...

Dios no aguanta más e interrumpe el inventario del hombre, en términos que no dejan lugar a duda.

DIOS. ¡Y el pecado!

El hombre tampoco quiere que su Dios padre desconfíe de sus pías intenciones.

HOMBRE. ¡Sí señor... y el pecado! Ya estaba tratando de engatusarme. ¿Has visto cómo me provocaba? ¿Cómo me incitaba a la perdición?

DIOS. ¡Yo te protegeré, que nada has de temer si invocas mi nombre!

La actitud imperativa de Dios, interponiéndose entre el hombre y su tentación, parece poner a buen recaudo la castidad del hombre quien, no obstante, no las tiene todas consigo y empieza a temer que Dios esté exagerando.

HOMBRE. ¿Y si la tentación me amenazara en medio del desierto proceloso o en los abiertos espacios infinitos y no llegara a tus oídos mi súplica?

DIOS. ¡Invoca mi nombre y cesará la tentación!

HOMBRE. ¿Y si fuera tentado en los recónditos abismos o en los inhóspitos páramos y no advirtieran tus ojos mi debilidad?

DIOS. ¡Invoca mi nombre y cesará la tentación!

HOMBRE. ¿Y si la tentación fuera... un poco sorda... o sorda del todo... ¿qué podría hacer sino sucumbir dignamente a la tentación?

El hombre se abalanza hacia la mujer. Indignado Dios con su obra maestra lo retiene violentamente, arrojándolo al suelo.

DIOS. ¡Hombre de poca fe! Si tu mano te fuera ocasión de caer, córtatela, que mejor te es entrar a la vida manco que tener las dos manos e ir al infierno. Y si tu pie te fuera ocasión de caer, córtatelo, que mejor te es entrar a la vida cojo que tener los dos pies e ir al infierno. Y si tu ojo te fuera ocasión de caer, sácatelo, que mejor te es entrar a la vida tuerto que tener los dos ojos e ir al infierno. Y si tu pene te fuera ocasión de caer...

HOMBRE. ¡Invocaré tu nombre señor, invocaré tu nombre! Y tus apellidos y tu cédula de identidad y...

MUJER. ¿A que al final va a resultar que yo traté de violarlo?

HOMBRE. ¡Oh! ¡Lo que ha dicho! ¿La has oído señor? ¡Es una perdida... por favor, no lo permitas, no permitas que me viole, protégeme! ¡Ayúdame, señor, ayúdame a mantenerme puro!

El hombre, a cuatro patas y a los pies de Dios, desmiente con sus procaces movimientos, propios de un perro en celo, su pretendida castidad.

HOMBRE. ¡Quiero ser puro, quiero ser casto, quiero ser puro!

MUJER. ¿Pero será posible?

HOMBRE. ¡Calla mala pécora, desgraciada! ¿No te gusta trabajar, eh?

Dios interviene tratando de serenar los ánimos. Como si fuera el mánager de un boxeador a punto de saltar al ring, masajea con una toalla el cuello de su pupilo que aprovecha para relajar los músculos de las piernas. Dios urde una nueva propuesta que secretea al oído del hombre.

DIOS. Tranquilo, tranquilo, no permitas que te ponga nervioso.

Cuando suena la campana arranca el combate. El hombre entra en el púlpito, aunque opta por aprovechar que tiene ruedas para trasladarlo al otro extremo del proscenio antes de poner en marcha la nueva estrategia.

HOMBRE. Queridos hermanos... evidentemente, existen una serie de contradicciones que deben ser analizadas a la luz de la lógica. ¿Correcto?

DIOS. Correcto.

HOMBRE. Y la mayoría de estas contradicciones tienen que ver con las responsabilidades que cada quien asumiría en la organización del trabajo. ¿Correcto?

DIOS. Correcto.

HOMBRE. De esta manera arribamos a uno de los problemas que aquí se han suscitado. El problema de la limpieza. Y la solución a este problema no puede ser más evidente. En lo sucesivo, cada animal será responsable del aseo de su cueva o nido. ¿Correcto?

DIOS. Eso sí que no, conmigo no cuenten, yo tengo que crear.

El hombre sale del púlpito.

HOMBRE. En ese caso, yo podría ayudar a la mujer con la limpieza... los fines de semana... que no tengo nada que hacer... Y en lo que a la comida se refiere...

DIOS. Yo tengo que crear.

MUJER. No te esfuerces, no te esfuerces. Tú diseñarías el menú.

HOMBRE. Bueno, tú mujer también tendrás que hacer algo, porque no voy a ser yo el que se tire todo el trabajo arriba...

MUJER. Por supuesto. Además un hombre necesita reponer energías tras jornada tan dura, tan agotadora.

El hombre sigue teniendo problemas para entender la ironía de la mujer.

HOMBRE. ¿Y de las noches de amor a la pálida luz de la luna qué podríamos decir? ¿Cómo repartirnos el embrujo, la magia de dos cuerpos transpirando placer sobre un lecho de rosas? ¿Cómo dividirnos la pasión, la vehemencia...?

DIOS. Bueno, yo los domingos no trabajo...

HOMBRE. ¿Y de nuestros hijos, de todos nuestros hijos...uno, dos, tres, nueve, catorce...

La mujer ya no aguanta más.

MUJER. ¿Pero bueno y qué es esto? Mejor búscate la gallina que yo como incubadora no llego a tanto.

Contrariado el hombre vuelve a pedir a su padre que intervenga y ponga orden.

HOMBRE. ¿Tú la oyes mi señor? ¡Haz que se ponga en su lugar!

DIOS. ¡Ponte en tu lugar!

MUJER. ¿Y cuál es mi lugar? Cuando venía para aquí me pareció oír algo relacionado con la cama, con la cocina...

HOMBRE. ¡La cama!

DIOS. ¡La cocina!

HOMBRE Y DIOS. ¡El lugar que te corresponde!

MUJER. Cierto... ¿Cómo no me había dado cuenta antes? ¿Cuál es mi lugar? El lugar que me corresponde. No busques, no te vuelvas, no preguntes, no entiendas, no te juntes, no subas, no te asomes, no interrumpas, no llegues, no vayas, no contestes, no seas... ¿hacemos el amor? Ese es mi lugar ¿verdad? pero me temo que se han equivocado de lugar y de mujer porque yo me voy.

HOMBRE. ¿Pero mujer... qué estás diciendo?

MUJER. Que me voy, que me abro, que ni este es el Paraíso que yo quería ni yo soy la mujer que ustedes esperaban, así que mejor búsquense otra bestia porque me largo.

El hombre y Dios no salen de su asombro.

HOMBRE. ¿Tú la oyes, mi señor? Está diciendo que se marcha.

DIOS. No le hagas caso. Sólo trata de impresionarte.

HOMBRE. No te vayas, mujer, no te vayas. Si es porque eres estéril y no puedes darme hijos, no importa. Adoptaremos unas cuantas bestias.

MUJER. ¡Que no, que no es eso! El anuncio hablaba de una compañera y aquí, por lo que veo, se necesita cualquier cosa menos eso.

HOMBRE. ¿Quieres que firmemos ya el contrato?

MUJER. Mira, ni me lo menciones.

HOMBRE. ¿Y a dónde vas a ir, sola por esos mundos?

Ahora es la mujer la que se decide a utilizar el púlpito.

MUJER. Queridos hermanos, queridas hermanas. La verdad es que no tengo muy claro a dónde voy a ir, pero sí sé con certeza dónde no quiero estar. En alguna parte sé que voy a encontrar un lugar en el que se me respete, en el que se me trate de igual a igual, donde no tenga que pedir permiso para ser y soñar, un lugar donde nadie decepcione a nadie. No sé dónde, tal vez en el infierno, pero voy a encontrar ese lugar o voy a hacerlo.

DIOS. Eso es una utopía.

La mujer abandona el púlpito.

MUJER. Tal vez, pero entre esa utopía y esta realidad, la elección es clara.

HOMBRE. Pero señor, que es verdad que se va, que se está yendo. Ofrécele lo que sea, pero que se quede, que se quede conmigo.

DIOS. Espera mujer, no te vayas...

MUJER. ¿Qué pasa? ¿Todavía no se han terminado las ofertas? ¿Qué me van a ofrecer ahora? ¿Embarazos de seis meses?

DIOS. ¿Y si fueran tres meses y sin menstruación?

MUJER. Abur...

Un sepulcral silencio acompaña a la mujer en su partida. El hombre no reacciona. Absolutamente desolado, sin fuerzas ni para llorar, se deja caer sobre el sofá. Dios parece más preocupado por la desolación humana que por la marcha de la mujer. Algo se le ocurre y se acerca al hombre con renovado optimismo.

DIOS. ¿Y qué tal una buena yegua o una becerrita?

El hombre, abstraído, parece no prestar atención a las propuestas divinas. La partida de la mujer lo ha dejado sumido en un estado de inconsolable desolación. Sólo acierta a decir:

HOMBRE. Se ha ido...

DIOS. No hay que dejarse abatir por la cruel adversidad. Debemos ser fuertes para encarar los golpes que el destino inescrutable nos reserve. La vida sigue su agitado curso y si algo sobra en el Paraíso son bestias. Lo que pasa es que tú no has buscado bien, pero verás que muy pronto resolvemos todo divinamente.

El hombre no encuentra resquicios para salir de su febril estado y lacónico insiste.

HOMBRE. Se ha ido...

DIOS. Sí, se ha ido ¿qué le vamos a hacer? Pero no es tan mal suceso que se haya ido. Demasiados problemas, demasiadas quejas. Nada la conformaba. Bueno, por qué te voy a decir yo, tú estabas ahí cuando esa mujer salió con toda esa prepotencia y malacrianza.

HOMBRE. Se ha ido...

DIOS. Sí, se ha ido y ya no debemos seguir dándole vueltas al problema. Muy pronto encontrarás otra bestia con la que compartir este vergel. Yo desde que llegó imaginé lo que podía pasar, claro que entonces no era el momento de decirte nada... Por suerte, ahora que se ha ido...

El hombre parece ir recuperándose y hasta esboza una sonrisa y eleva el tono de su voz.

HOMBRE. ¡Se ha ido!

Dios malinterpreta la reacción humana.

DIOS. ¡Sí, se ha ido! Eso te estoy diciendo, que se ha ido, que por fin nos ha dejado en paz...

El Hombre se incorpora con entusiasmo.

HOMBRE. ¡Se ha ido, mi Señor, se ha ido!

DIOS. ¡Sí, ya todo pasó!

HOMBRE. Y si la mujer se ha ido... ¡yo también me puedo ir!

Dios sale de su error.

DIOS. ¡Vamos, vamos, que ya eres mayorcito para ponerte ahora a decir esas tonterías!

HOMBRE. ¡Donde nadie decepcione a nadie!

DIOS. ¡Pero quieres hablar como Dios manda!

HOMBRE. ¡Donde todos los seres humanos sean iguales!

DIOS. ¡Qué iguales ni qué iguales! Además, si lo que quieres es igualdad, aquí todas las bestias son igual de bestias.

Dios palmea el rostro del hombre tratando de que reaccione.

DIOS. ¿Qué te pasa mi hijo, tienes frío, has comido algo que te sentara mal?

HOMBRE. No, no tengo frío, ni me ha dado el sol. La verdad es que nunca me había sentido mejor. Yo también me voy del Paraíso.

DIOS. Mi hijo... ¿Qué estás diciendo?

HOMBRE. Que me voy, que nada hago ya aquí.

DIOS. ¿Y qué voy a hacer sin ti?

HOMBRE. ¿Y qué tal una buena yegua o una becerrita...? Abur...

El hombre toma su maleta con ruedas, oculta tras bastidores, y sale del Paraíso ante un perplejo Dios que no sabe ni puede evitarlo. Hundido y a solas en el Paraíso, Dios contempla la que fuera su gloria, su sueño más hermoso, ahora vacío.

DIOS. ¿Y yo? ¿Qué hago yo aquí, solo en el Paraíso… solo… solo… solo…¡sin nadie a quien joder!

Desesperado abandona el Paraíso detrás del hombre.

DIOS. ¡Hijo mío... no me dejes solo! ¡Hombre! ¡Hombreeeee!

Una vez desaparece Dios y terminan de apagarse sus gritos, entra a la oficina el ángel-serpiente que, feliz por el desenlace, toma del colgador y se pone una bata blanca divina. Después se admira de lo bien que le queda y se sienta en el sillón de Dios tomando posesión de la oficina. Lanza al suelo algunos divinos objetos que encuentra sobre la mesa y que no son de su agrado como el retrato de Dios que, inmediatamente, sustituye por el suyo y, cuando se dispone a tirar también la Biblia algo se le ocurre que sonríe y la abre. Complacido, observa lo escrito y toma una pluma decidido a reescribirla.

AS. "Y entonces Dios... enojado por la desobediencia de la mujer que..."

Hace una pausa mientras reflexiona.

AS. ¿Qué pongo? Tiene que ser algo que impacte, algo que se venda...

Cuando advierte la manzana sobre la mesa, la coge y la muerde sonriente.

AS. ¡Ya está! "...enojado por la desobediencia de la mujer que había dado de comer al hombre del fruto prohibido, expulsó a ambos del Paraíso, para lo cual... los acompañó hasta la puerta". ¡Sí, eso es! Me ha quedado de premio. ¡Esto va a ser un best seller! ¡Ah, la firma! Tengo que firmarlo y no puedo poner Dios. ¿O si puedo?

Tras unos segundos de duda, entre risas, firma.

AS. ¡Su Eminencia... Reverendísima... Don Nicolás... Cardenal... López Rodríguez!

Cae el telón.

Reseña de *¡Hágase la mujer!*

¡Hágase la mujer! nació en 1986 de un poema que había escrito algunos años antes con el mismo título y que forma parte de la obra. Y voy, con su permiso, a entretenerme más de lo debido en el parto porque testigo del mismo fue el escritor Pedro Conde que, muchos años más tarde, levantó acta del feliz alumbramiento en un intimista artículo publicado en *Clave Digital*: "A Koldo lo conocí y lo traté brevemente en una agencia de publicidad de la que es mejor no acordarse, y en compañía de personajes del todo inmemorables. Koldo era el asistente de creatividad y el tiempo libre lo dedicaba a escribir suculentas sátiras como *¡Hágase la mujer!*, *La dama de las camelias... parte atrás* o *La verdadera historia del descubrimiento de América*. De su despacho salían con frecuencia ruidos extraños, pues Koldo se inspiraba para escribir en música de Vivaldi que escuchaba con audífonos y acompañaba con solos de batería. En una ocasión los sonidos se tornaron tan alarmantes que acudimos en grupo a ver lo que sucedía y al abrir la puerta vimos a Koldo, la expresión ligeramente desencajada por la sorpresa, audífonos bien colocados y un par de bolígrafos en las manos con los que sacaba frenéticamente sonidos a un extraño cenicero metálico".

En 1987 *¡Hágase la mujer!* ganaba el primer premio en el concurso Casa de Teatro y se estrenaba en Casa de Teatro con la producción de Artenativa. La dirección recayó en León David. Actuaron Ibel Cruz (la mujer) Yanela Hernández (el ángel-serpiente) César Olmos (el hombre) y yo mismo haciendo el papel de Dios. La escenografía estuvo a cargo de María Aybar, José Vázquez se ocupó de la luz y el sonido, Arlette Fernández del vestuario y Manuel Jiménez de la coreografía. En el papel de locutores estuvieron Rafael Álvarez y Anacaona Félix, y en el cuerpo de baile Soraya González, Martha González, Massiel Olmos, Hamlet Montero, Haicel Lazala y Anacaona Félix. La obra también contó con uno de los programas más originales que haya habido en el teatro dominicano. Todo un periódico *El Celestial* parodiando a *El Nacional* (incluyendo su diseño) y cuya temática entremezclaba la del Paraíso con la actualidad del país. Durante dos largos meses lo preparé junto a Lourdes Periche que, si entonces me prohibió que figurase su nombre, hoy que el crimen ya ha prescrito, me siento feliz de poder nombrarla y agradecer el trabajo que se tomó y la brillantez con que lo ejecutó. Con 52 páginas y tamaño tabloide, en *El Celestial* también colaboraron con opiniones, entrevistas y reportajes Hamlet Hermann, Henriette Wisse, José Vásquez Grin, José Rafael Sosa, Esther Campos Sagaseta (Mey), Pedro Castellanos, Fermín Arias Belliard, J.M. Sing, Ángela Hernández, Chiqui Vicioso, Aurora Arias, Millaray Quiroga, Socorro Sánchez, César Olmos, Guanay y "Severina Lautaro" también conocida como Mercedes Sayagués.

Además de ser mi primera obra, porque del único antecedente solo queda la memoria (fue una obra corta que escribí para Las Marchantas, grupo popular de teatro popular y feminista conformado por Oleka Fernández, Xiomara Fortuna y Fifa Stub), el estreno de *¡Hágase la mujer!* también me supuso debutar como actor. A instancias de León David que buscaba un "Dios" con marcado acento "español" y de María Aybar, tras la pérdida por distintas razones de los dos candidatos elegidos para representar ese papel, terminé aceptando el reto y subí al escenario decidido a ser Dios por unos días. Tan complacido debió quedar Dios con la vida que le di que, al año siguiente, era nominado por ese papel como mejor actor del año en los premios Talía, junto a Kenny Grullón y Félix Germán. El premio se lo llevó Kenny.

La obra fue todo un éxito hasta el punto de que felices circunstancias hicieron posible que fuera invitada a presentarse en Laponia, región del norte europeo que se extiende por los países escandinavos y en la que viven decenas de miles de latinoamericanos. El que todo el mundo quisiera viajar y el elenco más básico (cuatro actores y el director) se convirtiera en una multitud dispuesta a hacer las maletas, fue la razón de que se acabara frustrando la aventura.

Antes de terminar el año se volvía a reponer en Casa de Teatro con el mismo elenco y dirección, y como de nuevo las funciones en Casa de Teatro volvieron a llenarse, un año después, en 1988, se reponía en la Sala Ravelo del Teatro Nacional. Producida por Julie Carlo y bajo la dirección de León David, en esa oportunidad el elenco quedaba conformado por Antonio Pantojas (ángel-serpiente) Olga Bucarelli (mujer) Ernesto Vanegas (hombre) y yo haciendo de Dios, más Micky Montilla e Isabel Bosch como locutores. También se presentó, ese mismo año y con el mismo elenco, en el Centro Dominicano de Estudios de la Educación de Santo Domingo.

Pasaron varios años antes de que volviera a reponerse. Fue en 1991, en la Ravelo del Teatro Nacional, producida por Producciones Culturales Caribeñas, con la dirección de León David. De la escenografía volvió a ocuparse María Aybar y subieron al escenario Isabel Bosch (mujer) Micky Montilla (ángel-serpiente) Reynaldo Disla (hombre) y un servidor en su divino papel. Los locutores fueron Gerardo Mercedes y Katiuska Báez, además de un cuerpo de baile conformado por Isabel Bosch, Micky Montilla, Katiuska Báez y Gerardo Mercedes.

Un año más tarde, en 1992, se reponía en Casa de Teatro con motivo de la Primera Muestra Internacional de Teatro de Artenativa, con Elvira Taveras en la dirección del montaje y en el papel de mujer, Reynaldo Disla como hombre, Micky Montilla de ángel-serpiente y yo en el papel de Dios, además de la participación de Massiel Olmos y Sasa Queliz en la locución y baile.

Ese mismo año Teatro del Sol presentaría la obra en el Centro de la Cultura de Santiago de los Caballeros con el mismo elenco, excepción hecha de los locutores que en esta ocasión serían Ramón Paulino y Franklin Silveiro

En 1999 se reponía en el Palacio de Bellas Artes con motivo de la I Muestra de Teatro Dominicano, con el diseño de dirección de León David, y Olga Bucarelli (mujer) Fernando Castillo (hombre) Micky Montilla (ángel-serpiente) y yo haciendo de Dios. En el montaje participó como locutor Juan Gómez.

En el 2000 *¡Hágase la mujer!* viaja a Argentina presentándose en el teatro Margarita Xirgú de Buenos Aires. Reynaldo Disla se ocupó de la dirección a partir del diseño de León David además de volver a hacer el papel de hombre, Isabel Bosch se desempeñó en un doble rol (mujer y ángel-serpiente) y yo seguí siendo Dios. La actriz argentina Rocío Fernández y Germán Venegas fueron los locutores. El montaje producido por Paraíso CxA también contó con Jorge Merzari como operador de luces. El mismo año volvía a presentarse en la sala Ravelo del Teatro Nacional con el mismo elenco y la sustitución como locutor de Germán Venegas por Juancito Rodríguez.

En el 2012, y este es el último montaje de la obra en el que me he involucrado, hice las veces de director para llevar la obra a las tablas en el País Vasco. Traducida al euskera por el poeta y amigo azpeitiarra, José Luis Otamendi, *Izan bedi emakumea!* fue montada por Koldarrak Antzerki Taldea y se estrenó en Usurbil (Gipuzkoa), antes de presentarse en Azpeitia (Gipuzkoa) en el XXX Euskal Antzerki Topaketak (festival de teatro en vasco) y se siguió presentando en varias plazas gipuzkoanas como Azkoitia (Baztartxo y Matadeixe) Zumaia, Zarautz, Zestoa, Otxandiano y Aitzarna. También en las localidades de Basauri y Getxo (Bizkaia) y Hazparnen (País Vasco francés).

En el montaje de *Izan bedi emakumea!* (*¡Hágase la mujer!*) participaron Alberto Aristimuño (Dios) Gaizka Astigarraga (hombre) Naroa Epelde (ángel-serpiente) e Itziar Elías (mujer) a los que tuve la fortuna de dirigir y, también, la de encontrar, al calor del trabajo, pequeños pero significativos aportes que he recogido en este libro y del que como dramaturgo me siento muy satisfecho por lo que recomiendo a cualquiera interesado en montar la obra se base en este texto.

Al margen de los montajes de esta obra a los que he estado ligado como actor, son innumerables los montajes realizados por grupos de teatro dominicanos en todo el país y de los que solo ocasionalmente y no en todos los casos tuve referencia ya que en el 2006 regresé al País Vasco. Curiosamente, volví a Santo Domingo en el 2011 con motivo de un homenaje que durante el Festival Internacional de Teatro se me hizo por "mis aportes a la cultura dominicana desde el teatro y el periodismo" dándose la circunstancia de que, ese año, algunos de los grupos que en la Escuela Nacional de Teatro cursaban su último año habían elegido *¡Hágase la mujer!* como ejercicio para el cierre de su carrera.

Porque con los años ni siquiera la memoria alcanza a compensar los archivos que no tengo (muchos papelitos metidos en tres carpetas) espero me disculpen todos los olvidos. Los que tienen que ver con lugares, actores, actrices... en fin, que me perdonen la ingrata desmemoria. Me consta que Teatro Karey montó la obra en la Sala Héctor Incháustegui Cabral de Santiago bajo la dirección de Eligio Pérez y con las actuaciones de Andel Nicasio, José Batista, Gianni de Angelis y Lorenzo Sosa. Producciones Teatrales de Bonao también la llevó a escena en esa ciudad dominicana con la dirección de Juan Carlos Jiménez y las actuaciones de Linet Caba, Fernando Peralta y Felipe Martínez.

En Latinoamérica se ha montado *¡Hágase la mujer!* por distintos grupos y compañías. Entre los que tengo constancia gracias a que me solicitaron permiso para montarla o a que existen servidores en Internet sumamente indiscretos, me gustaría citar a la Compañía de Teatro de Caguas (Puerto Rico) que la llevó a escena en el festival internacional de teatro de esa ciudad boricua; al grupo Drugo*s de Nicaragua, dirigido por Alicia Pilarte junto a Derman Castillo y Ariana McGuire que desde el 2008 hasta el pasado año la ha venido representando en el Teatro Nacional Rubén Darío de Managua, en la Universidad Centroamericana (UCA), en la Casa de los Tres Mundos de Granada o en el Teatro Nacional de El Salvador durante el Festival Centroamericano de teatro de la niñez y la adolescencia; al Teatro de los Sueños de Honduras dirigida por Howard Rivera en el 2015; a la compañía Teatro Sin Fronteras de Ojinaga, México, con Brenda García, Renzo Ávila, Luís Gómez y Enrique Puentes; a la compañía de teatro de la Universidad Autónoma de Ciudad Juárez, México; a Proyecto Teatro, Austin, Texas, con Luis Amando Ordaz en el 2011; a la Asociación de Poetas Jóvenes de Santiago de Cuba, 1994, en su primera incursión teatral; al grupo de teatro Mandrágora, de Colombia; a la Escuela de Teatro de Vejer en Cádiz (España), con Juan José Julia, Mon Gómez, Pili Azucena y Caco Costielo... Y especialmente al montaje de Teatro de la Luna, en Washington, compañía dirigida por Mario Marcel y en la que intervinieron como actores el español-mexicano Julio Martínez (Dios), la venezolana Anabel Marcano (ángel-serpiente) el paraguayo Peter

Pereyra (hombre) y la dominicana Muriel Alfonseca (mujer) y a los que agradezco la invitación a asistir al estreno y la acogida. Viaje redondo en el que la guinda la puso el encontrarme y conocer a uno de los seres humanos más entrañables que he conocido en mi vida y a uno de los escritores que mejor domina el castellano: el escritor dominicano Ángel Garrido.

¡Hágase la mujer! fue publicada por Casa de Teatro en 1987 y, posteriormente, por Howard Quackenbush en su *Antología del teatro dominicano contemporáneo* (Tomo 1) del 2004. También ha sido publicada en la colección *Libros libres* del periódico digital *rebelión.org*. En 1996 fue una de las 24 obras latinoamericanas seleccionadas por la Facultad de Artes Escénicas del Instituto Superior de Arte de Cuba y la revista *Conjunto* "para fomentar entre los estudiantes de teatro un acercamiento a la creación contemporánea del continente americano".

Una anécdota que no me resisto a contar tuvo que ver con mi hija Irene. Tenía 8 años y allá por 1989, a un mes del reestreno de *¡Hágase la mujer!* en la sala Ravelo del Teatro Nacional de Santo Domingo, yo la llevaba siempre conmigo a los ensayos junto a su primo César de la misma edad. Una noche, ensayando una escena en la que Dios exigía al ángel-serpiente que le informara de posibles inconvenientes ante la inminente inauguración del Paraíso; el ángel-serpiente, harto del divino acoso, respondía: "¡Coño… que no aparece el hombre!", para ocultarse, consciente de su exabrupto, tras un sofá. Al insistir airado Dios: "¿Cómo? ¡Repite lo que has dicho!", el ángel-serpiente asomaba su cabeza por encima del sofá y, temeroso, gesticulaba con la boca... "que no aparece el hombre". Entonces Irene, levantó la mano desde su asiento y sugirió: "Cuando Dios le dice a la serpiente que repita lo que ha dicho la serpiente tendría que decir 'Coño… que no aparece el hombre' porque eso es lo que ha dicho la serpiente. Falta el coño". Y tenía razón. Después de un mes de ensayos diarios, la niña de ocho años tenía razón. Ese mismo día, León David, director del montaje, nombró a Irene su asistente.

La verdadera historia del descubri... miento de América

Obra en tres actos que al invertir la reiterada patraña del supuesto descubrimiento de América pone de manifiesto la verdadera historia del genocidio.

Personajes:

Pregonero

Rey Fernando de Aragón

Reina Isabel de Castilla

Indio Hatuey Pichardo de Borojol

Vigía Gerardo de Mendoza y Mendoza

Marinero

Cura

Escribano

Capitán

Soldado

Un pregonero, vestido a la usanza y antes de que se abra el telón, pone a la audiencia al tanto de los históricos antecedentes y pestilentes circunstancias en que se va a desarrollar la trama.

PREGONERO. En el año 1489, aproximadamente, y siendo reyes de España, Isabel de Castilla y Fernando de Aragón, sólo la ciudad de Granada se hallaba en poder de los árabes. La reina Isabel, consciente de la gravedad de la situación y decidida a expulsar definitivamente a los infieles de la península ibérica, adoptó drásticas medidas jurando por su honor no cambiarse de camisa hasta que no volviera Granada a ser cristiana. Tres años y algunos meses más tarde y siendo Granada todavía plaza árabe, los reyes de España se asolean en una playa del litoral gallego.

Acto I (El Plan)

Se abre el telón.

Solos en la playa, Isabel y Fernando parecen disfrutar de un merecido fin de semana lejos de los problemas de la corte. A la izquierda del escenario, la reina, recostada en una silla real exageradamente alta, parece absorta en la lectura de una revista de "sociedad". Por encima de su traje de baño viste una camisa sucia y hedionda y se cubre con cofia y corona. A prudente distancia, dada la pestilencia del contexto, Fernando juega en el interior de su castillo de arena a la guerra con Boabdil, un títere de aspecto siniestro que representa al moro de Granada. Entre la silla y el castillo de arena, una toalla extendida, un cofre, un cubo y una pala de plástico.

El títere que Fernando maneja con su mano izquierda interpela al monarca sobre las almenas del castillo.

TÍTERE. Ya lo dijo Abenámar... moro de la morería, que el día que vino al mundo grandes señales había... un rey cristiano sin lengua y una reina sin camisa.

FERNANDO. ¡Ya basta Boabdil, callad, que así lo digáis en verso, juro por Dios que os degüello si no rendís la ciudad y me entregáis de inmediato... doña Germana de Foix!

Ante el silencio de Boabdil, el rey aragonés arremete contra el moro. Tras enconada lucha, el infiel sale despedido por el aire yendo a caer en las inmediaciones de la silla de la reina. Hasta allá le persigue Fernando.

FERNANDO. No huyáis cobarde, no huyáis y mucho menos lloréis cual desgraciada mujer la ciudad que como hombre no supisteis defender...

La inadvertida fetidez de la reina saca al monarca de su juego.

FERNANDO. ¡Hostias... ni ahí arriba deja de apestar la condenada!

ISABEL. ¿Decíais mi rey?

FERNANDO. ¡Que ni ahí arriba deja de...

Para su fortuna, Fernando advierte a tiempo su equivocación y rectifica con éxito.

FERNANDO. ¡Que qué sofoco Isabel, aqueste calor es insoportable!

Isabel, ensimismada en su lectura, comenta algunos titulares de la revista para disfrute del monarca.

ISABEL. ¡Boabdil amplía su harén granadino... aumenta a 45 el número de odaliscas! ¡Y eso que estamos en guerra! ¿De qué no sería capaz en tiempos de paz?

El rey no se da por aludido.

FERNANDO. ¡Que calor...! Creo que sería aconsejable desnudarse, quitarse la camisa. Al fin y al cabo, estamos solos en la playa. Como la guardia insistió en establecer la vigilancia desde los arrecifes... El capitán Rodrigo me aconsejó que cuanto más alejados estuvieran más terreno cubrirían y, de hecho, ni se les ve, ni se les oye, ni se les... huele.

ISABEL. ¡Le nacen trillizos a Boabdil! El rey moro de Granada eleva a 124 el número de hijos. ¡Qué fecundidad la del infiel!

FERNANDO. ¡Por fortuna los reyes cristianos no son tan prolijos! ¿Qué sería de la aristocracia si se reprodujeran como conejos los príncipes y nobles? ¡A mayor nobleza circulante, mayor depreciación de la realeza!

ISABEL. ¡Y van hasta la fecha 45 odaliscas, 124 hijos, 247 nietos, 544 sobrinos...! Como no nos demos prisa en tomar Granada, a Boabdil le va a bastar con su familia para reconquistar España.

Un brusco cambio en la dirección del viento obliga al rey a trasladarse con todo y castillo.

FERNANDO. ¡Maldición, el viento ha cambiado de dirección!

La reina no aprueba el cambio, de hecho, no aprueba nada que tenga que ver con el monarca.

ISABEL. ¿Queréis dejar de moveros? ¡Me estáis quitando el sol!

Contrariado, retorna el rey a su anterior posición y satisfecha la reina a su lectura.

ISABEL. El califa Abderramán veranea con su familia en la riviera del Guadalquivir. El jeque árabe celebra de esta forma su quinto aniversario de bodas con la sultana de Tetuán. ¡Y eso que se trata de un infiel! Sé de una reina cristiana que en tres años de casada aún no sabe lo que es... la vida.

FERNANDO. ¡Ah, Isabel, casi se me olvida! Os tengo una sorpresa. Un regalo que os va a encantar.

El monarca sale de su castillo y toma del cofre un atrevido camisón de encaje que muestra a la reina.

FERNANDO. ¡Mirad... es de seda natural! La compré en Venecia.

Sorprendida, Isabel pierde interés en la revista y comprueba la pretendida calidad del obsequio. El rey insiste.

FERNANDO. ¡Qué suavidad! Es de las que hacen frufrú cuando caminas... aunque con vuestra cojera sonará tal vez fruu-fruu-frú... ¿Queréis probárosla? Toda la aristocracia europea la usa y seis de cada siete reinas.

ISABEL. Debe de ser porque la séptima tiene buen gusto. Hecha en Hong-Kong... ni como trapo de cocina serviría.

Isabel arroja al suelo el camisón. El rey trata de justificarse.

FERNANDO. No me lo explico... ya no se puede confiar en nadie. Me aseguraron que era veneciana. Se distinguir la calidad de la burda imitación con los ojos cerrados.

ISABEL. Tal vez los teníais abiertos.

FERNANDO. ¿Qué queréis decir?

La reina observa con pesar a su esposo consciente de que cualquier explicación desbordaría su regio entendimiento y vuelve a su lectura.

FERNANDO. ¿Y si nos desnudáramos? Sólo tendríais que quitaros la camisa y entonces...

ISABEL. ¡Pero qué obsesión con que nos desnudemos!

Isabel equivoca las intenciones de Fernando. Su voz se torna melosa mientras baja de su silla. El rey recula alarmado.

ISABEL. ¿Y para qué habríamos de desnudarnos... si puede saberse?

FERNANDO. No se puede, no se puede.

ISABEL. ¿Queréis tener un principito? Hace mucho tiempo que no nos preocupamos por la descendencia de nuestra estirpe.

FERNANDO. Tres años... cuatro meses... y nueve días.

ISABEL. ¡Si hasta lleváis la cuenta de las ausencias, emperadorcito mío! No creí que os importara tanto, aunque claro, con tantas guerras y compromisos... pero no hay mal que dure tres años, cuatro meses y... ¿cuántos días?

Isabel trata de abrazar a Fernando y ambos caen al suelo. Con los primeros síntomas de asfixia por el pestilente abrazo, el rey huye de nuevo a su castillo. Isabel se encoleriza.

ISABEL. ¿Y qué pasa Fernando? ¿Estáis en algo o no estáis en nada? Vos fuiste el que insistió en que pasáramos el fin de semana en la playa, el que hace un momento sugería que nos desnudáramos... ¿Qué es lo que hay?

FERNANDO. El asma...el asma...

ISABEL. ¡Que asma ni asma...! ¿Cuándo habéis tenido asma? Que yo sepa padecéis de gota, de arteriosclerosis y aerofagia, pero no de asma. ¿Quién podrá heredar el trono de Castilla y Aragón si el rey que gobierna vidas y haciendas, que ha levantado castillos y palacios y se dispone a levantar España, es incapaz de levantar...

Antes de que la reina complete la frase Fernando la interrumpe.

FERNANDO. ¡Ya está bien Isabel, ya está bien! Sabéis que estamos en guerra, que cuando no son los moros son los vascos y que como rey me debo a mis obligaciones y a mis súbditos.

ISABEL. ¡Y a vuestras súbditas...! ¡Y no me hagáis hablar!

FERNANDO. ¡Por Dios Isabel! ¿Cómo osáis pretender que yo os engañe con doña Germana de Foix por dos meses que dormí en su alcoba, digo... en su palacio. Lo que pasa es que tengo demasiadas guerras.

ISABEL. Sí, siempre de noche.

FERNANDO. ¿Y qué culpa tengo yo de que los moros ataquen tan tarde?

ISABEL. Los moros también están en guerra, que yo sepa... y ahí tenéis a Boabdil, 45 esposas y con todas cumple.

FERNANDO. Eso no es más que un chisme de revista, propaganda. Además, vergüenza debiera darle a ese cobarde que envía a sus soldados a la muerte mientras él se entrega al desenfreno y a la orgía en la Alhambra granadina. ¡Yo no abandono a mis huestes en el campo de batalla, yo soy un hombre de honor!

ISABEL. Será porque el honor no se engendra.

FERNANDO. ¿Y qué queréis que haga? ¿Que forme mi propio harén?

ISABEL. ¡Su propio harén! ¿Y para hacer qué mi soberano? ¿El soberano ridículo? Hace años que somos el hazmerreír de toda Europa. ¿No ha llegado a vuestros oídos la forma en que la plebe se refiere a nuestras relaciones? ¿No habéis oído eso de tanto monta, monta tanto, Isabel como Fernando?

FERNANDO. Eso lo dicen para significar...

ISABEL. ¿Para significar qué? ¿Qué somos igual de importantes? ¿Qué ambos gobernamos? ¡Sabía que me había casado con un impotente, pero ya veo que también con un idiota!

Los últimos insultos de Isabel desbordan la paciencia de su esposo que reacciona con violencia.

FERNANDO. ¡Ya basta Isabel, ya basta! ¡No os permito que habléis en esa forma de un rey aragonés! ¡Ya basta! ¿Queréis saber por qué no duermo en vuestro lecho desde hace tres años, cuatro meses y nueve días? ¿Queréis saberlo, eh?

El rey abandona el castillo y encamina sus amenazas hacia una asustada reina.

FERNANDO. ¿Queréis que os diga por qué llevo la cuenta, por qué siempre tengo a mano un buen pretexto para ausentarme de vuestras habitaciones... que si la guerra, que si un asalto fuera del país o una escaramuza que se retrasa...? ¿Queréis saberlo?

Fernando se abalanza sobre el cuello de Isabel dispuesto a enviudar sin advertir la camisa real. Cuando repara en ella ya es demasiado tarde. Su rostro se contrae en una extraña mueca. Se lleva las manos a la garganta buscando oxígeno. Boquea, tose, escupe, cae al suelo. La reina, agarrada a sus piernas, se arrastra tratando de retenerlo.

FERNANDO. ¡Atrás, atrás... maldita sea!

ISABEL. ¿Pero qué os pasa Fernando...? ¡Hablad os lo suplico!

Fernando, que ha logrado desasirse, se refugia en el castillo y mientras se persigna invoca un último recurso.

FERNANDO. ¡Grajus, fétida fetidae, pestorum atrás!

ISABEL. No entiendo Fernando... ¿Por qué os comportáis así conmigo? ¿Es por lo que dije?

FERNANDO. ¡No Isabel, no es por lo que sale de vuestra lengua! ¡Es por lo que sale de vuestra camisa, esa camisa que no os cambiáis desde hace tres años, cuatro meses y nueve días! ¡Ni para dormir os la quitáis! ¡Hasta los infieles huelen mejor que vos! Por eso os invité a la playa, porque tenía la esperanza de que con el baño al menos lo disimularíais, pero el agua del mar agrieta el cutis de la reina y el agua del río Duero acentúa vuestra cojera. Por eso insistí en el calor que hacía, pero ni en el infierno os quitaríais la camisa. Por eso la guardia nos ha dejado solos... por eso os regalé la otra camisa.

FERNANDO. ¡Cada vez que se os ocurre salir de palacio tengo que conceder a vuestras escoltas vacaciones, licencias, permisos... sólo para que se recuperen! Hasta mi mejor lugarteniente, el infanzón Javier Esparza, prefirió ir de voluntario a la guerra contra el turco antes de convertirse en vuestro escudero.

ISABEL. ¿Pero si no estamos en guerra contra el turco?

FERNANDO. ¡Imaginad si tenía prisa por irse!

Otra vez solloza Isabel aunque con el mismo éxito que antes. El monarca se encarama a la silla de la reina, no sin los lógicos aspavientos por el olor que todavía recuerda su presencia.

FERNANDO. Bastaría que os paseárais unas horas por los alrededores de Granada para que los moros abandonaran la ciudad. Tal vez con que anunciárais vuestra visita sería suficiente.

El incontenible llanto de Isabel termina por conformar a su esposo. El llanto de Isabel y el ya haberse desahogado.

FERNANDO. No era mi intención ofenderos. Esa es la razón por la que he callado tanto tiempo.

ISABEL. Tres años, cuatro meses y nueve días.

FERNANDO. ¡Sí, pero ya no lo soporto! Y por si no fuera suficiente con vuestra camisa, encima me insultáis, me injuriáis... Me hubiera gustado ver a Boabdil en mi lugar. ¡A ver qué se facía el moro!

ISABEL. ¡No sois justo Fernando, no sois justo! ¡Sabéis que fue una promesa, que de rodillas frente al Cristo juré no cambiarme de camisa hasta que no volviera Granada a ser cristiana!

FERNANDO. ¿Y qué tiene que ver la conversión de Granada con la peste bubónica?

ISABEL. Fue una promesa, Fernando.

FERNANDO. ¿Y no se os pudo ocurrir otra promesa?

ISABEL. ¿Y yo qué sabía?

FERNANDO. Ya vamos para cuatro años.

ISABEL. ¿Y yo qué sabía?

FERNANDO. ¿Y yo qué sabía y yo qué sabía...? ¡Podíais haber prometido no ir de compras a Burgos, pero no, tuvo que ser la camisa!

ISABEL. Sé que pronto tomaremos Granada. Todos los días se lo pido a la Virgen de los Remedios.

FERNANDO. Y antes se lo pedíais al cristo crucificado de la ermita del cerro. ¿Y cuál fue el resultado?

ISABEL. Si no hubieran robado el Cristo...

FERNANDO. ¡Nadie lo robó Isabel, nadie! Le habían clavado las manos y los pies, no las narices. Simplemente no pudo resistirlo y se largó.

ISABEL. ¿Y si llamásemos en nuestra ayuda a otros reinos europeos?

FERNANDO. ¿Y qué corte europea nos ayudaría? Enrique VIII de Inglaterra va a divorciarse de nuestra hija Catalina sólo para evitar que vos los visites y ya el santo padre os ha hecho saber reiteradamente que ni os molestéis en acudir a Roma a solicitar la bendición papal porque prefiere enviárosla por correo.

Otra vez Isabel prorrumpe en llanto y Fernando reconsidera la táctica.

FERNANDO. ¿No podríais quitaros la camisa por un rato, por unas horas? ¡Eh, reina mía, fermosa doncella castellana! ¿Verdad que sí, que os vais a quitar la camisa, mi puturrú de fuá, mi cuchi-cuchi? ¿Verdad que sí, mi serrana favorita?

Isabel parece pensárselo.

ISABEL. ¿Y si me condenara por faltar a mi promesa?

FERNANDO. Si Dios tiene nariz os lo perdona.

ISABEL. ¿Y la virgencita de los Remedios?

FERNANDO. La virgencita de los Remedios hará lo que Dios diga.

A punto de aceptar la propuesta del monarca, en el último momento, algo hace que la reina se eche atrás provocando de nuevo la ira del rey.

ISABEL. ¡No puedo Fernando... es una promesa!

FERNANDO. ¡Maldita sea Isabel! ¿Os dais cuenta de que tal vez nunca reconquistemos Granada? Ya no tenemos oro y a los soldados se les deben tres meses de batallas, más emboscadas extras... He tenido que disolver la caballería por falta de caballos y los arqueros tiran las flechas con las manos. ¡Necesitamos oro, Isabel, oro, oro... y desodorante!

Desolado, el monarca regresa a su castillo. A Isabel algo le llama la atención. Con visibles muestras de preocupación observa el horizonte.

ISABEL. ¡Fernando...! ¿No oís? ¡Escuchad!

FERNANDO. ¿Qué debo escuchar?

ISABEL. ¡Viene del mar... es un rumor!

FERNANDO. ¿No vendrá de vuestra camisa y será un hedor?

ISABEL. ¡Chisss, dejarme oír! Sí, es un rumor de madera y agua que se acerca.

FERNANDO. Pues si se acerca a pesar de vuestra camisa debe tratarse de un rumor suicida.

ISABEL. ¿Pero cómo es posible que no lo oigáis?

FERNANDO. ¿Pero cómo es posible que no la oláis?

ISABEL. ¡Madre de Dios... es un barco Fernando, es un barco y se acerca!

Sobresaltado, también Fernando busca el barco.

FERNANDO. ¿Dónde, dónde?

ISABEL. ¡Allá, en medio de la bahía! ¿Lo veis?

FERNANDO. ¡Por las barbas del apóstol! Parece que lo que Dios os negó en olfato os lo compensó con creces en la vista.

ISABEL. ¿Será enemigo?

FERNANDO. Tiene que serlo. Si fuera nuestro ya se habría hundido.

ISABEL. ¿Qué hacemos Fernando... qué hacemos?

El rey toma su espada y recorre el escenario de un lado para otro poniendo en pie a su ejército.

FERNANDO. ¡Flanco derecha, caballería... las lombardas a estribor... a sotavento la infantería... la retaguardia avizor!

Isabel lo devuelve bruscamente a la realidad.

ISABEL. ¿Y yo, dónde me pongo? Estamos solos en la playa, cariño, como la guardia decidió establecer la vigilancia desde los arrecifes...

FERNANDO. ¿Hay tiempo para una estratégica retirada?

Ante el desánimo del monarca Isabel reacciona como corresponde a su rango y alcurnia.

ISABEL. Sólo hay tiempo para morir con dignidad.

El rey alarga la espada a su consorte desentendiéndose del inminente pleito.

FERNANDO. El honor es vuestro.

ISABEL. ¿No os da vergüenza, Fernando?

FERNANDO. ¿Suele dar?

ISABEL. Ya que no el reino ni la reina defended al menos vuestra dignidad.

FERNANDO. ¿Y si nos hiciéramos pasar por locos? Nadie se mete con un pobre loco y, además, a nadie va a extrañarle que un rey pierda la cabeza. Un rey no tiene porqué tener cabeza. Le basta con tener corona.

ISABEL. Decidiros pronto Fernando, ya no hay tiempo.

Fernando cada vez parece más asustado.

FERNANDO. ¿Y si nos hiciéramos pasar por árboles? Sí, eso es... pasarían de largo y entonces yo les caería por detrás. Me gusta la idea. Yo seré un abeto, o no, mejor un olmo, aunque bien pensado... se subirían a las ramas. Me quedo con el ciprés, estrecho, impenetrable, solo... Sí, eso es, seré un castaño de Castilla.

ISABEL. ¡Ya está desembarcando, pero sólo es un hombre, sólo un hombre, pequeño, esmirriado, insignificante...

El rey recupera el valor ante el anuncio de Isabel.

FERNANDO. ¿Uno...? ¿Y si nos hiciéramos pasar por reyes?

Isabel le entrega de nuevo la espada a Fernando.

ISABEL. Pues obrad entonces como un rey.

FERNANDO. Gracias por la espada señora Isabel, que no la habrán de empuñar otras manos mientras el rey de España tenga con qué blandirla, que en habiendo lid pendiente mi espada no dará tregua, así desta no la cuente, mi suerte la doy por buena. ¡Ni un paso atrás, ni un traspiés, que no me hiere ni humilla si debo morir de pie por no vivir...!

El rey, a punto de culminar una frase para la historia es víctima de nuevo del pánico y las dudas.

FERNANDO. ¿Y será muy doloroso vivir de rodillas? Eso será al principio, mientras uno se acostumbra, pero después...

ISABEL. Ya se acerca Fernando. Escondámonos detrás de esas palmeras. ¡Santiago y cierra España!

FERNANDO. ¡Eso, eso, que la cierre!

El desconocido navegante irrumpe en el escenario a los acordes de un movido merengue. Se trata de un indio americano. Viste un atractivo taparrabos, una reducida camiseta que le permite airear la barriga, plumas en la cabeza y un machete en la cintura. Completa el atuendo con unas zapatillas deportivas y gafas de sol que inmediatamente se las quita. Carga también un bulto que deja sobre la playa y, a pesar del lógico cansancio, canta y salta al ritmo de la música festejando su hazaña. Los reyes lo observan con temor desde sus escondites.

INDIO. ¡Lo hice, men, lo hice! Sabía que tenía que llegar. No se lo van a creer cuando lo cuente.

El indio inspecciona los alrededores y las pertenencias reales encontradas en la playa. Una desagradable fetidez llama su atención.

INDIO. ¡Fo...! Bueno, no todo podía ser perfecto, pero primero el deber y después el gozo que los salvajes que vi al desembarcar pueden regresar en cualquier momento. Seguro que fueron a buscar refuerzos.

El indio desabrocha su taparrabos y se desahoga sobre el castillo de Fernando ante la desolación del monarca que sigue escondido tras una palmera. Después, el indio extrae de su bulto algunas cosas, como un billete de lotería, papel higiénico, una pancarta, algo de fruta, un pote de ron casi vacío y que ahí mismo pasa a mejor vida, casabe, un cepillo para el pelo...

INDIO. ¡Que vaina, se me olvidó la bandera! Ni modo, tendrá que ser sin ella.

El indio despliega la pancarta en la que puede leerse: "Ron El Hijo de Mon, siempre presente en los grandes eventos" y de rodillas en el centro de la playa levanta el machete mientras declara con la necesaria solemnidad.

INDIO. ¡Yo, Hatuey Pichardo de Borojol, cariñosamente El Indio, tomo posesión en nombre de la comunidad de Mandinga y con el patrocinio de Floristería Floribel y el Colmado Popó de Borinquen, tierra hermosa y ...!

Fernando e Isabel, a pesar del temor, salen finalmente de sus escondites.

FERNANDO. ¡Oiga... que esto es España!

INDIO. ¿España?

FERNANDO. Pues claro, hombre, ¿qué creíais?

INDIO. ¿Cómo va a ser?

FERNANDO. ¿Pensáis acaso que no sé dónde vivo?

INDIO. ¡Ay ombe, no me jodas!

El indio extrae de su taparrabos un papel en el que comprueba la ruta.

INDIO. Vamos a ver... remo tres semanas... atravieso la galerna, doblo a la derecha, cuento hasta nueve desperdicios, cruzo la mancha de aceite y subo a la altura del bidón azul a la deriva, hasta toparme con el pote de jabón y las tres latas... después sigo recto... uno, dos, tres, cuatro mojones... ¡Claro, aquí fue que me despisté! ¡Qué le voy a hacer, tendrá que ser España! ¡Y lo que me costó sacar la visa! ¡Pues tomo posesión de España y de todos los tesoros y salvajes que me encuentre!

Concluida la ceremonia el indio se vuelve hacia los reyes.

INDIO. Ya he terminado. Están ustedes descubiertos.

FERNANDO. ¿Cómo qué estamos descubiertos?

ISABEL. ¿Y vos sois el descubridor?

INDIO. ¿Había venido otro indio antes que yo?

FERNANDO. Que nosotros sepamos... no.

INDIO. Pues ahí está. Yo soy el descubridor.

Aclarado el problema, el indio se retira a un extremo de la "playa" y anota en su cuaderno de bitácora.

INDIO. Ya llegué. Descubro un nuevo mundo que para ser nuevo huele bastante mal y un par de salvajes de extraño aspecto que visten como si no vistieran y que tienen sobre sus cabezas unos curiosos objetos. Les cuesta entender las cosas y parecen muy atrasados... ¡Nunca habían visto un indio!

A prudente distancia los reyes no salen de su asombro.

ISABEL. Fernando, no entiendo nada ¿será un infiel?

FERNANDO. Debe de serlo, aunque no parece moro.

INDIO. ¿Pero cuál es la chercha? ¿Es que no van a dejarme trabajar?

ISABEL. ¡Y hasta habla español, aunque de provincias!

INDIO. ¡Pues claro, doña! Uno no sale por ahí a descubrir nuevos mundos así, sin más ni más. Primero hay que prepararse.

ISABEL. ¿Y habéis venido solo?

INDIO. Lamentablemente la firma que me patrocinaba el descubrimiento no tenía presupuesto para más descubridores.

FERNANDO. ¿Y esa firma no nos podría subvencionar a nosotros la guerra contra el moro?

INDIO. ¡Que no viejo, que no! Hasta que no aprueben el año próximo el nuevo presupuesto no hay nada que hacer. ¡Te jodiste men!

ISABEL. ¡Fernando...! ¿Por qué eres tan indiscreto? No sabemos nada de él como para estar haciéndole confidencias.

FERNANDO. Cierto Isabel, que todavía no sabemos quién es ni de dónde ha salido.

INDIO. Está bien, voy a tratar de explicarles. Además, ustedes me han caído chéveres. Realmente no soy lo que aparento. Yo tenía mi triciclo allá, en la Duarte con París, vendiendo coco y plátanos, hasta que un fulano que acabó siendo alcalde se empeñó en que afeábamos la ciudad y que iban a venir cuchimil turistas y me sacó de la calle. Entonces empecé a trabajar de mánager con un combo de hembras, de lo más "nais". Se llamaba Las Vírgenes, pero las vírgenes se fueron largando y otra vez me quedé sin empleo...

El indio de improviso repara en algo.

INDIO. Por cierto ¿por aquí hay vírgenes?

ISABEL. ¡Por supuesto que hay vírgenes! ¡Las más inmaculadas, las más puras, las más castas, así son las vírgenes de España!

INDIO. Eso está cul, doñita. ¿Y dioses, tienen dioses?

ISABEL. ¿Nos tomáis por infieles? Claro que tenemos Dios.

INDIO. ¿How meny, doña... cuántos dioses?

ISABEL. ¿Qué decís? Tenemos uno, un sólo Dios verdadero.

INDIO. ¿Uno? ¡Carajo, qué tacaños! Nosotros tenemos... bueno, según el último censo, como 300. Y eso sin contar los naturalizados, los que trabajan medio tiempo, los que están de licencia médica, los semidioses...

Fernando decide intervenir.

FERNANDO. La verdad es que, aquí entre nos, debo reconoceros que aunque sólo tenemos un Dios es un dios dividido en tres personas distintas que siendo distintas personas son la misma persona sin dejar de ser distintas personas... O sea, el padre, el hijo y el espíritu santo, que viene siendo la paloma ¿comprendéis? Tres divinas divinidades divididas en una misma divina divinidad que siendo distintas divinidades, son la misma divinidad sin dejar de ser divinidades distintas... ¡La Santísima Trinidad, vaya!

INDIO. Ya entiendo, ya entiendo. Eso es como tres tristes tigres tragaban trigo...

FERNANDO. O como Pablito clavó un clavito ¿qué clavito clavó Pablito?

ISABEL. ¡Fernando! ¿No os dais cuenta de que se os está burlando? Cierto infiel que solo tenemos un Dios, pero con uno basta cuando es el único, el genuino, el verdadero.

INDIO. Y vuelve y vuelve. ¡Y además fanática! ¿Y quién dice que el tuyo es el verdadero?

ISABEL. ¡Las sagradas escrituras, la Biblia!

Isabel toma del cofre la Biblia y se la entrega al indio. Este se la lleva a la oreja y la agita impaciente. Después la tira, decepcionado.

INDIO. ¡Bah, no tiene pilas!

Fernando la recoge al vuelo antes de que caiga al suelo y también comprueba el sonido.

FERNANDO. Debe ser que se le han gastado.

ISABEL. ¡Fernando! Parece mentira que un simple pagano os confunda... ¡un salvaje!

INDIO. Un momento, doñita, cuídese la boca y midamos las distancias que aquí los únicos salvajes son ustedes.

FERNANDO. ¿Salvaje yo? Oiga, que yo soy el rey de España. Fernando II de Aragón. ¿No habéis oído hablar de Fernando II de Aragón?

INDIO. ¿Fernando? ¡Diablo, qué nombre más extraño para un aborigen! ¡No, no, no, eso no puede ser, a partir de ahora te llamarás Caonabo!

FERNANDO. ¿Pero qué decís? Yo soy Fernando, Fernando II.

INDIO. ¡Cállate, Caonabo, cállate o te pongo Guacanagarix!

Fernando se conforma. La que no se calla es Isabel.

ISABEL. ¡Está loco Fernando!

FERNANDO. ¡Tranquila Isabel, no os soliviantéis!

INDIO. ¿Cómo? ¿Isabel? ¡Oye qué nombre más chopo! No me extraña, mírenle el talaje. ¡Ay no, eso tampoco puede ser, ese nombre no tá! ¡Tú te llamarás... Anacaona!

ISABEL. ¡Fernando, me ha llamado Anacaona! ¿Es que no vais a hacer nada?

No teniendo otro remedio, el rey se aboca a la defensa de Isabel. En tono imperioso se dirige al indio.

FERNANDO. ¡Oídme bien, indio Hatuey o como os llaméis!

El indio, por si acaso, realiza una rápida y demoledora exhibición de habilidad con el machete que convence plenamente al rey de la conveniencia de aceptar su nuevo nombre.

FERNANDO. ¿Y apellidos? ¿No nos vais a poner apellidos?

INDIO. Bueno, ya está bien de tanta chercha. Vamos a trabajar que hay mucho que hacer.

De su bulto el indio saca unas matas que entrega a un desconcertado monarca, antes de subirse a la silla.

INDIO. ¡Toma estas matas Caonabo, son de yuca! Quiero que las plantes por los alrededores, con mucho cuidado para que no se dañen. Y cuando termines me buscas madera con la que me construirás mi casita "ful power", ya tú sabes. ¡Ah… y agua, mucha agua para asear esta vaina! ¡Carajo! ¿Toda España huele así?

FERNANDO. Sólo la que la reina pisa, pero se mueve tanto la condenada.

INDIO. Será cuestión de acostumbrarse. Con respecto a las clases, yo mismo daré apertura al curso.

ISABEL. ¿Qué curso?

FERNANDO. ¿Qué clases?

INDIO. ¿Pero no pensarán que los voy a dejar así? ¿Es que ustedes no tienen pai ni mai que los deja salir a la calle con esa facha? ¿Es que no se han visto el aspecto que tienen? Dan pena, pero lo que se dice pena. No, no, no, así no pueden seguir. Ustedes van a ser los primeros indígenas civilizados del nuevo mundo. De hecho, la próxima semana abriré las inscripciones. Aprenderán a pintarse la cara, a vestir con elegancia toda clase de plumas y taparrabos. Ya verán como muy pronto aprenden a hacer el indio.

Los reyes no salen de su asombro. Fernando hasta parece complacido con la apertura del curso civilizador.

INDIO. ¿Y bailar? ¿Ustedes bailan?

FERNANDO. Sí, nosotros bailamos.

INDIO. Pues vamos a verlo. Dale, Caonabo, bailen.

FERNANDO. Así, sin música...

INDIO. ¡Qué joder! ¡Vamos, a bailar, a cantar!

El rey, animado, trata de contagiar su interés a la reina.

FERNANDO. ¿Os acordáis de La Pilarica?

ISABEL. Sí, recuérdola, pero no sé si debiéramos.

FERNANDO. ¿Habéis hecho alguna promesa que os impida cantar o bailar?

ISABEL. No.

FERNANDO. Pues entonces vamos a cantar.

Isabel acaba por resignarse. En el centro y separados los metros que aconseja la fetidez de la mujer los monarcas se disponen a actuar. Fernando presenta la pieza al posible auditorio.

FERNANDO. Distinguido público, a continuación, la reina y yo vamos a interpretar la jota aragonesa titulada "La Pilarica".

Tras la presentación, el rey inicia entusiasmado su canto y baile al que va sumándose la reina cada vez más animada.

FERNANDO. *(Cantando)* "La virgen del Pilar dice que no quiere ser francesa, la virgen del Pilar dice que quiere ser capitana de la tropa aragonesa, la virgen del Pilar dice que no quiere ser francesa..."

Entusiasmados, siguen el recital.

FERNANDO E ISABEL. *(Cantando)* "La española cuando huele es que huele de verdad... Asturias patria querida...Valencia...Y viva España...Yo soy español, español, español, yo soy español, español, español..."

El indio interrumpe indignadísimo el concierto.

INDIO. ¿Pero qué es eso? ¿A eso le llaman cantar, bailar? ¡Qué barbaridad! Ya veo que están de un salvaje insoportable y que van a necesitar clases particulares.

El indio baja de la silla dispuesto a impartir la primera clase.

INDIO. ¡Fíjense bien como es la cosa para que después no estén preguntando! ¡Música, maestro!

Suena un merengue y el indio se exhibe bailando. Fernando asimila con entusiasmo el nuevo ritmo mientras Isabel se debate entre las ganas y la vergüenza. Cuando el indio considera que ya es suficiente manda quitar la música.

INDIO. ¿Vieron cómo es la vaina? Tienen que ponerle gracia, sabor... Y ya está bueno de lecciones. ¡Vamos muévanse, muévanse!

El indio regresa a su silla de mando mientras Fernando confunde los términos e insiste en seguir bailando el merengue que ya no suena.

INDIO. ¡Quieto ahí león, que ya ta bueno de baile! Ahora lo que estoy diciendo es que trabajen. Eso es lo que quiero decir con lo de moverse, que trabajen ¡Vamos arriba, a trabajar!

FERNANDO. ¿Quiénes?

INDIO. ¿Cómo que quienes? ¡No voy a ser yo que soy el descubridor! ¡Son los salvajes los que tienen que trabajar! ¡Vamos, a trabajar!

FERNANDO. Yo no soy ningún salvaje.

El indio decide darle otra oportunidad a Fernando y se descuelga de la silla nuevamente.

INDIO. ¡Qué paciencia hay que tener! Mira Caonabo, tal vez más adelante les retire a ambos la condición de salvajes, pero de momento no puede ser. Primero tengo que averiguar si tienen alma, qué clase de alma, y ese es, por cierto, un procedimiento largo y tedioso que puede durar siglos… ¡Y ya está bueno de explicaciones! ¡Vamos Caonabo, planta esa yuca, y tú, Anacaona, busca una hoja de palma para airearme, porque carajo...!

El indio regresa a la silla, también al ron y al cazabe que guarda en el bulto mientras los reyes permanecen impasibles, debatiéndose entre el temor y la obediencia.

INDIO. Caonabo... mira, no hagas que me "jondee" de aquí que te va a pesar. Te voy a dar una patada en la cabeza que te van a sacar la corona con cesárea.

Fernando sigue sin decidirse. Como si fuera un niño regañado hace pucheros. Finalmente se decide.

FERNANDO. ¡No lo haré, ea! ¡Yo soy el rey de España, no un simple campesino y no vine al mundo a trabajar... de campesino, se entiende! ¡O trabajo de rey o no trabajo!

INDIO. ¡Tú lo has querido Caonabo, si no trabajas por las buenas, lo harás por las peores... Iahhhhhhh!

Mientras el indio se descuelga de la silla machete en mano, Fernando retrocede. Ahora es la reina la que ocupa la silla.

FERNANDO. ¡Sea pues villano, ya que no me dejáis otra salida y sólo a la razón de mi acero atendéis, yo, Fernando II de Aragón y rey de España, sabré daros el escarmiento que se merece quien como vos ofende mi dignidad, mi corona, mi patria, mi caballo, mi reina, mi castillo, mi trono...

El indio, hastiado del inventario de ofendidos toma la iniciativa.

INDIO. ¡Vamos cobarde, pelea como un indio!

Los dos cruzan las armas en el centro del escenario sin llegar a tocarse, intercambiando las posiciones. La reina, con unos pompones en las manos, jalea a Fernando.

FERNANDO. ¡Rufián, bergante, bellaco, os vais a arrepentir de haber nacido!

INDIO. ¡Rastrero, desgraciado, pajarón, te voy a cortar las alas!

De nuevo cruzan las armas con el mismo resultado, volviendo a la situación inicial.

FERNANDO. ¡Rendíos, bastardo!

INDIO. ¡Ríndete tú, comemierda!

FERNANDO. ¡Antes muerto que entregar mi espada!

INDIO. ¡Ni modo, la recojo del suelo!

Los dos cruzan por tercera vez las armas. La reina sigue animando el pleito.

FERNANDO. ¿Os dais?

INDIO. ¡Nunca! ¡Deberás pasar por encima de mi cadáver!

FERNANDO. ¡Pues trataré de no pisaros!

De improviso suena un pasodoble. Fernando convierte su toalla en un capote o muleta y torea al indio transformado en toro. La reina apoya la faena con los clásicos olés. Una grave cogida del torero por un exceso de confianza pone fin a la corrida. El duelo se reinicia en los mismos términos que al principio pero ya con los contendientes mucho más cansados.

FERNANDO. ¿Y si cambiáramos de mano?

INDIO. ¿No será una trampa?

FERNANDO. Palabra de rey.

Ambos cambian de mano. La reina también comienza a cansarse.

INDIO. Ponte tú ahora de este lado.

FERNANDO. ¿No será otra trampa?

El indio, que ha quedado situado a la altura de la silla en la que sigue la reina, reconoce.

INDIO. ¡No, viejo..., es tu mujer!

El rey acepta, aunque no de muy buena gana. Tras una corta exhibición de kung-fú a cargo del indio que no impresiona al rey, los dos chocan las armas, sin demasiado ímpetu.

FERNANDO. Peleáis bien, bellaco.

INDIO. Tú tampoco lo haces mal, baboso.

La reina desesperada baja de la silla e interpela a su esposo.

ISABEL. ¡Pero terminad ya! No podemos pasarnos el resto del día en esto.

FERNANDO. ¿Y qué queréis que haga, que me deje matar? Hago lo que puedo.

ISABEL. Cualquiera diría.

FERNANDO. ¿Vos lo haríais mejor acaso?

ISABEL. Yo no me he pasado cinco años de mi vida aprendiendo esgrima con los mejores espadachines de Castilla.

FERNANDO. Lo que pasa es que estoy fuera de forma.

ISABEL. Sí, pero no sólo con la espada.

FERNANDO. ¡Ya empezáis con vuestras insinuaciones... que si estoy fuera de forma, que si no sólo con la espada...!

El indio aprovecha la distracción de Fernando encarado con Isabel para desarmarlo. Fernando ni siquiera se da cuenta de ello. Para su suerte, la reina que lo ha visto todo, interviene agarrando por el cuello al indio que sucumbe víctima de los sobacos reales. Ya con el indio en el suelo, desvanecido, Isabel se interesa por su salud.

ISABEL. ¿Estará muerto?

FERNANDO. Solamente anestesiado.

ISABEL. ¿Y qué vamos a hacer con él?

FERNANDO. De momento atarlo. Ocuparos vos de él que yo mientras registraré sus cosas.

Mientras procede Isabel a maniatar al indio, Fernando registra su bulto.

FERNANDO. ¡Isabel, mirad lo que encontré! ¡Es oro! ¡Oro!

ISABEL. ¿Tendrá más?

Fernando lo comprueba.

FERNANDO. No, no tiene más.

ISABEL. Pero quizás de donde viene…

FERNANDO. Imaginad, dijo que del otro lado del mar y eso es tanto como decir que de ninguna parte.

ISABEL. El problema es cómo llegar al oro.

FERNANDO. Nadie ha cruzado nunca al otro lado, de hecho, ahora es que venimos sabiendo que existe el otro lado.

ISABEL. ¡Fernando! ¡Hay una persona que sí ha cruzado, que sí conoce la ruta, que podría volver puesto que pudo venir...! ¡Él, Fernando!

El indio comienza a recuperarse. Se queja lastimosamente.

ISABEL. ¡Ya vuelve en sí! Guardad todo en su bulto como lo tenía. ¡Yo lo voy a desatar que se me ha ocurrido una genial idea!

La proximidad de la reina agrava la mejoría del indio.

FERNANDO. Mejor ya lo desato yo, no vaya a ser excesiva una segunda dosis.

Todavía aturdido, el indio se incorpora y observa a los monarcas que, a prudente distancia, sonríen amistosos.

ISABEL. ¡Caramba! ¡Ya se despertó nuestro insigne almirante!

INDIO. ¿Qué almirante?

Isabel ríe la ocurrente pregunta del indio. Aunque con notable retraso, Fernando la secunda.

ISABEL. ¡Cuánta modestia! ¡Cuánta humildad! ¡Aquí sólo hay un almirante, uno, solo uno, el egregio navegante de la mar oceánica!

Isabel señala al indio.

ISABEL. Vamos, levantaos. ¿No pretenderéis que os condecoremos en el suelo?

INDIO. ¿Ah... pero es que también me van a condecorar?

ISABEL. Eso es sólo el principio porque os tenemos reservadas otras sorpresas que van a transformar hasta el curso de la historia. ¡Vamos Fernando, proceded!

En un inusual destello de inteligencia Fernando da la impresión de comprender el juego de la reina. Del cofre real toma un sombrero de almirante colocándoselo al indio.

FERNANDO. Vamos a ver... ese pecho afuera, la cabeza erguida, el dedo de conquistador bien extendido, buscando tierra en el horizonte... cara de descubridor...

Los reyes se mueven alrededor del indio elogiando su magnífica presencia.

ISABEL. ¡Qué distinción, qué elegancia... parece hecho a la medida!

FERNANDO. ¡Jamás cabeza alguna lució tanta majestad!

Abrumado por las lisonjas el indio no cabe en sí de gozo.

FERNANDO. Mis felicitaciones almirante, recibid en nuestro nombre los parabienes de toda España.

INDIO. Gracias, muchas gracias... pero hay algo que, si no es molestia quisiera solicitarles...

ISABEL. Hablad sin miedo estamos en confianza ¿Desea su eminencia alguna otra prebenda?

INDIO. Bueno, ya que me nombraron almirante... ¿No podrían también nombrarme funcionario? Un carguito en el gobierno, sólo eso, cualquier cosa, administrador del aeropuerto, embajador en el Japón, director de Bellas Artes... yo con nada me apaño.

ISABEL. Pues claro hombre, faltaría más. Ahora mismo os sale el nombramiento.

Fernando recoge una chacabana o guayabera del cofre y se la coloca al indio. El atuendo lo completa con un maletín negro de ejecutivo y un celular. El indio, encantado, llama inmediatamente a su madre.

INDIO. ¡Mamá...mamá... sí, estoy bien, aquí, en España... yo te cuento, yo te cuento... ¿Cómo? ¿Qué parió la perra? Bueno, adiós, mamá... nos vemos!

Una vez cuelga el indio deja el celular en el suelo mientras abre su maletín.

INDIO. ¡Por fin soy funcionario!

FERNANDO. ¡El funcionario Hatuey Pichardo de Borojol!

INDIO. ...para servirles.

El indio entrega una tarjeta de presentación a cada uno. Isabel la lee.

ISABEL. Licenciado honoris causa... cum laude...

El indio advierte algo que no le agrada en el festejo que sigue a su nombramiento.

INDIO. ¡Un momento, un momento, cómo es la vaina! Se supone que yo los había descubierto, que yo era el descubridor y ustedes los salvajes...

ISABEL. ¿Pero qué formas son esas de hablar, almirante?

FERNANDO. ¡Funcionario!

INDIO. Bueno sí, pero se supone que yo...

ISABEL. Vamos, almirante, no nos pongamos a discutir ahora esas pequeñeces, que si yo los descubrí, que si fue el otro. Esos detalles carecen de importancia.

INDIO. Sí, pero yo... yo quiero ser descubridor.

ISABEL. Y de eso se trata. Como almirante al servicio de la corona os correspondería la gloria de descubrir un nuevo mundo, el mundo en el que vivíais antes de venir aquí.

FERNANDO. ¿Y a vos que más os da descubrir este mundo o el otro?

ISABEL. Y va a ser muy fácil. En cuanto llegáis plantáis...

INDIO. ¡Yuca no, yuca no!

ISABEL. ¡No... yuca no! Plantáis la enseña de Castilla y tomáis posesión de aquellas tierras con todo lo que incluyan.

FERNANDO. Igual que antes. Solo tenéis que cambiar los términos.

ISABEL. Y luego recogéis algunas muestras del lugar, que os digo, por ejemplo, unas piedrecillas así como amarillas, de un metal precioso que brilla mucho y que se llama...

INDIO. ¡Ay ombe... oro! Precisamente yo tengo aquí en el bulto...

El indio revisa sus pertenencias mientras los reyes esperan ansiosos. Cuando el indio se vuelve con la pieza de oro en la mano, la reina se la arrebata.

ISABEL. Esto será mejor que os lo guardemos. No podéis viajar con tanto peso, tendríais que pagar sobrecargo.

INDIO. Pero oiga, que es un recuerdo de familia.

ISABEL. Nada, nada, almirante, confiad en mí y ya marcharos que se os hace tarde.

INDIO. ¿Y si los indios se oponen? Usted no sabe cómo es que son. Allá amuelan el machete de los dos lados y desde que me vean van a saber que soy yo, el indio Hatuey.

FERNANDO. ¡El funcionario Hatuey!

ISABEL. No os preocupéis, porque viajaréis con un nombre falso.

Isabel busca apoyo en el rey.

ISABEL. ¡Fernando! ¿Cómo se llamaba aquel pobre diablo que mandamos degollar? ¿Aquel que decía que la tierra era redonda?

FERNANDO. Sí... y que también decía que giraba alrededor del sol... ya viene a mi memoria.

ISABEL. ¿Cómo era?

FERNANDO. Os digo que ya viene, no que haya venido.

ISABEL. Cris... Cris... Cristino... sí, Cristino...

FERNANDO. ¡Rondón! ¡Cristino Rondón! Ese era, lo recuerdo perfectamente.

ISABEL. Nadie os va a reconocer con ese nombre y ese sombrero y ese porte de caballero tan español.

FERNANDO. Luego, con que habléis todo con la "z" resolvéis cualquier conversación.

INDIO. ¿Con la... "z"?

FERNANDO. Es muy fácil, fijaos y repetid conmigo... Chorizo.

INDIO. Choriiisio...

FERNANDO. No, no es así. La lengua entre los dientes impulsando la voz. Observad... zafio, zote, zopenco, zarrapastroso, zoidiota, zoimbécil, zoanimal...

INDIO. ¡Eh, un momento, que podré ser indio, pero no bruto!

FERNANDO. Y recordad que siempre que vayáis a hablar, deberéis comenzar diciendo: ¡Pues hombre! Eso es muy importante. ¡Pues hombre, están ustedes descubiertos... Pues hombre, ¿hay oro por aquí?... ¡Pues hombre... soy español, casi na!

ISABEL. Y cuando terminéis de hablar, agregáis "coño"... Coño esto, coño aquello, coño lo otro, siempre coño.

INDIO. ¡Pues hombre... parece muy sencillo, coño!

Los reyes felicitan al indio por su rápido aprendizaje.

ISABEL. Y ya marcharos almirante que la gloria os aguarda.

INDIO. Un último favor quisiera pedir, un último favor.

FERNANDO. ¿Y qué queréis ahora? Ya no tenemos más cargos que ofreceros...

INDIO. No, lo único que quiero es la camisa de ella. Es por los tiburones. ¿Ustedes no han visto lo picada que está la mar?

FERNANDO. ¡Caramba, ese sería un magnífico repelente!

ISABEL. ¡Ay no, yo no me quito la camisa!

FERNANDO. Vamos Isabel, sacrificaros...

INDIO. Yo sin camisa no voy pa parte, no me muevo de aquí.

ISABEL. Es que fue una promesa.

FERNANDO. Vamos Isabel... todo sea por el descubrimiento...

Isabel accede a quitarse la camisa. Con visibles muestras de asco, el rey la recoge y se la pasa al indio, igualmente consternado por el olor.

FERNANDO. Dejad con vida a algún tiburón, que la especie sobreviva.

INDIO. ¡Adiós, majestades! ¡Adiós, mi pana ful de long times!

Tras el abrazo a Fernando, el indio comienza a adentrarse en el mar. Al parecer tiene algunos problemas para recordar su nuevo nombre por lo que, a gritos, trata de confirmarlo.

INDIO. ¿Y cómo es que era...? ¿El nombre? Cris...Cris... tóbal, sí eso era, Cristóbal... Colón.

Los reyes lo despiden brazos en alto. Cuando se pierde de vista, juntos y solos en la playa, muestran su felicidad por la aventura. Ya no son los atolondrados reyes que conociéramos, sino dos perversos y ambiciosos monarcas.

ISABEL. Dio resultado, pronto invadiremos las tierras desconocidas del otro lado del mar...

FERNANDO. Enviaremos cientos, miles de soldados...

ISABEL. Y algunos curas...

FERNANDO. Armados de arcabuces...

ISABEL. Y algunas cruces...

FERNANDO. Fieros guerreros para el botín y el atropello...

ISABEL. Santos varones para la fe y el evangelio...

FERNANDO. Devastaremos su barbarie...

ISABEL. Saquearemos su primitivismo...

FERNANDO. Decomisaremos su subdesarrollo...

ISABEL. Y cargaremos oro, todo el oro de sus templos...

FERNANDO. ...el que muestran y el que esconden...

ISABEL. ...el que todavía reposa en el lecho del río...

FERNANDO E ISABEL. ¡Ole! ¡Viva España!

Acto II (La travesía)

Rumor de olas y viento. Asido al palo mayor de La Pinta, Gerardo de Mendoza y Mendoza vigila y bebe. Casi ha buscado tierra como ha empinado la botella. Borracho y marinero otea con su catalejo el horizonte sin más tierra a la vista que la que delira. Su rostro se contrae cuando tiene a bien recordar la muy ilustre familia del responsable de todas sus desgracias.

GERARDO. ¡La madre que lo parió... genovés tenía que ser!

Gerardo recompensa su sentida alocución con otro generoso trago. Un brusco movimiento de la carabela frustra sin embargo el agasajo y está a punto de arrojar por la borda al marinero. Para su desgracia se pierde la botella. Desolado, recupera Gerardo la verticalidad con un eructo y asoma medio cuerpo sobre la cofa del barco.

VOZ DE MARINERO. ¡Almirante... el vigía sigue tirando botellas a cubierta!

VOZ DE ALMIRANTE. ¡Pues hombre, que no le suban más vino, coño!

Gerardo, que guarda en la cofa una pequeña bodega, repone la botella que es lo único que agarra con firmeza.

GERARDO. ¿Y qué estoy haciendo aquí? ¿Alguien lo sabe? ¿Qué estoy haciendo en este maldito barco no viendo otra cosa que agua, agua, agua por todas partes?

GERARDO. ...bueno, por casi todas. ¿Por qué tuve que marcharme de Montijo? Ya ni recuerdo el aroma de los cerdos camino del mercado. Una piara de 20 administraba y cuando vendía los puercos nunca faltaba una guerra en que enrolarme o un infiel que desorejar o convertir. Cincuenta solían pagar por moro arrepentido. ¡Qué buenos tiempos aquellos...! Durante la semana con los puercos y el fin de semana de pillaje y saqueo, siempre con oro en la bolsa, hembras en la cama y vino en la barriga. Claro que, se acabaron los infieles en España y hubo que salir a buscarlos fuera. Por eso me embarqué... bueno, por eso y porque me faltó al respeto un noble castellano y tuve que matarlo. A él, a su escudero y a su esposa. ¡Si no se hubiera entrometido el hijodalgo! Yo sólo pretendía mostrarme afectuoso con la dama, pero el alguacil no me creyó y tuve que matarlo. A él, a su ayudante y al escribano. Y todo por culpa de una mujer. Si al menos el cura me hubiera absuelto, pero no me perdonó y... no, no lo maté, mira por donde al cura no lo maté. Le vendí los puercos que me quedaban y me embarqué. Aunque mejor hubiera sido poner rumbo a la sierra antes que aventurarme en esta loca empresa. ¿Pero quién me mandaría a mí embarcarme... eh, quién? Bueno, a decir verdad, el cura me lo recomendó. Y además de vigía... ¡Para lo que hay que ver! Cuando aparece un simple islote que llevarte a los ojos y gritas ¡tierra... tierraaa... tierraaaaa! siempre surge un señorito que firma la gesta donde iba tu nombre y se queda con la gloria y con la plata... claro que la botella es mía.

VOZ DE MARINERO. ¿Habéis visto algo vigía? ¿Por qué gritabais tierra?

GERARDO. Sí, es tierra. La más exuberante que ojos algunos vieran.

VOZ DE MARINERO. ¿Y oro? ¿Se ve oro?

GERARDO. ¡Oh sí, marinero... y se ve tanto que nunca podríais acabar de verlo!

VOZ DE MARINERO. ¿Y aborígenes... hay aborígenes?

GERARDO. Por supuesto marinero... y sobre todo una. ¡Ya la veo! ¡Y rediós que es bella! Parece una diosa, desnuda, húmeda, esperándonos ansiosa, es ella, ella...

Gerardo se excita mientras observa a través del catalejo su propia botella.

VOZ DE MARINERO. ¿Quién vigía... quién?

GERARDO. ¡Tu puta madre, cabrón!

Gerardo acompaña su familiar alusión con un notorio corte de mangas y un largo trago. Después arroja la botella.

VOZ DE MARINERO. ¡Almirante, el vigía sigue tirando botellas a cubierta!

VOZ DE ALMIRANTE. ¡Pues hombre, que no le suban más vino, coño!

Gerardo descorcha con los dientes una nueva botella.

GERARDO. Tres semanas se nos dijo, en menos de tres semanas navegando siempre hacia poniente avistaríamos la tierra del Gran Kan, y vamos para tres meses y no hemos visto más tierra que la de los zapatos. ¡La tierra del Gran Kan! El can es el que se va a armar aquí como sigamos comiendo por toda pitanza aserrín a la bolognesa y costillar de rata a la bar-bi-quiú... y eso si los cabrones de cubierta no se olvidan del vigía. Maldita estrella la mía... ¿Por qué no mate al cura?

De la mano de la nostalgia, Gerardo rememora algunos recuerdos de su mocedad.

GERARDO. ¡Ieeeeea... ieeeeea... cucha marrano, cucha...oink, oink, oink...!

Tras un nuevo trago, se desentiende de su trabajo como porquero y retoma el catalejo. Atónito, no parece dar crédito a lo que ven sus ojos.

GERARDO. ¡Es tierra... no puede ser, es tierra, por fin tierra! El genovés tenía razón. A ver que dicen ahora los que se mofaban de sus convicciones, las malas lenguas que pregonaban por los puertos que el glorioso almirante de la mar oceánica era un burdo pirata de la ribera mediterránea. Yo, desde que lo conocí, supe que era un predestinado de los cielos. Por eso se disputaban su hazaña reyes de tres coronas y hasta particulares... para que fuera España finalmente y la Santa Madre Iglesia las elegidas para tamaña empresa. ¡Jamás supe de un marino más seguro de sí que don Cristóbal! ¡Bendito sea el maldito vientre que lo parió almirante! ¡Es tierra, sí, es tierra... ya distingo la plaza... y la finca de Carmona... y la torre de la iglesia... es Montijo! ¡Montijo a la vistaaa... Montijo a la vistaaaaa!

VOZ DE MARINERO. ¡Almirante, el vigía ha vuelto a divisar Montijo!

VOZ DEL ALMIRANTE. ¡Pues hombre, que no le suban más vino, coño!

Gerardo, eufórico, se arranca por bulerías.

GERARDO. *(Cantando)* ¡Montijo, cuando yo vivía en Montijo, nunca me faltó en la casa una cristiana casada, trabajando en la cocina y una negra pa la cama...!

El propio Gerardo se acompaña con palmas hasta que el espejismo se desvanece. Gerardo queda en silencio. Ya no se ve la plaza, ni la finca de Carmona, ni la iglesia, ni Montijo. El horizonte sólo devuelve agua al catalejo. Su júbilo se ha transformado en una mueca huraña e inquietante.

GERARDO. ¿Y es que no tenía la reina otra cosa que hacer que prestar oídos al primer lunático que llegara a la corte? ¿Por qué no maté al cura?

Gerardo imita la voz del almirante antes de desahogarse.

GERARDO. "¡Que no le suban más vino, que no le suban más vino...!" ¡Maldito genovés... por algo lo echaron de Francia y Portugal! Otra cosa era cuando nos embarcamos. Hasta el arzobispo de Sevilla se hizo presente en el muelle con otros altos cargos eclesiales, y el gobernador y su señora esposa, y el alcaide y su señora esposa, y el cardenal y su seño... y todas las putas del muelle gritándonos: "Adiós, adiós... yo quiero tres lingotes... y para mí uno más, que tengo un hijo... A mí traedme una sirena barbuda y nuez moscada... Yo me conformo con una indígena con rabo... Y a nosotras, Gerardo, nos traes clientes..." me gritó una de ellas. Yo no sé contar pero conmigo se embarcaron más de un ciento, casi todos convictos y confesos y otros que, como yo, descubrieron tarde su vocación de marineros al servicio de Dios y la Corona. Al otro lado del mar nos esperaba todo lo que un cristiano puede ambicionar: deliciosos manjares nunca catados en taberna alguna, exóticas infieles de dos culos, joyas para emperifollar hasta mis cerdos, oro por doquier y, sobre todo, finos licores espirituosos que hacen del vino bebida de mocosos. Y eso sí, de todos los tesoros encontrados tres quintas partes son de la Corona...

Gerardo comprueba con regocijo la cantidad del porcentaje que corresponde a la Corona.

GERARDO. ¡La reina va a tener donde bañarse... claro que, después habrá que cambiar el agua! Y una quinta parte de lo hallado corresponde a la Iglesia que, como es natural y costumbre, se ha interesado en las posibles almas a convertir...

Otra vez se ríe y bebe.

GERARDO. ¿Queda alguna sardina por confesar? ¿Algún bacalao quiere arrepentirse? ¡A ver, los mejillones que estén en pecado mortal que levanten la concha! Y luego está la parte que le queda al pirata de Colón que, aunque es la menor parte siempre tendrá la suficiente para ahogarse, pero... ¿y a mí, qué me queda a mí?

De improviso se sobresalta. A su alrededor, dos infieles sarracenos lo amenazan. Gerardo echa mano a su espada y desenvaina dispuesto a enfrentar la alucinación.

GERARDO. ¡Ah, malditos sarracenos! ¿Tratando de pasar desapercibidos, eh? Y yo que pensaba que os habíais extinguido. Pero deteneos, no huyáis, que nunca me fue dado el privilegio de convertir a dos infieles a la vez.

Con una mano en la botella y otra en la espada, Gerardo acorrala a uno de los infieles a quien coloca la punta de su espada en la garganta.

GERARDO. Si antes de que cuente... pongamos diez, no os oigo invocar el nombre de Dios, juro, voto al cielo, que os ensarto con mi acero. Uno... dos... tres... ¡Lo siento carajo, pero se me dan mal las cuentas, así que muere fementido, muere, que en estando yo con vida, así esté curda o sereno, no ha de profanar el nombre de Dios ningún sarraceno!

Muerto el primer infiel, Gerardo se encara con el segundo.

GERARDO. ¿Y vos maldito moro... invocaréis el nombre de Dios? ¿Si antes de que cuente, pongamos...

Ante tan trágicas perspectivas el infiel opta por arrojarse de cabeza al mar.

GERARDO. ¿Pero qué hacéis maldito moro... a dónde vais? Sólo pretendo convertiros a la fe. ¿Es que vais a preferir los tiburones? ¡Regresad maldito moro, regresad!

VOZ DE MARINERO. ¡Almirante, el vigía ha vuelto a sorprender sarracenos en el palo mayor!

VOZ DE ALMIRANTE. ¡Pues hombre, que no le suban más vino, coño!

GERARDO. ¡Vamos, regresad al barco! No podéis seguir a nado y, además, nosotros tampoco vamos a ninguna parte. Es más, si no queréis invocar el nombre de Dios, no importa. Vamos, subid al barco. ¿No pensaréis que iba en serio eso de desorejar infieles? Bueno, algún que otro dedo surtido de anillos no os voy a negar que con las prisas del saqueo... pero orejas, nunca. ¡Vamos, volved al barco! ¿O tendré yo que arrojarme al agua? Si regresáis, hasta prometo emplearos como ayudante del vigía, que, aunque la paga es escasa se bebe bien. Si es por lo de vuestro amigo, lo siento, no sé qué me pasó, es que me pongo nervioso... Siempre que me veo delante de un maldito moro, de un sucio sarraceno, de un impío bastardo, como que no puedo contener las ganar de degollarle un poco el cuello, pero algo me dice que con vos podría ser distinto.

En su excitación a Gerardo se le escurre la botella que se hace añicos contra las rocas. El ruido de la botella al romperse, las gaviotas, la quietud del barco y sobre todo los gritos del marinero desde tierra firme, consiguen devolver a Gerardo a la realidad.

VOZ DE MARINERO. ¡Almirante, ahora es que se entera el vigía de que hemos encallado!

VOZ DE ALMIRANTE. ¡Pues hombre, que no le suban más vino, coño!

Acto III (El desembarco)

Desde el fondo de la sala, irrumpe solemnemente y avanza por el patio de butacas un cortejo religioso característico de la Semana Santa española. Flanqueado por un capitán y un soldado, el indio carga la estatua de Colón a sus espaldas como si fuera una cruz y él estuviera a punto de ser crucificado. Una saeta resuena anticipando el tema La madrugá. *Por detrás del cortejo viene un cura y un escribano.*

Una espectadora, conmovida por la imponencia del cortejo y el encorvado y lastimoso paso del indio, se acerca a él y seca su sudor con un pañuelo. Cuando vuelva a su butaca descubrirá asombrada en su pañuelo el rostro del indio.

Una vez llega el cortejo al escenario, entre el capitán y el soldado colocan la estatua de Colón (típica estatua con un brazo extendido señalando el horizonte) en medio del escenario y al fondo, instando al indio a que entre dentro de la estatua (naturalmente hueca, y en la que del indio solo se verá su cara). Nada más cesa La madrugá, *suena el* Barras y estrellas *estadounidense y hacen su entrada, también desde el fondo, en medio del jolgorio y bailando, el marinero (luce un vendaje en la cabeza) y el vigía Gerardo de Mendoza. Rápidamente se les suma al festejo el soldado, mientras el cura y el escribano conversan en privado en el escenario y el capitán revisa algunos detalles de la estatua.*

(Caso de que un posible productor de esta obra disponga de los recursos necesarios, al marinero y Gerardo de Menzoza les puede preceder un grupo de "majorettes" o animadoras, una banda de música y una engalanada carroza desde la que ensacados ejecutivos de Iberdrola, Banco de Santander, Repsol, Prisa, Telefónica y otras empresas españolas, arrojen confetis y caramelos a los espectadores. Detrás, cerrarían el cortejo, piratas, gánsteres, malabaristas, payasos, acróbatas, contorsionistas y cuantos personajes quepan en un circo, incluyendo jinetes a caballo o "zaldikos" —hombres metidos en el cuerpo de un caballo de cartón al que le prestan las piernas, característicos de las fiestas populares en el País Vasco— Tampoco está de más jugar con la pólvora y hacer sonar algún petardo).

La fiesta se prolonga unos segundos más ya sobre el escenario e, inmediatamente, el capitán se afana en componer la imagen que registre la gesta para la historia tratando de alinear a los conquistadores a ambos lados de la estatua.

Gerardo de Mendoza y el marinero, ajenos a los deseos del capitán, parecen muy entretenidos con un descubrimiento en el patio de butacas, junto al proscenio.

MARINERO. ¡Hostias, macho..., llegamos a las Indias!

GERARDO. ¡Y qué indias... para mí la de verde!

Casi tan excitado como borracho, Gerardo señala a una sorprendida espectadora cuyo único delito será estar de buen ver y haber ido de verde.

MARINERO. ¡Es mía... yo la descubrí primero! ¡Es mía!

GERARDO. ¡Mentís, bellaco, que yo la vi desde el barco! ¡La de verde es mía!

MARINERO. ¡Os digo que es a mí que corresponde!

GERARDO. ¡No se hable más, vive Dios, que en cantar y fornicar yo voy delante de vos y tengo la prioridad!

MARINERO. ¿Y en beber... u os olvidáis?

Gerardo, que no se olvida, tiene a bien invitar al marinero. Después reflexiona.

GERARDO. ¿Qué ven mis ojos... que advierto? ¡Cuatro piernas, cuatro senos...! ¿Veis lo que yo marinero? Los historiadores tenían razón que todas las indias son, indias sobradas de carnes y las carnes gratas son... ¿O acaso no confirmáis tan bella exageración?

MARINERO. Sí Gerardo, la confirmo. Quedad vos con lo que veis de más que yo me tengo a bien conformar con lo que veo de menos.

Gerardo, que no está dispuesto a transigir con el marinero, entabla una lucha con este que dan por culminada al decidir, de mutuo acuerdo, jugársela a los dados. Los dos, ya sobre el escenario, desaparecen detrás del dado.

En el otro extremo del escenario el cura inicia la bendición de los indígenas acompañado del escribiente que toma notas y los interroga en todas las posibles lenguas.

ESCRIBANO. ¿What is your name? ¿Vous parlé francais? ¿Zer moduz?

Provisto de un hisopo, el cura derrama agua bendita sobre los sorprendidos y mojados indígenas.

CURA. ¡Fijaos, Francisco, como saltan y se ríen cuando los bendigo...! ¡Oh, Dios, cuántos demonios no estaré expulsando de sus cuerpos!

El escribano toma nota tan rápido como puede, cantando siempre la última sílaba como si fuera el eco de la voz del cura o su propio eco.

ESCRIBANO. ...erpos.

CURA. No riáis, blasfemos, y recibid gozosos...

ESCRIBANO. ...osos.

CURA. ...la bendición de Dios. ¡Fijaos, Francisco, cómo saltan!

ESCRIBANO. Tomo inmediata nota para que conste... onste.

CURA. ¡Dominus vobiscum... vade retro, Satanás! ¡Dei gratias, gratia plena fias voluntas tua... dominus vobiscum! ¡Ego abreviare capítulum ad ne fatiguen aurícula! ¡Dominus vobiscum...!

ESCRIBANO. Tal vez ni siquiera sea prudente bendecirlos... los.

CURA. Acaso tengáis razón, que no me inspiran confianza estos pobres miserables.

ESCRIBANO. ...bles.

CURA. ¿Y por qué están todos sentados? ¿Quién ordenó que se sentaran?

ESCRIBANO. Ya estaban sentados cuando llegamos... amos.

CURA. Sin duda estos salvajes no son gente de trabajo.

ESCRIBANO. ... ajo.

CURA. Fijaos en sus cuerpos, parecen flácidos, fofos.

ESCRIBANO. O no están en guerra o no se han casado… asado.

CURA. ¡Por Dios, escribano, no es necesario que lo escribáis todo! Anotad sólo las conclusiones.

ESCRIBANO. ¡...oones! ¿Y qué concluyo... huyo?

CURA. Pues podéis concluir, por ejemplo, que estas tierras están llenas de aborígenes...

ESCRIBANO. ... ígenes.

CURA. ...que además de ignorar las lenguas modernas, son propensos al ocio y a la blasfemia...

ESCRIBANO. ... mía.

CURA. ... y que se sonríen estúpidamente cada vez que les hablas.

ESCRIBANO. ...blás! Permitidme, padre, que lo intente de nuevo. Acaso ahora respondan... ondan. ¿What is your name? ¿Do you like a conquistadores spanis?

CURA. ¡Dejadme a mí, escribano, que si vos sabéis de letras yo sé de paganos!

ESCRIBANO. ...anos.

CURA. Y me da que aquestos salvajes tienen más de infieles que de ilustrados. Quizás...

ESCRIBANO. ... zás.

CURA. ... la música...

ESCRIBANO. ... sica.

CURA. ...sea el gozoso instrumento del que se valga el todopoderoso...

ESCRIBANO. ... oso.

CURA. ... para alcanzar con su magia los vacuos corazones de aquestas indigentes bestias.

ESCRIBANO. ¿Y cuál es la conclusión?

CURA. Que estos infelices que veis aquí muy pronto serán el coro del magnífico tedeum que pienso interpretar.

El escribano, con evidente pesar, confirma su temor.

ESCRIBANO. ¿Pensáis cantar el Tedeum laudamus?

El cura ni responde.

CURA. ¡Oídme, bestezuelas..., vamos a cantar! ¿Entendéis? Cantar... chanter... conforme yo vaya cantando las estrofas...

ESCRIBANO. ... ofas.

CURA. ...vosotros las vais repitiendo.

ESCRIBANO. ... endo, en fa, en mi, en sol...

CURA. *(Cantando)* Tedeum laudamus Dominus pacen...

El canto es interrumpido abruptamente por el capitán.

CAPITÁN. ¡Padre, os reclama don Cristóbal y dice que el tedeum va al final del acto!

El cura se aleja refunfuñando su último intento fallido por cantar y, seguido del escribano, acude al centro del escenario, junto a la estatua de Colón en cuyo interior, el indio, observa en silencio lo que pasa a su alrededor. El capitán, que todavía no ha conseguido alinear a su tropa para cumplir con el protocolo, pasea vigilante por el proscenio. Tras el capitán un diminuto soldado, casi tapado por el estandarte que carga, trata de hacerse notar.

CAPITÁN. ¡Ya habéis oído al almirante... hay que abrir bien los ojos!

El capitán pasea receloso entre la indígena audiencia, siempre con la mano presta a empuñar la espada.

SOLDADO. Descuidad, capitán, que no pierdo detalle.

CAPITÁN. ¡Por Cristo que no me fío que aquestos salvajes se rindan!

SOLDADO. Según una encuesta de la universidad de Valladolid, únicamente el 10% de los salvajes descubiertos son hostiles.

CAPITÁN. ¡Ya... el 10%! ¿Y qué saben las universidades de salvajes?

SOLDADO. Mi capitán... casi el 70% de las universidades españolas han desarrollado estudios al respecto y sólo en lo que va de año se han publicado un 13% más de estudios que el pasado año y un 45% más que hace tres años y un 23% más...

CAPITÁN. ¡Eso son supercherías! ¡Yo bien sé cómo hay que tratar a estos salvajes y ninguna universidad me va a enseñar a hacerlo!

SOLDADO. Mi capitán, sólo el 5% de los sondeos estadísticos de las universidades carecen de rigor...

CAPITÁN. ¿Sí? ¿Y quién ha hecho esa encuesta?

SOLDADO. Otra universidad, mi capitán.

CAPITÁN. ¡Callad de una vez, que me ponéis nervioso con tanta palabrería y mojiganga!

SOLDADO. Es lógico mi capitán. Más del 70% de los capitanes descubridores sufren de los nervios y un 12% padece de alucinaciones y un 15% de escorbuto y un...

CAPITÁN. ¿Y sabéis por ventura cuál es el porcentaje de capitanes que estrangulan a sus soldados portaestandartes?

El capitán se ha dado la vuelta encarando a su soldado que capta la indirecta. Una vez, sin embargo, el capitán reinicia la ronda entre los indígenas en la seguridad de que no va a haber más porcentajes a sus espaldas, el soldado puntualiza.

SOLDADO. ¿Queréis datos oficiosos?

Mientras el capitán trata de controlar los nervios, el soldado insiste.

SOLDADO. Aproximadamente el 87% de los capitanes que sufren de los nervios o histerismo senil se comportan violentamente con la tropa, lo que representa la mejor media europea.

El capitán desenvaina dispuesto a callar para siempre su fuente de datos, pero el cura interrumpe el gesto reclamando a gritos al capitán a su lado.

CURA. ¡Capitán…! ¿Vamos a hacer la foto o no?

CAPITÁN. Por esta vez habéis tenido suerte, pero no tentéis al destino porque la fortuna casi nunca se repite.

SOLDADO. Cierto mi capitán. Sólo el 4% de los afortunados una primera vez lo son también una segunda.

El capitán, tal vez porque no oyera el último sondeo o, simplemente, prefiriese ignorarlo, trata de poner orden alrededor de la estatua de Colón. En su interior, el indio es el único que no parece mostrarse muy feliz con la situación.

CAPITÁN. ¡Atención todo el mundo, en nombre de nuestro almirante don Cristóbal, voy a dar inicio al acto de apertura! ¡Todos alrededor de su excelencia!

Las órdenes son cumplidas por todos excepto por Gerardo de Mendoza que, apartado del grupo y luego de fracasar con los dados, se dispone a subastar a la indígena de verde.

GERARDO. ¡Cuatro reales a la de una, cuatro reales a la de dos y cuatro reales a la de tres...! ¿Hay quién de más? ¿No? Pues… ¡adjudicada la indígena de verde al vigía Gerardo de Mendoza!

Junto a Gerardo, el capitán no parece estar de buen humor.

CAPITÁN. ¡Guardad silencio vigía!

GERARDO. Ya es tarde para seguir pujando. La subasta ha quedado cerrada.

Gerardo revisa sus bolsillos sin preocuparse en absoluto del capitán.

GERARDO. ¡Maldita sea, no encuentro los cuatro reales!

El capitán vuelve a desenvainar su espada.

CAPITÁN. ¿Sabéis cuánto tarda esta espada en cortaros la yugular?

GERARDO. ¿Queréis que os lleve el tiempo?

CAPITÁN. ¡No os lo voy a volver a repetir! ¡La próxima vez juro por mi honor que os ensarto con mi acero!

GERARDO. ¿Por casualidad es acero toledano?

CAPITÁN. Por supuesto, yo no empuño cualquier espada.

GERARDO. ¿Tiene doble filo, aguja de platino y encendido, linterna, hilo de pescar, internet...?

El capitán revisa su espada abrumado por la decepción. La voz del cura lo rescata.

CURA. ¿Hasta cuándo debemos esperaros, capitán?

Hecho el necesario orden y silencio, el capitán toma en una mano el pendón de Castilla y la espada en la otra. El resto de la tropa se alinea de pie a su derecha e izquierda.

CAPITÁN. ¡En nombre de Cristóbal Colón, almirante de la mar oceánica y virrey de España, tomo posesión...

GERARDO. ¡De la verde no, que es mía!

CAPITÁN. ¡Silencio rediós!

Recuperado el orden, vuelve el capitán a reiniciar la proclama.

CAPITÁN. ¡En nombre de Cristóbal Colón, almirante de la mar oceánica y virrey de España...

CURA. ¿Y si cantamos primero el Tedeum laudamus?

CAPITÁN. ¡Carajo! ¡Esperad a que termine mi discurso!

Visiblemente molesto el capitán reinicia el acto.

CAPITÁN. ¡En nombre de Cristóbal Colón, almirante de la mar oceánica tomo posesión...

ESCRIBANO. ¿Y qué hago con la de verde? ¿La anoto o no la anoto?

GERARDO. ¡Registradla a mi nombre... a mi nombre!

CAPITÁN. ¡Ya basta, coño! ¡Al próximo que hable lo parto por la mitad!

SOLDADO. El 65% de las tomas de posesión registran este tipo de incidentes.

El capitán ya no tolera más interrupciones. Se dirige amenazador al soldado y éste sale de la formación tratando de huir. Lo consigue, pero no sin antes llevarse una patada en el culo que lo hace rodar hasta el proscenio. Cuando finalmente parecen acallarse los murmullos, el capitán vuelve a intentarlo.

CAPITÁN. ¡En nombre de Cristóbal Colón, almirante de la mar oceánica tomo posesión de América y de todos los tesoros y salvajes que se encuentren...

SOLDADO. ¡Oro...oro!

El soldado, que al rodar por el suelo había ido a parar al proscenio, acaba de hallar una pepita de oro y con ella en la mano reclama la atención de todos.

SOLDADO. ¡Es oro! ¡He encontrado oro!

Antes de que tenga tiempo de repetirlo ya tiene al capitán, espada en mano, a su lado. El soldado, consciente de las homicidas intenciones de su superior, clama por su vida de rodillas.

SOLDADO. ¡Piedad, capitán, piedad! ¡Tened piedad de este humilde soldado! ¡No volveré a interrumpiros!

El capitán arrebata la pepita de oro al soldado al tiempo que lo degüella. Mientras agoniza, el soldado aún tiene tiempo para un postrero apunte estadístico.

SOLDADO. El ciento por ciento de los soldados degollados por culpa del oro... terminan muriendo.

Lo ocurrido ha sobresaltado al resto de la tropa descubridora que observa con temor y reproche al capitán quien ha aprovechado la ocasión para hacerse con la pepita que esconde a sus espaldas. Quien sigue al margen de lo sucedido es el vigía Gerardo de Mendoza que ha aprovechado la nueva interrupción para seguir intentando intimar con la de verde. El cura es el primero que reacciona acercándose al capitán.

CURA. ¿Qué habéis hecho, hijo mío? ¿Has asesinado a un semejante? ¡No matarás manda el quinto mandamiento! ¿Qué sangrienta locura se ha apoderado de vos? ¿Qué infierno arde en vuestra cabeza? ¿Cómo has sido capaz de tan abominable crimen, hijo mío?

Impresionado por la grandilocuencia con la que el cura se expresa hasta da la impresión el capitán de lamentar su propia conducta. El cura aprovecha su arrepentimiento y le otorga su perdón abrazándolo.

CURA. ¡Era carne de tu carne! ¿Nadie te dijo nunca que debes amar al prójimo…

Desgraciadamente, el cura, que porta en sus manos un afilado crucifijo, casi sin pretenderlo, subraya su interrumpida pregunta y abrazo con tanto énfasis que el capitán, ensartado por el crucifijo, se desploma muerto, ya sin la pepita de oro.

CURA. …como a ti mismo?

Decidido a pasar página cuanto antes, el cura oculta bajo el hábito la pepita y comparte algunas buenas noticias con el resto del grupo que no acaba de entender la súbita muerte del capitán.

CURA. Y bien, creo que nada mejor para superar estos trágicos acontecimientos que cantar juntos el Tedeum laudamus, que nada le es más grato a Nuestro Señor que la oración que se canta y se comparte. ¡Acercaos y cantemos juntos por la salvación del alma de estos dos valientes soldados de España!

Los convocados se acercan animados, especialmente el escribano que se coloca tras el cura. Gerardo tiene mejores cosas de las que ocuparse.

Pocos instantes más tarde de que se inicie el canto, justo en el momento en que todos alzan sus brazos al cielo en busca de amparo, el escribano aprovecha la puntiaguda pluma de ganso con la que escribe para asestar un certero registro en las espaldas del cura que cae de rodillas, como si se estuviera confesando por quién sabe qué pecados. Al caer, del interior de su hábito cae la pepita de oro rodando por el suelo a la vista de todos. Agonizando, todavía el cura tiene fuerzas para volverse hacia su escribano.

CURA. ¿Qué has hecho, hijo mío? ¿Has asesinado a un semejante? ¡No matarás, manda el quinto mandamiento!

ESCRIBANO. ¡…miento! *(Anota el escribano tras recuperar su pluma).*

La pepita de oro ha ido a parar a un extremo del escenario, lejos de todos, incluyendo a Gerardo entretenido en sacar de su pechera una última botella de vino y servirse unos cuantos tragos. Quienes no han perdido detalle del trayecto que ha seguido la pepita son el marinero y el escribano que corren a hacerse con ella. El marinero pierde la competencia de velocidad por llegar al oro antes que el escribano aunque de poco le sirve a este porque, apenas la ha tomado en sus manos, es acuchillado por el marinero. El escribano, agonizando, apenas sí tiene tiempo de hacer una última anotación en su libro de registros.

ESCRIBANO. ¡… muero!

Una vez el marinero se ha hecho con la pepita celebra su buena suerte dando gritos de júbilo y saltos.

MARINERO. ¡Es mio, el oro es mio! ¡Soy rico! ¡Inmensamente rico!

No contaba el marinero con que Gerardo, cada vez más entusiasmado con la indígena de verde, una vez termina la botella, fiel a sus costumbres, la arroja por el aire con tan mala fortuna para el marinero que va a impactar, veleidades del destino, en su maltrecha cabeza. El marinero se desploma tras el impacto soltando la pepita que va a caer cerca de Gerardo. Antes de morir, apenas con un hálito de vida, el marinero todavía tiene tiempo de cumplir con su deber.

MARINERO. ¡Almirante, el vigía sigue tirando botellas a la playa!

El almirante indio, preso dentro de la estatua, también ahora le responde.

ALMIRANTE. ¡Pues hombre...! ¿Por qué no te callas? ¡Coñazo!

Quien no se calla es Gerardo que termina finalmente por encontrar la pepita y, tambaleándose, absolutamente borracho, mientras rebusca entre su ropa otra botella y enarbola feliz el tesoro encontrado, se dirige cantando y bailando al encuentro de la espectadora de verde.

Comienza a oírse el tema Se murió Colón.

(Música: perico ripiao de Micky Montilla; letra de Koldo Campos)

Se murió Colón

cuanta algarabía

Colón se murió

tres avemarías.

Pero la conquista

sigue todavía,

sigue la conquista

y la rebeldía.

Se murió Colón

yo no iré a su entierro.

Colón se murió,

que no estoy de duelo.

Que vayan si quieren

los que construyeron

un faro a su nombre

y una cruz al nuestro.
Y el indio atrapado
en su propia historia
y atrapado el indio
busca su memoria,
que el siglo que nace
no quiere colonias
quiere pueblos libres
que busquen la gloria.

Cae el telón.

Reseña de *La verdadera historia del descubri... miento de América*

Esta obra la comencé a escribir en 1988 y empezó siendo *La verdadera historia de Cristóbal Colón*. A partir de un supuesto juramento de la reina Isabel de que no volvería a cambiarse de camisa hasta que Granada (última plaza española en poder de los árabes) volviera a ser cristiana, la reina y el rey, a iniciativa del monarca, pasan unos días de asueto en una playa gallega. Tras varios incidentes entre ambos que a punto están de frustrar unas vacaciones cuyo objetivo era lograr que el baño mitigara la pestilencia reinante, el desembarco de un indio americano invierte la historia oficial de la conquista.

La obra la dirigió Oleka Fernández y se estrenó en el Palacio de Bellas Artes de Santo Domingo en el verano de 1988. Las actuaciones estuvieron a cargo de Olga Bucarelli (reina Isabel) Micky Montilla (indio/Colón) y yo como rey Fernando. De la escenografía se ocupó Fernando Ottenwalder; Antonio Pantojas y Olga Bucarelli del vestuario; Carlos Fernández de la musicalización; Servio Uribe de la luminotécnica y Karina Noble fue la voz en off.

Meses más tarde, tras introducir algunos cambios en la obra, la convertía en el primer acto (el plan) de *La verdadera historia del descubri... miento de América* y escribía dos actos más. El segundo (la travesía) era un monólogo del vigía Gerardo de Mendoza y Mendoza, borracho y pendenciero, encaramado a la cofa del palo mayor durante el viaje. El tercer acto (el desembarco) suponía la llegada a tierra americana de la expedición española, compuesta por Colón, un capitán, un soldado, un marinero, un cura, un escribano y el vigía, y los inconvenientes que tuvieron para llevar a cabo el acto oficial de tomar posesión del nuevo mundo.

En 1990, estando en Pamplona (País Vasco), conozco al director de teatro Jesús Garín al frente del grupo Hitz-Anaitasuna que buscaba una obra cuya temática fuera la que yo proponía. Tras tres meses de intenso trabajo se estrena en la sociedad Anaitasuna ese mismo año y participa en el V Encuentro de Teatro de Pamplona en la Escuela Navarra de Teatro. Con la dirección de Garín, responsable entre otros aciertos del feliz hallazgo del final del primer acto y que yo no había sabido ver, actuaron Arantza Rodríguez (reina Isabel), Koldo Campos (rey Fernando), Pablo Asiain (indio y capitán), Jesús Garín (vigía), Jesús Noáin (marinero), Josu Etxebeste (cura), Jorge Viladrich (escribano) Bibí Liras (soldado) J.Miguel San Martín (Cristóbal Colón) y Carmen González y Txeli Blanco como azafatas. Asun García se ocupó del sonido y Txus Regueiro de las luces. La obra se presentó en varios teatros y salas de cultura de Pamplona, y en numerosas localidades navarras como Barañain, Santesteban, Orbaiceta...

En la revista de la sociedad Anaitasuna (La Hermandad) publiqué entonces el siguiente artículo que casi 30 años más tarde sigue teniendo la misma vigencia y que explica el porqué esta obra.

Alguien dijo una vez que un pueblo que ignora su historia está condenado a repetirla, pero mucho antes de conocerse tan puntual advertencia ya los beneficiados del olvido recompensaban espléndidamente las amnesias colectivas y aumentaban la producción de sedantes y somníferos. Los planificadores del sistema no solo diseñan y programan nuestra vida. También nuestra memoria. Y así la Historia se nos brinda como un cuento de hadas en el que los porqueros se convierten en almirantes y los asesinos en hombres de leyes. Expertos en maromas y conejos blancos, los administradores de memorias sacaban del sombrero modernos eufemismos con que mentir la Historia. Hay que olvidar, insisten, que el auge de la banca y el comercio en esta comunitaria Europa tuvo en el oro, la plata, los diamantes, el cobre, el estaño y el guano americano su placenta. Hay que olvidar que Europa financiaba mercaderes, nobles, clérigos y guerras y coronas con las materias primas que saqueaba en América. Hay que olvidar que el tráfico de esclavos, que tuvo en ingleses y holandeses a sus mejores intérpretes, fue el motor de acumulación de capitales en Europa. Un tráfico de esclavos que convirtió a Bristol en la segunda ciudad de Inglaterra e hizo de Liverpool el mayor puerto del mundo en tiempos en que el duque de York marcaba con hierro candente sus iniciales en las nalgas de sus miles de esclavos, y el rey Carlos II se hacía millonario con los beneficios que obtenían sus acciones en la Real Compañía Africana, una de las muchas empresas dedicadas al tráfico de esclavos. Hay que olvidar que el llamado subdesarrollo no es de origen divino, ni lo explica el color de la sangre ni está escrito en las estrellas. El subdesarrollo americano es la consecuencia de nuestro desarrollo. Por eso hay que olvidar. Para que no sepa que todavía Colón sigue desembarcando, que todavía hay botín que llevarse e indios que convertir. Cuando van a cumplirse las primeras 500 representaciones del despojo, los actores ya no son los mismos, pero se sigue representando la misma farsa. Por ello el grupo de teatro Hitz-Anaitasuna ha querido contribuir con su sencillo soplo de humor a disipar las nubes de eufemismos en que buscan conformar nuestra memoria para que no se mortifiquen sus conciencias.

En 1992, ya de vuelta en la República Dominicana, Café con Leche plataforma de grupos y organizaciones populares contra las celebraciones del V Centenario que se proponía el gobierno de Joaquín Balaguer, organiza una serie de actividades al respecto. Entre ellas, el montaje en casa de Teatro de *La verdadera historia del descubri... miento de América*. La primera de esas actividades consistía en una pacífica manifestación (Marcha Cimarrona) en repudio al V Centenario que es disuelta a tiros por la policía de Balaguer. Muere Efraín Ortiz, joven abogado baleado por la policía y varios jóvenes resultan heridos. Dado el cariz que estaba tomando la represión y para evitar nuevos asesinatos se decide suspender la mayoría de las actividades programadas. La que no se suspende es la presentación de la obra cuyos ensayos coinciden con la llegada del Papa Juan Pablo II a Santo Domingo. Lástima que no exista, al margen de la memoria, ningún documento gráfico del paso de Juan Pablo II por la calle Arzobispo Meriño, estrecha calle en la que está ubicada Casa de Teatro, y la presencia en la acera de algunos de los actores a los que la comitiva papal nos sorprendió ensayando, así como el estupor de los policías que cada veinte metros velaban por la seguridad del Papa al descubrir al lado, apiñados junto a la puerta del teatro, al único público que en esa calle fue testigo del paso del Papa: un indio en taparrabos, un capitán y un soldado español cubiertos con cascos morriones y yelmos, un cura, un escribano y el mismísimo Cristóbal Colón.

La obra, producida por Café con Leche, parte del montaje de J. Garín y la dirige Elvira Taveras (inicialmente Indira Mejía). Actuaron Karina Guerra (reina), Micky Montilla (indio/Colón), Oleka Fernández (vigía), Pascal Meccariello (marinero), Fernando Castillo (cura y pregonero), Laura Guzmán (capitán), Wanda Morel (soldado) y yo mismo como rey y escribano.

La asistencia fue espectacular durante todas las funciones produciéndose filas alrededor del teatro esperando encontrar un espacio, aunque fuera arriba, entre las luces o en las escaleras. Una de las funciones debió interrumpirse unos minutos porque, ocupado cuanto espacio fuera susceptible de acoger público, hubo gente que se sentó en los extremos del proscenio y quienes, al seguir de pie la obra junto al escenario, terminaron por desconectar los cables del sonido justo en el momento en que el indio Hatuey Pichardo de Borojol (Micky Montilla) pedía que le pusieran a sonar un merengue para enseñar a bailar a los reyes. Solo la pericia y capacidad de improvisación de un actor como Micky logró convertir el bache en un motivo más para la risa y el jolgorio. Al margen del buen hacer de todos me parece de justicia resaltar el papel de Oleka Fernández como vigía. Había llegado de París, donde vivía, un par de semanas antes y no era fácil en tan poco tiempo dar vida a un personaje que, además, era varón, curtido en años y ebrio. Oleka lo bordó.

Poco después, a pedido de la Coordinadora Dominicana contra el V Centenario, asumí la responsabilidad de presentar en la Fortaleza Ozama una maratoniana jornada a la que asistieron miles de personas y en la que me valí del personaje del vigía para, adaptado a la ocasión, ir presentando a los muchos grupos y cantantes que se dieron cita junto a algunas personalidades centroamericanas como el nicaragüense Fernando Cardenal. Y por el mismo tiempo también representé el papel de vigía (segundo acto) durante el Festival Nacional de la Cultura: 500 Tambores de Identidad Nacional en el puente Francisco del Rosario Sánchez.

La verdadera historia del descubri... miento de América volvió a Casa de Teatro durante la I Muestra Internacional de Teatro de Artenativa con el mismo elenco más la incorporación de Francis Taylor y Guadalupe Villegas. Y poco después también se presentaba en San Juan de la Maguana y en Santiago.

En el 2001, la obra se presenta en el Auditorio Patrick N. Hugson del Domínico-Americano de Santo Domingo ya con un nuevo elenco y una semana antes de viajar a Estados Unidos al haber sido invitada a participar en el IV Festival Internacional de Teatro Hispano en Washington. Con el mismo esquema de dirección de Garín, pero a cargo, esta vez, de Mirtha Martín y el grupo, el elenco lo componen Fernando Castillo (cura y capitán), Karina Guerra (reina), Juancito Rodríguez (escribano y soldado), Mirtha Martin (marinero) Micky Montilla (indio y estatua de Colón) y yo haciendo de rey y vigía. La imposibilidad de conseguir los pasajes y visas necesarias nos obligó a reestructurar el tercer acto y doblar los papeles lo que, dicho sea de paso, no fue la mejor idea. No obstante estos inconvenientes la obra (con traducción simultánea para el público que no hablase castellano) gozó de una enorme acogida y las tres funciones previstas acabaron convirtiéndose en seis a pedido de la dirección del festival.

Una semana más tarde se presentaba en la casa de la Cultura Dominicana de Nueva York no obstante haber perdido a la "marinera" por el camino y haber llegado con la estatua de Colón descabezada. Si de la primera incidencia es preferible no hablar, la segunda no me resisto a contarla. Micky y María Nussi (una entrañable amiga) se habían ocupado de crear la estatua de Colón acorde al prototipo de estatuas del almirante que todavía se levantan en ciudades que no tienen memoria ni vergüenza. Aunque era hueca, para que el indio pudiera meterse dentro de ella y en la cabeza se había hecho una abertura de modo que pudiera asomar la cara, lo cierto es que les llevó varios días de trabajo y las inevitables discusiones al respecto. Ya pintada de verde, la víspera de salir para Washington, a María se le ocurrió que tenía que viajar en el interior de una caja. La estatua medía algo más de dos metros y su brazo extendido aún hacía más grande su envergadura, pero aunque tratamos de disuadir a María de la idea, ningún argumento la echó para atrás. Ignoro, porque solo conozco a una griega y es María, si todas las griegas son tan tozudas o si María acumula la tozudez de las demás, pero que no hubiera cajas de ese tamaño tampoco era algo que fuera a desanimar a María. "¡Pues se hace!" fue su respuesta. En la Cartonera Dominicana consiguió un montón de cartones y durante una noche en vela fabricó la caja. Por la mañana, antes de salir para el aeropuerto, nos tenía la estatua preparada. Naturalmente, no dijimos nada, al margen de agradecerle el esfuerzo, y con la estatua de pie sobre la cama de una camioneta recorrimos los veinte kilómetros hasta el aeropuerto. Siento no haber sido más previsor y haber grabado en vídeo nuestra llegada al aeropuerto de Santo Domingo y el asombro de la gente cuando nos vio a Micky, a Fernando Castillo y a mi avanzando hacia el mostrador cargando la enorme caja porque si lo hubiera hecho, ahora sería viral en las redes sociales. Inmediatamente se nos hizo saber que la caja no podía embarcar y, no obstante, nuestras explicaciones sobre quiénes éramos y a donde íbamos, la funcionaria de la línea aérea insistió en que la estatua o lo que fuera que llevábamos dentro de la caja tenía que salir de su encierro. Nos deshicimos de la caja y embalsamamos la estatua con los plásticos que hay en los aeropuertos ante la mirada de los curiosos que, a falta de mejor oficio, se acercaban a ver qué pasaba con Colón.

Cuando volvimos al mostrador (huelga decir que no nos quitaban el ojo de encima) la funcionaria que nos atendiera ya se había encargado de llamar a otra de mayor rango y esta nos dice que tampoco embalsamada puede viajar Colón porque no cabe en la cinta transportadora en la que se mueven bultos y maletas. La gente se arremolina, la discusión sube de tono y, finalmente, (a veces tengo grandes ideas) a mí se me ocurre cómo resolver el problema y le pido a Fernando una navaja para partir la estatua en dos. Sí, esas son las ventajas de haber leído la Biblia. Fernando me pasa su navaja y en el momento en que voy a ensartar a Colón por la mitad, la funcionaria (probablemente ella también había leído la Biblia) que grita:

"¡No, no lo haga! ¡Está bien! ¡Vamos a ver si es posible embarcarla!"
El público pone fin a la función aplaudiendo y Colón embarca rumbo a Miami donde tendríamos que tomar otro avión a Washington. Ya en Miami, apenas tenemos dos horas para hacer el cambio, a mí me retienen en Migración sin que a la fecha sepa porqué y me conducen a una especie de juzgado dentro del mismo aeropuerto en el que me paso sentado más de una larga hora, solo y sin pasaporte, sin saber nada de Micky y Fernando y temiendo que en Miami acababa nuestro concurso en el festival de teatro de Washington. A punto de perder el vuelo aparece en la sala un juez, toma asiento en el sillón más alto de la tarima y solemne declara: "¡Well, well, well!". No sé si se escribe así pero lo repitió tres veces como para olvidarlo y esa será la última palabra en ese idioma que yo olvide. Otro funcionario me devuelve el pasaporte y me indica la salida. Yo, a la carrera, salgo al espacio en que se embarca y me encuentro a Micky y a Fernando, desesperados, sin entender qué está pasando, sentados en el suelo, con la estatua de Colón entre los dos y la gente que observa creyendo que se está filmando una película. Rápidamente, mientras les pregunto qué significa "well, well, well", acostamos la estatua sobre dos carritos y salimos a la carrera. La gente confirma que se trata de una película y hasta nos jalea al abrirnos paso con aquella estatua sobre ruedas en busca del avión que nos lleve a los 4 a Washington. Colón se recuperó y pudo hacer hasta seis funciones en la capital, pero, lamentablemente, en el trayecto por carretera hacia Nueva York a bordo de una camioneta descubierta que habíamos alquilado y que condujo Karina Guerra, Colón no aguantó más y acabó perdiendo la cabeza. Nos dimos cuenta al llegar a Nueva York.

Al no haberse publicado hasta la fecha (con dos excepciones a las que enseguida me referiré) no es una obra que haya tenido muchas presentaciones al margen de las que narro. Me consta sí, que se montó en Bonao en 1992, dirigida por Juan Carlos Jiménez (que me pidió el libreto y mis servicios como vigía) y que actuaron: Felipe Martínez (pregonero), Henry López (rey), Ana María García (reina) Fernando Peralta (indio/Colón), Koldo Campos (vigía), Juan Santos (marinero), Menioli Álvarez (cura), Ingrid Veras (capitán), y Wendy Peralta (soldado).

También ha sido montada en el 2006 por un sindicato obrero venezolano que tomó la obra de la colección: *Libros libres* del periódico digital *rebelion.org* y que, a través de Carlos Martínez, uno de los responsables de *Rebelión*, me solicitaron permiso para llevarla a escena. Además de *Libros libres* la otra excepción a la que me refería antes fue en... ¡Noruega! Parece que también desde ese nórdico país se toman referencias de *Libros libres* porque en el 2015 me llegó la petición de Cecilie Lonn para publicar *La verdadera historia del descubri... miento de América* en el libro *Voces del Sur II* editado por Fagbokforlaget como libros de texto para estudiantes noruegos de castellano. Se publicó en el 2016. Y hasta me pagaron derechos de autor. Gente seria la noruega.

La última vez que se representó, aunque en este caso fuese el segundo acto, fue en el 2016 en París de la mano de Oleka Fernández que produjo, dirigió y volvió a dar vida al vigía Gerardo de Mendoza.

El aplaudidor

Monólogo de un profesional de los aplausos en la peor y última de sus presentaciones.

Personaje:

El aplaudidor

Se abre el telón y, casi al mismo tiempo, comienzan a oírse fuertes aplausos. Tras ellos comparece su autor, un hombre de alrededor de 60 años, con todas las características de un ejecutivo de éxito.

EL APLAUDIDOR. Gracias, muchas gracias. Son ustedes muy amables. La verdad es que no me esperaba este recibimiento, esta acogida tan cálida, tan entrañable, gracias, muchísimas gracias. Sinceramente, ustedes me honran con su presencia, con su generosidad, ustedes son formidables. Y yo... ¿qué les puedo decir? No tengo palabras con que corresponderles, créanme, no tengo palabras. Lo que sí tengo son aplausos, mis aplausos. ¿Los ven? ¿Los oyen? ¿Los sienten? Pues les voy a rogar que me disculpen si por unos momentos dejo de aplaudir, porque parece obligado que me presente y debo reconocer que todavía tengo alguna dificultad para conversar y aplaudir al mismo tiempo.

Mantener una conversación mientras se aplaude es una de las disciplinas más complejas del arte plausivo.

Alguna posible objeción o muestra de incredulidad entre los espectadores llama la atención del aplaudidor que, decididamente, los encara.

¿No me creen? ¿Piensan que estoy exagerando, que hablo por hablar o que aplaudo por aplaudir? ¿De verdad se creen capaces de hablar y aplaudir al mismo tiempo?

El aplaudidor abandona el escenario y pasea entre las butacas.

Pues vamos a ver si es cierto. ¿Quién se atreve? ¿Hay alguien que quiera intentarlo? ¡Vamos, anímense! No les estoy pidiendo que realicen algo vergonzoso o al margen de la ley, no les estoy pidiendo que se desnuden. Se trata de algo mucho más sencillo que todo eso. ¿Nadie se anima?

Finalmente, algún espectador acepta el reto y durante algunos segundos, mientras aplaude, trata de hilvanar una conversación. Al margen del éxito que le acompañe en su intento, el aplaudidor lo interrumpe con claros gestos de desagrado.

¿Pero qué está haciendo? ¡Por el amor de Dios, respétese, que ya somos mayorcitos para andar por la vida haciendo el ridículo! ¿Usted cree realmente que ese disparate tiene algo que ver con aplaudir y hablar al mismo tiempo? ¡Qué osada es la ignorancia!

El aplaudidor regresa al escenario.

Aunque claro, usted tampoco tiene la culpa. Seguro que desde pequeñito... desde más pequeñito, le enseñaron que aplaudir es hacer palmitas. "A ver, nene, haz palmitas para que te vea la vecina..." y las palmitas están bien en la primera infancia, pero usted, sospecho, hace ya tiempo que superó esa etapa.

Su caso de todas formas no es el único y si alguno de los aquí presentes hubiera sido tan imprudente como usted, otro sería a estas horas el puesto en evidencia. Y es que aplaudir no es simplemente entrechocar las manos. Aplaudir es algo mucho más complejo que requiere ciertas aptitudes, ciertos conocimientos, cierta técnica, y nada de ello se improvisa.

Dos manos son suficientes para hacer palmitas, incluso una, aunque no sea lo más recomendable, pero aplaudir exige, además de las manos, un ritmo acompasado, adecuado al motivo del aplauso, un tono coherente, capaz de contagiarse en otras manos, exige matices, oficio, en una palabra, exige profesionalidad.

No se puede aplaudir del mismo modo la interpretación de un aria en el estreno de una ópera que la victoria en el hipódromo de nuestro caballo favorito... a no ser que hayamos apostado, en cuyo caso usted puede aplaudir como le dé su gana.

Se imaginan ustedes, apuestas aparte, si al paso del cuadrúpedo uno se levantara de su asiento y prorrumpiera en vítores como si estuviera en el Teatro Nacional... "Bravo, bravísimo... bis, bis, bis". Sería inconcebible y hasta podría suponernos cierta fama de hombre... fino. O si, por el contrario, interrumpiéramos a la soprano o al tenor jaleándole un do de pecho como si fuera un animal... "Ieaaaaa... arre bestia... ieaaaa".

En fin, supongo que a estas alturas ya nadie debe albergar la menor duda sobre la naturaleza de mi profesión. Efectivamente, me dedico a aplaudir y, por cierto, vivo y aplaudo notablemente.

¡Que un connotado arribista o trepador necesita una salva de aplausos con que culminar felizmente algún derroche de promesas y saliva! ¡Ahí están mis aplausos!

¡Que un mediocre emborronador de rimas precisa algún aplauso con que dar por terminada su exquisita erudición! ¡Ahí están mis aplausos!

¡Que se inaugura un puente o una escuela, que viene o que se marcha el presidente! ¡Ahí están mis aplausos! A cinco pesos la palma, más un 25% adicional si se trata de apoyo vocal suplementario, que siempre es bueno acompañar los aplausos de ciertas expresiones de júbilo y admiración, como: "¡fantástico, inconmensurable, portentoso!" y otras más preciosistas y cultivadas del tipo de "nirífico, nirífico". Yo recomiendo los adjetivos en francés o inglés, pero, en todo caso, recurra a un diccionario de sinónimos y elija los que guste.

Quizás a algunos les pueda parecer extraño que me dedique a aplaudir, pero quiero que sepan que aplaudir es el oficio más viejo del mundo... sí, he dicho el más viejo, más antiguo incluso que ese otro en el que están pensando, que mucho antes de que la mujer aceptara la cama como destino ya el hombre la aplaudía, juramentos, anillos, aniversarios... y la mujer se dejaba aplaudir. Así que nadie crea que esto del aplauso es otra innovación recién llegada de los Estados Unidos.

Aplaudir es un arte tan antiguo como la hipocresía o la vanidad y en sociedades como la nuestra no hay nada, óigase bien, nada, que se agradezca tanto y se demande más.

Cualquier corrupto funcionario acosado por sus deudas y sus deudos necesita aplausos.

Cualquier poliquitrefe que aspire a un triste cargo necesita aplausos.

Cualquiera en guerra con su conciencia necesita aplausos.

¿Qué es por ejemplo lo que nos dice la psiquiatría moderna a los que tenemos el tiempo y los recursos para tratarnos nuestras depresiones y miserias? Que usted, infeliz, que vive en una lujosa mansión de un sector exclusivo y que pasea sus traumas en un Mercedes Benz exonerado, que frecuenta restaurantes y casinos en los que distraer su angustia y que amén de una esposa mantiene dos queridas para que ninguna de las tres acabe de llenar el vacío existencial en que su vida se pierde y se confunde, que usted, pobre infeliz, que dispone de cuentas y de cuentos con que aliviar sus penas, todavía no se quiere lo suficiente, que tiene que quererse más o, lo que es lo mismo, que necesita aplausos.

Y ahí es donde yo entro en escena. Yo soy el aplaudidor. Pero no vayan a creer que uno cualquiera, no. Yo me cotizo bien. Ni siquiera en el congreso existe otro aplaudidor con mayor proyección o mejores ingresos. He aplaudido en los mejores despachos, en los más concurridos consejos de administración. También he publicado aplausos en los principales periódicos del país y hasta un ensayo sobre la inflación ovacionaria en Las Matas de Farfán de 1917 a 1935 que, dicho sea de paso, fue muy aplaudido por toda la crítica especializada. Todavía me parece recordar vagamente algunas críticas que mereciera mi ensayo como aquella que decía: "Contados son entre los jóvenes valores del aplauso los que dominan con tanta maestría y perfección los matices acústicos e inflexivos de la ovación sin incurrir en cacofónicos dislates, como esa rutilante figura del panorama plausivo nacional...".

Y esa figura rutilante... era yo.

Una vez acabé mis estudios hice un postgrado en ovación y morisqueta en el Central College de Massachusetts que disparó mi cotización como uno de los aplaudidores de más prestigio en el país. Entonces, porque ya han pasado algunos años, me llegaron ofertas de todas partes. Empresarios, políticos, cardenales... todos querían contar con mis aplausos, pero yo preferí no comprometerlos con nadie, que es la mejor manera de servir a todos. Y no me arrepiento de haberlo hecho así. Otros que vendieron sus aplausos en contratos exclusivos por ahí andan ahora, sin trabajo ni oficio, sin un maldito aplauso que llevarse a las manos.

Con razón mi madre me previno. Ella fue la que me inició en el aplauso.

¡Cómo me gustaba entrar de niño en su alcoba y buscar sobre el tocador la cajita de aplausos! Todavía yo no caminaba y ya mi madre me llevaba a los plenos del ayuntamiento para que fuera ejercitándome en el difícil arte de aplaudir. "Mira mi hijo —me decía— es muy fácil. Siempre que se disponen a terminar un discurso, acostumbran a levantar la voz y pronunciar alguna frase rimbombante que impresione a la audiencia...o que la despierte. Ese es el momento de aplaudir y debemos hacerlo sin timidez, con la mirada fija en el orador. Una mirada de respaldo y admiración, como si nos creyéramos lo que está diciendo, que es además una forma de comprobar si se dio cuenta de nuestra iniciativa..."

Recuerdo que solía decir que, en lugar de llorar, yo vine al mundo aplaudiendo. Y tomaba mis manitos entre las suyas y cantaba; "tortica, tortica, tortica de manteca, mamá te da la teta, tortica de cebada, papá no te da nada..."

El aplaudidor hace una pausa, ensimismado en sus recuerdos y endurece su expresión al evocar a su progenitor.

¡Papá...! Papá siempre estaba ocupado. Sólo lo conocí de espaldas. "¡Ahora no puedo, no ves que estoy aplaudiendo... mañana

es imposible, me espera un agasajo... niño, dile a tu madre que
te aplauda!"

Si no fuera por mi madre yo no estaría ahora aquí, aplaudiendo,
pero por suerte ella supo encarrilar mi vida y mis aplausos por
el buen camino. A mi madre es que le debo lo que soy y por
muchos años que viva... que viva yo, porque mi madre ya... por
muchos años que viva, repito, nunca se lo voy a poder aplaudir
lo suficiente.

De hecho, me gustaría ahora que todos juntos rindamos nuestro más sentido homenaje a nuestras madres, que todos, ahora
mismo, brindemos una cálida y entrañable ovación a esos seres a quienes debemos, entre otros valores, nuestra plausible
existencia.

El aplaudidor vuelve de nuevo al patio de butacas.

¡Vamos, todos arriba con esos aplausos, vamos...!

*Durante un minuto aplaude el público. La ovación la interrum-
pe el aplaudidor visiblemente contrariado.*

¡No, no, no... por favor, paren eso! ¿Pero qué se creen que están
haciendo? Esa no es forma de ovacionar a una madre. Se trata
de un homenaje, no de un relajo. Ya veo que voy a tener que
prescindir de su colaboración durante lo que quede de monólogo porque es que no hago carrera con ustedes. El aplauso a una
madre no puede evidenciar esa desgana, esa indiferencia. No es
al presidente que le estamos aplaudiendo, es a nuestras madres.
Y el aplauso debe ser fuerte, vigoroso, rotundo... que algunas
madres ya están sordas. Y también debe ser vistoso, llamativo,
colorista... que algunas madres tienen problemas con la vista. Y
además, tierno, emotivo, dulce... que no todas nuestras madres
son diabéticas.

Pero claro, que van a saber ustedes. No sólo son mediocres
aplaudidores, tal vez ni siquiera tengan madre. En esta clase
de sociedad aplaudir nunca es suficiente y hay que hacerlo con
clase, con elegancia, con altura.

Nuestros gestos y ademanes son parte del aplauso y el buen aplauso comienza por la quijada. Antes que nada, tomen nota, lo primero que hay que hacer es sonreír. Y hacerlo de oreja a oreja, para lo cual debemos apretar bien la quijada, destacando la dentadura... el que la conserve. ¡Usted (*señalando a un espectador*) puede cerrar la boca! Después es que viene la ovación. El pecho abombado, proyectándose hacia fuera, el cuello erguido, la mirada siempre fija, trascendente, no importa el cretino que tengamos enfrente. Y el ritmo del aplauso constante, acompasado. ¡Esto es una ovación!

No hay que olvidar tampoco los abrazos posteriores que contribuyen a ennoblecer el aplauso. Un abrazo vigoroso que se aprovecha para palmear las espaldas del aplaudido, mientras se le dice en tono grandilocuente; "¿Y qué se cuenta esa figura? ¿Qué dice ese prohombre o padre de la patria o ilustre?". Y esto se le dice no importa que se trate de un político, de un vendedor ambulante, un camarero o incluso un actor de teatro, pero como el movimiento se demuestra andando, quisiera proponerles una breve práctica.

Otra vez desciende al patio de butacas.

No se alarmen que es algo muy simple y, además, estoy seguro de que esta vez no van a hacer el ridículo. Tengan, por favor, la amabilidad de levantarse y sin moverse del asiento, vamos a saludarnos y aplaudirnos unos a otros, sólo por unos segundos, vamos, párense de sus asientos y comiencen a aplaudirse... ¡Yo te aplaudo, tú me aplaudes, él nos aplaude, nosotros nos aplaudimos, vosotros os aplaudís y ellos, todos, nos aplauden! ¡Vamos!

El aplaudidor pasea entre el público corrigiendo errores y animando aplausos. Cuando concluye la práctica regresa al escenario.

Les recomiendo por favor que ensayen, que practiquen más a menudo. Cuando estén en sus casas, por las mañanas, después de levantarse, antes de acostarse... tienen que aplaudirse más. Y si viven solos y no tienen cerca a alguien que les aplauda, pongan el televisor y aplaudan los informativos, los pronósticos del tiempo, salgan al balcón a aplaudir a los vecinos, al perro, ya que los gatos no se dejan aplaudir... El ensayo es la base del aplauso bien hecho. Como ocurre con cualquier otra ciencia, el secreto del buen aplauso es la perseverancia. Por lo general se requieren más de 20 mil aplausos para llegar a dominar las características esenciales de este difícil arte. Un aplauso en manos inexpertas puede resultar hasta doloroso, hiriente. Sin embargo, un aplauso en manos de un consumado especialista adquiere un brillo casi mágico, divino.

Y si acaso todavía tienen dudas, observen mis aplausos y comparen.

El aplaudidor se dispone a dar otra demostración. No obstante, y como si sus manos se negaran a obedecer, el aplauso no se produce. De nuevo lo intenta con el mismo resultado y nervioso y desconcertado, trata de disimular torpemente su fracaso. Tose y carraspea.

Perdón... en seguida aplaudo... un momento...

De espaldas al público, trata de producir algún aplauso sin mayor éxito. Se gira para de reojo observar al público e intenta arrancarse algún aplauso, pero sus manos parecen negarle sus favores.

No sé qué me está pasando. Es como si se me hubieran agarrotado las manos... no sé. No dormí bien anoche y, la verdad, es sólo un problema sin importancia, enseguida vienen mis aplausos...

Sonríe forzadamente mientras intenta de nuevo un imposible aplauso.

Nunca me había ocurrido antes... pero es que ustedes me ponen nervioso y me falla la concentración. Sí, eso es, que me ponen nervioso, así que, por favor, vuélvanse de espaldas, sólo por unos momentos, vuélvanse, miren hacia atrás, que yo no puedo concentrarme si los siento observándome y hasta disfrutando estas dificultades que estoy teniendo...

El aplaudidor lo intenta de nuevo, pero sin mejorar los resultados.

Concentración, necesito concentración... Aprieto la quijada, después voy abriendo la sonrisa lentamente y levantando los brazos... y entonces... y entonces...

El aplaudidor continúa sin producir el aplauso deseado.

Nada, que no es posible... ¿Cómo va a ser que después de 60 años aplaudiendo no me vayan a salir ahora...?

Cada vez más atribulado, el aplaudidor va perdiendo la compostura y la paciencia. Algún sollozo ocasional augura la tragedia. Su entereza se va desmoronando.

Dios mío, no puede ser... no puedo aplaudir, me he quedado sin aplausos. ¿Qué va a ser de mí sin mis aplausos? ¿Cómo voy a vivir? ¿Cómo voy a vivir sin mis aplausos? No se rían, ustedes no entienden. Todo lo que he hecho en mi vida ha sido aplaudir y mis brazos y mis manos... ya no me obedecen. Si yo todavía soy joven, si tengo todavía muchos aplausos por delante. ¿Qué le voy a decir a Eugenia, a mis hijos? ¿Cómo voy a ganarme el pan con el sudor de mis aplausos si ya mis manos se niegan a aplaudir? ¿Por qué tiene que pasarme a mí?

Desesperado, el aplaudidor deambula por el escenario sin que parezca preocuparle el público.

¿Por qué yo, Dios mío, por qué yo? Si yo a nadie le he hecho nunca ningún mal, si sólo aplausos han salido de mis manos.

¿Quién va a recordar ahora que yo algún día le aplaudí? ¿Quién va a querer ayudarme ahora? Se me han terminado los aplausos y ni siquiera cuento con sonrisas o palabras con que disimular tanto abandono. ¿Cómo voy a ir mañana al Congreso? ¿Qué le puedo decir al presidente? Va a pensar que ya no quiero aplaudirle. Nadie se queda sin aplausos. Uno pierde el decoro, la vergüenza, la dignidad... pero no los aplausos. Eugenia me abandonará... mis hijos me abandonarán... ustedes también me abandonarán. Vinieron a escuchar mis aplausos,

no mis lamentaciones y yo ya no tengo nada que aplaudirles...
¿Por qué ha tenido que ocurrirme a mí?

Desolado el aplaudidor se deja caer al suelo y llora lastimosamente. Ya ni siquiera trata de disimular su fracaso o arrancarse algún aplauso.

¡Cierren el telón, maldita sea... no comprenden que la función ya ha terminado...! ¡Y ustedes, no se queden ahí, mirándome como si fuera un extraño, ayúdenme, hagan algo por mí, aunque sólo sea aplaudir, pero no me dejen marchar sin un aplauso, por favor, sólo un aplauso más...! ¡He dicho que cierren el telón! ¿Cómo voy a tener que decirlo? Aplaudan por favor... un último aplauso, nada más les pido, un aplauso, un aplauso...

Mientras el aplaudidor se arrastra por el escenario abandonando la escena, lentamente, va cayendo el telón.

Sonata para un pianista

Sonora reflexión sobre los muchos trabajadores del arte que además de ser menospreciados por los grandes gestores de la cultura, tampoco son valorados por un pueblo embrutecido e ignorante. Igualmente, la pieza también es un complejo ejercicio para el espacio y el sonido.

Personajes:

Pianista

Horacio

Belkis

Señora

Joven 1

Joven 2

Mujer

Niña

Limpiabotas

Colmadero

Vecino

Carterista

Quinielero

Político

Séquito del político

Pastor evangélico

Pizzero

Pirata

Amigo del pirata

Policía

Heladero

Reportero de TV

Camarógrafo

Jugadores de dominó

(Perro)

En un desvencijado apartamento consumido por el tiempo y la miseria, un hombre de alrededor de 60 años, sentado en el sillín de un piano, de espaldas a las teclas, come en silencio. Con una mano sostiene el plato, con la otra mueve una cuchara que sube y baja con indiferencia, como si comer no fuera un goce sino una inexcusable obligación.

A sus espaldas, un deteriorado piano preside una sala en la que apenas si queda una vieja mesa de madera y cuatro sillas en un extremo, un sofá al centro, justo enfrente del piano a tono con el resto de los muebles, y dos o tres sillas más junto a la puerta del apartamento en el extremo opuesto a la mesa.

En algunas paredes todavía se sostienen una marina, naturalmente inclinada, como si también quisiera zozobrar, el afiche de un concierto clásico a punto de desplomarse y las huellas de la humedad.

Cuando termina de comer, gira en el sillín hasta quedar de frente al piano, deja el plato sobre éste y coloca una partitura en el soporte de madera que protege el teclado.

Con la misma sobriedad y fe con la que un creyente encara la liturgia de su credo, el pianista extiende sus manos sobre el teclado. Antes de que suene el piano, el timbre de la puerta pospone el intento. El pianista se levanta y abre.

HORACIO. Buenas tardes, vecino..., perdón si le interrumpo, pero me preguntaba si no le molestaría que me siente a escucharle.

PIANISTA. Claro, vecino, no hay problema. Es más, le confieso que siempre es un estímulo contar con público. No sabía que le gustara la música clásica y, precisamente, ahora mismo me disponía a tocar.

HORACIO. Sé que lo hace todas las tardes y me encanta. Más de una vez he estado a punto de pedirle que me permitiera entrar, pero... en fin, tampoco quiero molestar...

PIANISTA. Pase adelante y no se preocupe. No es ninguna molestia. Lo que lamento es no poder ofrecerle siquiera una tacita de café...

HORACIO. No tiene que excusarse, solo faltaba. Gracias por su generosidad.

Antes de que el pianista cierre la puerta una mujer se deja ver en el umbral.

HORACIO. ¡Oh... ella es Belkis, la vecina del tercero!

BELKIS. Encantado, vecino... *(Mientras le estrecha la mano)* ¿Podría yo también disfrutar un rato de su música?

PIANISTA. Por supuesto, pero no es mi música. Es Beethoven, aunque yo he compuesto también algunas obras que, quizás, les gustaría oír…

BELKIS. ¡No, mejor otra tarde! Está bien el que ha dicho.

PIANISTA. ¡Beethoven! Yo sólo soy un vulgar y simple intérprete de ese genio. Pero pasen adelante y acomódense donde gusten.

HORACIO. ¿No va a cerrar la puerta?

PIANISTA. Creo que es mejor dejarla abierta para que circule un poco el aire.

BELKIS. Sí. Además, así no le interrumpimos si tenemos que salir.

Los dos vecinos toman asiento en el sofá, detrás del pianista, mientras éste da inicio a la sonata Claro de luna *de Beethoven.*

Con discreción, el vecino pone una mano sobre la rodilla de la vecina y le besa el cuello.

BELKIS. *(Susurrando)* Al paso Horacio, llévame al paso... que se va a dar cuenta.

HORACIO. *(Susurrando e insistiendo en sus propósitos)* Este no se entera de nada. No imaginas las ganas que tenía de verte.

BELKIS. Pero también podía haber sido en otro sitio.

HORACIO. Si no estuviera tu marido podría ser en tu casa, pero ese hombre tuyo no levanta el culo del sofá.

BELKIS. La semana que viene está de guardia.

HORACIO. Eso es lo que me gusta de la milicia... las guardias.

BELKIS. ¿Y por qué no vamos a tu casa?

HORACIO. Porque está mi madre y esa tampoco sale de casa. ¡Ni a arreglarse el pelo va la condenada!

BELKIS. Eso es lo que no me gusta de tu madre... las guardias. ¿Y entonces? ¿Sabes que existen los moteles?

HORACIO. Ando sin plata ahora pero el sábado que viene... ¡Bingo!

Belkis y Horacio, con cierta discreción, siguen aprovechando el concierto para seguir con sus escaramuzas cuando, de improviso, entra en el apartamento una señora ante cuya presencia los dos vecinos recomponen manos y ademanes. La recién llegada camina de puntillas, como tratando de no hacer ruido mientras inspecciona la sala y chasquea los dedos.

SEÑORA. ¡Rufi...! ¡Rufi....! ¿Estás por aquí? ¡Rufi!

El cuidado que pone la señora al andar no es el mismo que el que observa al hacer uso de su voz, pero ni siquiera sus gritos reclamando a Rufi interrumpen la sonata. El pianista sigue ensimismado en su ensayo. Lo que sí interrumpe la recién llegada es el flirteo de Horacio y Belkis. La señora se les acerca y alzando la voz, como si los creyera sordos, pregunta:

SEÑORA. Perdón si molesto, pero ¿no han visto por aquí a mi Rufi? Bueno, se llama Rufo pero yo le llamo Rufi, de cariño.

HORACIO. ¡Baje la voz señora, que no estamos sordos! ¿Y quién es Rufi o Rufo o como quiera que se llame?

SEÑORA. Mi perro. Yo vivo en el bloque 3. ¿No me conocen? Porque yo a usted sí que lo conozco.

HORACIO. Sí, yo a usted también la conozco, señora, pero aquí no ha entrado ningún perro.

SEÑORA. ¿Está seguro? Es tan pequeño Rufo y tan inquieto. En cuanto ve una puerta abierta se mete para adentro... ¡Rufi... Rufi!

BELKIS. ¡Señora... baje la voz! ¿No ve que está tocando el maestro?

La señora parece albergar alguna duda sobre si la vecina se refiere al pianista o a Horacio.

SEÑORA. Sí, ya me he dado cuenta de que está... tocando, y por mi parte no hay problema alguno. Por mi puede seguir tocando, que yo voy a buscar a Rufo. Debe estar por aquí.

Mientras la señora se dirige a la cocina, siempre llamando a su perro, la pareja de vecinos duda sobre si emprender la retirada o reanudar sus escarceos. Antes de que resuelvan el enigma, otra pareja de jóvenes provista de audífonos entra en el apartamento. Tomados de la mano, saludan a los vecinos, se detienen un momento junto al pianista como si realmente lo oyeran y se dirigen hacia uno de los extremos de la sala marcando con los pies y con las manos un ritmo trepidante de consumo propio.

Los ladridos de un perro confirman la sospecha de la señora que, sonriente, corretea de vuelta a la cocina cruzándose con los jóvenes.

Mientras el pianista persiste en su sonata ajeno a todo lo que pasa a su alrededor, una mujer entra al apartamento llevando casi a rastras a una niña de alrededor de seis años.

MUJER. ¡Ahora es que se te tenía que ocurrir hacer pipí! ¡Y mira que te lo he dicho antes de salir, pero tú como si nada! *(Imitando con visible malestar la voz de la pequeña)* "¡No tengo ganas mamá, no tengo ganas!" Y claro, ahora a molestar.

Cuando repara en los vecinos sentados en el sofá que han vuelto a disimular sus arrumacos, se dirige a éstos.

MUJER. Disculpen la molestia, pero es que íbamos a salir y ahora es que a la niña le han entrado las ganas, y por no subir otra vez a casa... ¿Dónde está el baño?

Antes de que Horacio le confiese que ellos no viven ahí, Belkis se adelanta.

BELKIS. Creo que es esa puerta...

MUJER. Sí, no hay más que seguir el olor... *(Haciendo gestos de desagrado).* Parece que aquí no vive gente.

BELKIS. El pianista.

MUJER. Pues eso, lo que digo.

La mujer se introduce con la niña en el baño en el momento en que sale del mismo un diminuto perro anticipado por sus ladridos. Sin cerrar la puerta, la mujer sigue reprendiendo a la niña.

MUJER. ¡Ahí vas a estar sentada hasta que hagas pipí!

NIÑA. ¡Mamá... no tengo ganas!

Al tiempo que la señora que buscaba a su perro corre alborozada a su encuentro, un limpiabotas aprovecha la audiencia para colarse en el apartamento con sus útiles de trabajo. Inmediatamente se dirige a Horacio.

HORACIO. ¿Va a limpiar?

Horacio, otra vez interrumpido cuando lleva a cabo una experticia de los senos de Belkis, responde de mala gana al muchacho.

HORACIO. ¿Y tú que crees? Anda y lárgate de aquí...

LIMPIABOTAS. Pues si no va a limpiar, deme algo...

HORACIO. *(En voz baja)* Tres patadas es lo que te voy a dar... ¿Tú no entiendes el español? ¡Muévete de ahí!

BELKIS. *(Tratando de quitarse de encima al limpiabotas)* Mira... creo que te llaman por ahí...

El limpiabotas, imperturbable, no se mueve del sitio, atento al accionar de la pareja.

HORACIO. ¿Pero cómo tengo que decirte que te largues?

LIMPIABOTAS. Deme 20 pesos y me voy.

HORACIO. *(Tras meditarlo y de muy mala gana)* No si... ya sabía yo. Toma los 20 malditos pesos y hazte humo.

El limpiabotas cumple la parte del trato que le corresponde y decide probar fortuna con los jóvenes de los audífonos.

Nadie parece estar disfrutando una sonata que, pese al entusiasmo del pianista, cada vez encuentra menos espacio para hacerse sentir entre los susurros, las voces, los gritos, los ladridos y los llantos de la niña obligada a orinar.

COLMADERO. ¿Alguien llamó al colmado?

Junto a la puerta, un joven carga dos cervezas a la espera de que aparezca el responsable del pedido. Los jóvenes de los auriculares se levantan del suelo, donde se habían sentado, y se hacen cargo del pedido, incluyendo dos vasos plásticos, en el mismo momento en que otro vecino entra con una radio pegada a la oreja, atento a la decisiva primera entrada del juego de pelota.

VECINO. ¿Están viendo el juego por televisión?

JOVEN 1. *(Quitándose el auricular)* No sé... yo no he visto nada, no conozco a nadie.

VECINO. ¡Es que se me fue la luz en casa, maldita sea! Suerte que mi radio tiene baterías pero si se puede ver por televisión...

A través de la radio se oye la algarabía en el play. "¡No, no, no, no, no, no... Díganle que no a esa pelota... cuadrangular de David Ortiz...!" El vecino festeja el palo y, eufórico, sin pedir permiso, se hace cargo de un vaso y apela a la generosidad del joven que lo complace.

El joven y el aficionado al béisbol cruzan la sala mientras el pianista, ajeno a todo lo que ocurre a su alrededor, sigue enfrascado en su sonata, cada vez más ahogada por el concierto de voces y ruidos que genera el improvisado público.

Los vecinos que ocupan el sofá, perdida hasta la discreción y cada vez más excitados, persisten en sus devaneos amorosos al tiempo que la señora, que ha vuelto a perder a su perro, insiste en dar con él tanto como el perro en perderla de vista. El limpiabotas agota sus posibilidades de trabajo yendo y viniendo por la sala. Su último cliente es un carterista que también se ha colado en el apartamento y que, mientras espera que el limpiabotas termine su trabajo, observa a los reunidos y sopesa sus posibilidades.

Un quinielero se incorpora al grupo y al escándalo voceando la suerte para esa noche.

QUINIELERO. ¡Traigo la suerte conmigo... no la desperdicien! ¡Con sólo 100 pesos ustedes pueden asegurar su futuro! ¡Ahora o nunca!

Armado de billetes de lotería, el quinielero conversa con los reunidos. En su deambular por la sala se cruza con un político en campaña, acompañado de un reducido séquito, empeñado en recabar firmas para quién sabe qué loable propósito. En un extremo de la sala, el político se sube a una silla y diserta a los reunidos sobre las ventajas de su presencia en el Congreso.

POLÍTICO. Y les aseguro que con sus firmas de respaldo a mi candidatura por fin la voz del pueblo va a contar con un escaño en el Congreso, porque ya está bueno de demagogia, de políticos que desde que llegan al poder se olvidan del pueblo que los eligió.

Junto al piano, la niña que tuviera urgencias urinarias, de la mano de su madre, observa fascinada al músico hasta el punto de que, en un solidario arranque, también se anima a aporrear algunas teclas sin que ni siquiera entonces reaccione el pianista, absorto en su desempeño. Para felicidad de la sonata, la

que si reacciona es la madre de la criatura que, de un manota-
zo, la aparta del piano.

MUJER. ¡Niña, deja al pianista tranquilo, que se va a molestar!

No de muy buena gana, lo que evidencia llorando, la niña es arrastrada por su madre hacia el extremo contrario al que ocupa el político, tomado por un pastor evangélico que, con ayuda de un altavoz, advierte de los peligros del pecado y de la inminencia del fin del mundo.

PASTOR. ¡Arrepiéntase ahora que todavía están a tiempo, porque sólo los justos llegarán a reunirse con Jehová cuando llegue el día que habrá de llegar, que ya está llegando, que está llegando ya, y se puede sentir, y se puede palpar, y entonces será tarde para quienes no quieran ver ni oír, cuando las trompetas anuncien el juicio final y lenguas de fuego candente separen al pecador del justo! ¡Oh pecadores, arrepentíos!

El ruido de un motor apaga momentáneamente la prédica del pastor. Junto a la puerta, un repartidor de pizza se desmonta de la motocicleta y entra a la sala con un pedido.

PIZZERO. ¿Quién encargó una pizza?

La pizza la ha pedido un sujeto que, junto al pianista, graba precariamente la sonata. A su lado, otro individuo que acompaña al pirata se hace cargo de la pizza.

PIRATA. Págala tú que luego arreglamos cuentas.

AMIGO DEL PIRATA. Sigo pensando que piratear al musiquito este es perder el tiempo.

PIRATA. ¡Sabrás tú...! A la música esta le metes una güira y te haces de oro. La vaina es que el sonido no va a quedar muy nítido. Hay demasiada bulla.

AMIGO DEL PIRATA. No sé, no sé. Esta vaina ta muy lenta, parece de muertos, y también le falta una buena tambora.

PIRATA. Después, en el estudio, le metemos unos cueros y unas maracas y va a quedar de pinga...

AMIGO DEL PIRATA. Si tú lo dices. Tú eres el que sabe.

PIRATA. Paga la pizza y calla.

Un policía recorre la sala macuteando aquí y allá. En el extremo de la sala en la que el séquito del político prorrumpe en cálidos aplausos a su candidato, acompañados de enardecidas consignas, el policía sorprende a un heladero, con todo y carro, que hace sonar insistentemente su campanilla reclamando la atención de todos.

POLICÍA. ¿Y dónde está su licencia para vender helados a domicilio?

HELADERO. ¿De qué licencia tú me hablas?

POLICÍA. ¡No te me pongas gallito que te llevo para el destacamento! ¡Y además el carrito está pintado de blanco y hoy es jueves y sólo les toca trabajar a los carritos amarillos!

HELADERO. ¿Y esa vaina no es para los taxis?

POLICÍA. ¿Ajá? ¿Te crees muy listo eh...? ¡Vamos, camine carajo!

HELADERO. ¡Pero teniente... tenga usté consideración conmigo, que soy un padre de familia y me la estoy buscando!

POLICÍA. Pues ya la encontraste. ¡Vamos, muévete que no tengo todo el día!

HELADERO. ¿Y cómo podemos arreglar esto?

POLICÍA. *(Luego de acariciarse la barbilla, como si lo pensara)* De momento, dame uno de chocolate con almendra y cien pesitos, y después hablamos, porque no te va a salir tan barato no, que conozco a los de tu clase, por ahí tienes escondidos, seguro, 500 pesos.

Un reportero de televisión se abre paso por la congestionada sala, micrófono en mano, seguido muy de cerca por un camarógrafo. Cuando se cruza con la señora que buscaba a su perro aprovecha para entrevistarla.

REPORTERO. ¡Por favor, señora...! ¿Podría darnos su opinión sobre las nuevas medidas adoptadas por el síndico con respecto al tránsito en la ciudad? ¿Cree usted que los peatones van a aceptar caminar únicamente por la acera de la izquierda para que puedan los motoristas circular por la acera de la derecha y así sacar los motores de la calle?

SEÑORA. Yo lo que me pregunto es para cuándo se va a crear un carril para perros ¿O es que los perros no tienen derecho a circular?

En medio del caos, abandonado a su suerte, el pianista sigue enfrascado en su sonata sin que nadie pueda distinguir sus notas entre el fragor de voces, gritos, llantos, ladridos, proclamas, campanillas, motores y demás estruendos, a los que también se han sumado los golpes que provocan cuatro entusiastas jugadores de dominó al colocar las fichas sobre la mesa situada en el extremo de la sala más alejado de la puerta.

Al estruendo se suma el camión de la basura con sus clásicos bocinazos y el rodar por la calle de los zafacones, además de la sirena de una ambulancia.

El quinielero, se acerca al pianista decidido a probar fortuna con la venta de sus billetes, pero algo lo detiene en seco. El pianista se ha desplomado sobre el teclado, con sus brazos extendidos, abarcando desde las graves hasta las agudas y permanece inmóvil, con los ojos abiertos, fijos en la partitura.

El quinielero lo toca suavemente en el hombro buscando que reaccione, después lo sacude, lo zarandea, y el pianista rueda del sillín y cae al suelo inerte.

El carterista se acerca presuroso, se inclina sobre el pecho del pianista acercando su oído al corazón del músico mientras desliza su mano en el bolsillo de su pantalón buscando una cartera que no encuentra.

CARTERISTA. Este hombre está muerto... muertecito...

SEÑORA. *(Acercándose)* ¿Quién está muerto?

LIMPIABOTAS. El pianista...

HORACIO. ¿Que ha muerto el pianista?

BELKIS. ¿El pianista?

PIZZERO. ¿Quién es el pianista?

QUINIELERO. *(Gritando para que todos lo oigan)* ¡El pianista ha muerto, el pianista ha muerto!

El anuncio de la súbita muerte del pianista concentra la atención de todos que, lentamente, van acercándose al cadáver. Todos menos el policía que opta por retirarse discretamente. De forma gradual, voces y ruidos van desapareciendo, desmontándose en la misma forma y orden en que fueron generándose hasta hacerse el silencio.

Durante algunos segundos, en medio de un silencio absoluto y la quietud del gentío, que ha quedado paralizado, nadie se atreve a moverse o decir nada hasta que el político toma la iniciativa.

POLÍTICO. ¡Ven acá, ahora que lo pienso... a tres esquinas de aquí vive otro pianista!

PASTOR. ¿Otro pianista? ¿Dónde?

REPORTERO DE TV. Muy cerca, en la parte de atrás del banco que hay en la plaza.

SEÑORA. ¿Y a qué estamos esperando?

Atropelladamente, como turba, el grupo sale de la casa.

La sala queda a solas, vacía y en silencio, con el cuerpo del pianista tendido en el suelo, junto al piano.

De improviso, de la cocina sale el perro que, se acerca al pianista, levanta una pata trasera meando sobre el cadáver y, ya satisfecha su necesidad, corre hacia la puerta detrás del grupo y de su dueña.

Cae el telón.

Los cuentos que nunca nos contaron

Conjunto de cuatro piezas o cuadros basados en populares cuentos infantiles.

Piezas y Personajes:

Los otros tres cerditos.

Cerdito 1/ Cerdito 2/ Cerdito 3/ Vendedor de periódicos/ Burrócrata/ Lobo/ Tigre/ León/ Buitre/ Lagarto/ Loro/ Culebra/ Gorila 1/ Gorila 2/ (Y distintos figurantes como: zorros, abogatos, ratas, cocodrilos, hienas y más cerdos).

¿Quién es la Cenicienta?

Catherine/ Nick Stokes/ Grisson/ Sanders/ Príncipe/ Jim Brass/ Zapatero/ Hada Azul/ Ceniciento/ Grupo de curiosos, periodistas, guardias y testigos.

El soldadito de plomo y la bailarina de la lentejuela.

Funcionario/ Bailarina/ Soldadito.

La reina, Blancanieves y el espejito mágico.

Reina/ Asistente/ Espejo-Sasha.

Los otros tres cerditos

Primer acto

Gruñendo su decepción, tres cerditos salen de una oficina de empleo.

CERDITO 1. ¡Puerca vida la nuestra, siempre la misma respuesta!

CERDITO 2. ¡No hay trabajo! ¡No hay trabajo! ¡No hay trabajo!

CERDITO 3. ¡Qué trabajo da encontrar trabajo!

CERDITO 1. Y digo yo ¿de qué nos sirve tener estudios, trabajar como burros cuando aparece algún empleo precario, ser serios y decentes? ¿De qué?

CERDITO 2. No hay que perder la esperanza, hermano, verás como todo es mejor mañana.

CERDITO 1. Pero para eso será necesario que hagamos algo hoy. ¿Y qué estamos haciendo?

CERDITO 3. *(Luego de una elocuente pausa)* Por suerte que en otra vida debimos ser cigarras que aún nos quedan algunos ahorros.

CERDITO 1. Sí, a algunos les quedan porque a mi...

De improviso, un vendedor de periódicos vocea las últimas noticias

VENDEDOR. ¡Extra! ¡Extra! ¡Anda suelto el lobo! ¡Peligran los cerditos!

CERDITO 1. *(Con evidente pesar)* Parece que nuestras calamidades no se limitan sólo al empleo.

CERDITO 2. El lobo anda suelto y nadie como nosotros sabe lo que eso significa.

CERDITO 3. Bueno... Caperucita sí lo sabe.

CERDITO 2. Sí, es verdad, nadie como nosotros y Caperucita sabe lo que eso significa…

CERDITO 1. Bueno…y los corderitos también lo saben.

CERDITO 2. *(Malhumorado)* De acuerdo, está bien. Nadie como nosotros, Caperucita, los corderitos…

El cerdito 2 observa a su alrededor en el temor de ser de nuevo interrumpido. Cuando se asegura de que no va a ser así, finalmente concluye el inventario de personajes y animales amenazados por el lobo.

CERDITO 2. … y otros posibles animales, saben lo que significa que ande un lobo suelto.

CERDITO 1. Y ninguno de nosotros tiene casa en la que protegerse de su amenaza.

CERDITO 3. En cualquier caso, la casa posible deberá ser lo suficientemente sólida como para resistir los soplidos con que el lobo las tumba.

CERDITO 1. Yo hace tiempo que solicité un piso en alquiler a través del Gobierno y sé que las respuestas no las traen las liebres pero confío en que tampoco las tortugas. Por si las moscas, mientras espero, voy a meterme en un piso de alquiler.

CERDITO 2. Yo voy a ponerme en manos de una inmobiliaria. No tengo muchos ahorros pero no quiero seguir de colmena en colmena pagando alquileres. He visto por televisión anuncios muy interesantes de viviendas seguras, con abundante tierra, aguas lodazales y modernos barrizales dignos de un verdadero cerdo. Hasta con troncos en los que rascarte.

CERDITO 3. No sé, no sé… en esos negocios siempre hay sueltos muchos gatos y es bueno tener la vista de águila que tú no tienes. A los puercos nos toman por borregos si no nos amparamos en algún seguro. Y ese seguro, hermanos, es un buen banco.

CERDITO 2. ¿Mejor que una inmobiliaria?

CERDITO 3. Las inmobiliarias incumplen, defraudan, se declaran en quiebra, nadie las controla, son menos confiables que una víbora. El banco sale un poco más caro, es verdad, pero no tanto como una oferta inmobiliaria. Un banco es otra cosa, un buen banco quiero decir, y yo soy un lince para elegirlos. Con la garantía de un banco obtendré mi vivienda.

CERDITO 1. Lo importante es que por mucho que sople el lobo no nos tumbe la casa y la vida.

CERDITO 2. Entonces… ¿A qué esperamos? ¡Pongamos patas a la obra!

Los tres se van por caminos distintos en busca de resolver el problema de sus viviendas. Cada quien tiene una diferente idea al respecto, pero los tres confían en hacerse con una vivienda digna de un cerdo y en hacerlo cuanto antes.

Segundo acto

El primer cerdito, buscando algún apartamento en alquiler, recorre la ciudad de punta a cabo, sudando como un cerdo. Sube, baja, dobla a la izquierda, tira por la del medio, sale a la otra calle, toma un ascensor, se baja en la quinta, gira a la derecha, cruza el puente, pasa la plaza, da la vuelta a la iglesia…y queda, exhausto, frente a la Oficina de la Vivienda.

CERDITO 1. ¡Nada, no hay nada! ¡Ni una sola casa en alquiler! Sólo casas abandonadas y casas en construcción, edificios vacíos y edificios en obras. ¿Y para qué es que se construyen tantas casas habiendo tantas desocupadas? En fin, mejor voy a dejar de hacerme preguntas en medio de la calle, que ya se está haciendo de noche y no es prudente seguir dando vueltas... aunque, ahora que lo pienso, antes de buscar a mis hermanos, ya que estoy aquí, mejor entro en la Oficina de la Vivienda. Tal vez ya tengan respuesta a mi solicitud.

Dentro de la oficina, un burrócrata le saluda al otro lado de la correspondiente ventanilla.

BURRÓCRATA. ¿En qué puedo ayudarle?

CERDITO 1. Sólo quería saber si ha salido ya mi vivienda. Hice la solicitud hace tres años y la última vez me dijeron que este mes ya habría respuesta.

BURRÓCRATA. Aún estamos a 29.

CERDITO 1. Bueno, sí, pero... ¿podría comprobar si ya ha salido la lista de las adjudicaciones?

BURRÓCRATA. El horario para comprobaciones es de 6 a 7 y ya son las 7.

Contrariado, el cerdito 1 insiste.

CERDITO 1. Lo sé, disculpe, pero ¿podría hacerme el favor de revisar la lista?

El burrócrata se lo piensa durante unos segundos, los suficientes para que den las 7 en el reloj de la oficina y, finalmente, con cierto pesar, acepta iniciar los trámites habituales.

BURRÓCRATA. ¿Me da su identificación?

CERDITO 1. No la llevo conmigo... pero usted me conoce. Soy el Cerdito 1.

BURRÓCRATA. Señor, yo ni conozco a nadie ni tengo porqué. Me estoy limitando a seguir el procedimiento. ¿Tiene su identificación? Porque si no la tiene yo no puedo hacer nada por usted.

El cerdito 1, cariacontecido, se disculpa.

CERDITO 1. Perdón por la molestia y muchas gracias. Lamento haberle hecho perder su tiempo.

Cuando el burrócrata advierte que el cerdito 1, a punto de romper a llorar, se ha dado la vuelta disponiéndose a salir, decide perdonarle la vida.

BURRÓCRATA. Está bien. Voy a hacerle el favor, pero solo por esta vez. Dígame su número de solicitud.

CERDITO 1. El 22.

El burrócrata revisa una carpeta llena de expedientes con desesperante lentitud hasta que encuentra el que buscaba.

BURRÓCRATA. Sí, aquí está. Ya tiene asignada vivienda...

El cerdito 1 no puede creérselo. Llevaba mucho tiempo esperando este día, cita tras cita, año tras año. Las lágrimas que unos segundos antes trataba de disimular ahora se desbordan, pero no de tristeza sino de alegría porque, por fin, va a tener su casa. Bailotea nervioso al otro lado de la ventanilla, excitado, sin saber qué decir. Quién sí sabe qué decir es el burrócrata que, cuando se cansa de observar la felicidad que ha provocado en el cerdito 1 su anuncio, agrega:

BURRÓCRATA. Las llaves de la casa le serán entregadas una vez deposite en esta ventanilla el inicial estipulado para viviendas de auxilio social...

El entusiasmo del cerdito 1 comienza a tambalearse y apenas alcanza a balbucear.

CERDITO 1. Pero...

El burrócrata remata la faena.

BURRÓCRATA. ...y se agote el plazo de cinco años para la verificación de la demanda que estipula la ley 52/30/13/66.

El burrócrata cierra la ventanilla desentendiéndose de cualquier posible reclamación de un cerdito desolado. Minutos más tarde, el cerdito recupera la movilidad y abandona la oficina. Ya es noche cerrada y, aterido de frío, el cerdito sale a la calle en busca de una pensión en la que pasar la noche. Cuando observa a un vecino paseando por la otra acera se le acerca en procura de ayuda.

CERDITO 1. Disculpe vecino... ¿Conoce por aquí algún lugar en el que pasar la noche?

El vecino, que no es otro que el lobo, en lo que canta un gallo da cuenta del confiado cerdito. Mientras se lo come, en un gesto de piedad, hasta se compadece del infortunio del cerdito.

LOBO. ¡Pobre cerdito! Tanta vida que parecía tenía, pero no hay mal que por bien no venga. Ya no va a tener que preocuparse por el problema de la vivienda porque, desde estos momentos, ha pasado a residir *(Eructa)* en mi agradecido estómago. ¡Y sin tener que esperar ni pagar renta!

Tercer acto

El segundo cerdito entra en la oficina de la inmobiliaria. Mientras pasa junto a algunas mesas en las que trabajan algunos zorros, medita su decisión.

CERDITO 2. Una inmobiliaria que se anuncia en televisión tiene que ser una inmobiliaria seria.

Al final de la oficina, tras una mesa, es recibido por el principal ejecutivo del negocio, un tigre contratista.

TIGRE. Está usted en su casa… póngase cómodo.

CERDITO 2. Buenas tardes. Yo quería…

TIGRE. No, no diga nada. Como gerente de esta empresa debo confesarle que en Tigre & Asociados conocemos sus deseos antes de que nos los cuente. Usted está buscando una vivienda y nosotros tenemos la casa de sus sueños. El tigre muestra varias fotografías de viviendas

CERDITO 2. El problema es que…

TIGRE. Sí, ya lo sabemos. En Tigre & Asociados conocemos sus problemas antes, incluso, de que los tenga. El lobo anda suelto ¿verdad? Usted necesita una casa sólida y confiable cuanto antes.

El tigre le enseña al cerdito 2 fotos más de viviendas.

CERDITO 2. ¿Y sería posible…

TIGRE. Por supuesto que sí. Para Tigre & Asociados no hay imposible que valga cuando se trata de satisfacer las necesidades de nuestros clientes. Una vez firme se le entregan las llaves.

CERDITO 2. Me gustaría que la casa…

El tigre tiene esparcidas sobre su mesa unas cuantas fotos de viviendas. Cuando encuentra la que busca la coge y echa el resto a un lado.

TIGRE. No, no se moleste, no tiene que explicarme nada. ¡Esta es la vivienda que usted necesita! Ni cerca ni lejos, ni arriba ni abajo, ni pequeña ni grande… sino todo lo contrario. ¿Qué le parece? La número 8 de esta misma calle. En cuanto al abandonado campo de golf que aparece al lado le garantizo que no le va a causar problemas. Es más, los hoyos del campo se los vamos a convertir en charcas.

Entusiasmado el cerdito 2 pone sus ahorros encima de la mesa.

CERDITO 2. Aquí está el dinero. ¿Falta algo más?

TIGRE. Solo firmar estas 20 sonrisas a plazo fijo, los intereses correspondientes y las llaves son suyas.

El cerdito se despide y sale de la oficina. Está anocheciendo. Tras comprobar la dirección de la casa en el recibo que le han dado en la inmobiliaria, echa a andar. Mientras camina, al escuchar al vendedor de periódicos voceando las últimas noticias se entera de la trágica muerte de su hermano.

VENDEDOR. ¡Extra! ¡Extra… el lobo se come al primer cerdito! ¡No se pierda el banquete de tocineta y una entrevista exclusiva con el lobo!

El segundo cerdito solloza al escuchar la amarga noticia.

CERDITO 2. ¡Oh no… el lobo se comió a mi hermano! ¡Tanta ilusión que tenía por llegar vivo a Navidad! ¡Que porquería de vida la nuestra! Pero hay que seguir adelante que la casa número 8 no debe estar muy lejos… cuatro… seis… ¡Por San Martín, esta es! ¿Y qué es esto?

Delante del cerdito se levanta precariamente una casucha de la que cuelga el número 8, rodeada de matorrales y basura. Por si no fuera suficiente, una pelota de golf cae en ese instante sobre la casucha abriendo un hoyo en el techo.

CERDITO 2. ¡Cómo quisiera aullar como perro para consolar mi vergüenza! ¡Mi hermano me lo dijo, no le hice caso y estas son las consecuencias!

Otra pelota de golf cruza el cielo y se estrella contra la casucha.

CERDITO 2. Cuando llegue el lobo no tendrá ni que soplar para tumbar esta mierda de casa. Ni siquiera es probable que por más prisa que se dé el lobo vaya a encontrársela de pie cuando venga. Pero yo no soy un conejo como para salir corriendo o un avestruz que esconda la cabeza. Ahora mismo vuelvo a la inmobiliaria y pongo a ese felino en su lugar.

El cerdito regresa sobre sus pasos.

CERDITO 2. La verdad es que no debiera andar en la calle con el lobo suelto, pero más que la prudencia me empuja la indignación que siento al saberme estafado por ese tigre. Me va a oír.

El cerdito entra de nuevo en la inmobiliaria, como elefante en cacharrería, alborotando el avispero y con las llaves de su casa en la pata.

CERDITO 2. ¿Y dónde es que se esconde el que se quedó con mis ahorros? ¡Que salga que quiero verlo, que aquí es donde la puerca retuerce el rabo!

Inconscientemente, el propio cerdito se mete en la boca del lobo al entrar en la oficina del felino ejecutivo. No le da tiempo ni de arrepentirse. El lobo, que es el asociado de Tigre & Asociado, se sirve a dos carrillos su menú preferido sin permitirle alegar nada en su defensa y del segundo cerdito sólo quedan las lluves.

Cuarto acto

El tercer cerdito llega a la quinta planta de un gigantesco banco buscando hacerse con un préstamo para su vivienda.

CERDITO 3. De los bancos dirán muchas cosas, pero la verdad es que me siento un león. Desde que he entrado he sido el centro de todas las miradas. Aquí hay eso que se dice "clase", clase animal, pero, clase al fin. Y una organización extraordinaria y eficiente: ratas confirmando pagarés, cocodrilos consultando balances, buitres revisando arqueos, hienas notificando desahucios... incluso abogatos, equipos de abogatos al servicio de la empresa. Una verdadera fauna en la que no faltan algunos grandes cerdos que, muy amables, desde la puerta, se me han acercado interesados en mi solicitud.

Sube hasta el tercer piso del banco y se detiene junto a una mesa ocupada por un elegante león a quien estrecha la zarpa.

LEÓN. Así que está usted interesado en nuestros servicios de vivienda con gestión bancaria… ¿Y de qué patrimonio dispone?

CERDITO 3. Bueno, yo tengo una vieja pocilga que cubriría el préstamo…

El cerdito 3 entrega un título de propiedad. Confirmada su legitimidad, el título desaparece inmediatamente bajo las alas de un buitre y el león pone sobre la mesa algunos documentos que el cerdito firma sin leer.

LEÓN. No se preocupe, no es nada, papeleos sin importancia. Ahora firme estos pagarés y el préstamo ya es suyo.

BUITRE. Y le hacemos entrega, además, como un detalle que solemos tener con ciertos distinguidos clientes, de un edredón y dos kilos de estiércol.

Tras los naturales abrazos que sellan la relación y la entrega de los cinco mil euros solicitados, muy orondo, el cerdito se despide y comienza a bajar las escaleras con su edredón y su estiércol. En la segunda planta es interceptado por un lagarto.

LAGARTO. Perdón, ¿es usted el tercer cerdito?

CERDITO 3. Sí, yo soy.

LAGARTO. Soy de Asuntos Legales, de este banco *(Mientras le da un documento)* es para notificarle que debe ponerse al día con el rédito subsiguiente al interés total del neutro.

CERDITO 3. ¿Y eso qué es?

LAGARTO. Su mismo nombre lo dice... el rédito neutro al total subsiguiente interés, lo que hace un total de dos mil euros, si los paga ahora.

CERDITO 3. Pero de eso no se habló…

LAGARTO. Figura en el contrato y usted lo firmó. ¿Va a pagar ahora o prefiere que le cobre compulsivamente en su casa?

Con cierto malestar, el cerdito 3 saca el dinero y paga.

CERDITO 3. Está bien. Tenga, tenga usted.

El cerdito sigue bajando, siempre cargando su edredón y su estiércol. En la primera planta le sale al paso un loro.

LORO. Disculpe, soy del Departamento de Asuntos Fiscales de este banco y tengo que recordarle que todavía no ha abonado el interés indirecto de aplicación automática

CERDITO 3. ¿Cómo? ¿De qué está usted hablando?

LORO. No se me haga el burro señor cerdo, hablo de que usted ha triplicado el valor gregario de su cuenta adjunta…y eso le sale por otros 2 mil euros.

CERDITO 3. Pero a mí no me hablaron de eso…

LORO. ¿Usted no sabe lo que firma? ¿Verdad que usted no quiere que le mande un alguacil a su casa?

CERDITO 3. Tenga…mil y dos mil…

Junto a la puerta del banco el cerdito es abordado por una culebra.

CULEBRA. Vamos a hacer esto fácil. Mira cerdito, el impuesto agregado a la conservación del inmueble usufructuado acaba de aumentar a un 75%… y ya sé que no lo entiendes, pero debes al banco cinco mil euros y el plazo de pago del pago acaba de terminar.

CERDITO 3. Pero yo…

CULEBRA. ¡Ya empezamos! ¿No ha leído la cláusula 27?

CERDITO 3. De acuerdo, lo pagaré.

El cerdito deja el edredón y el estiércol en el suelo y revisa su cartera, pero solo tiene mil euros que la culebra se precipita a coger.

CERDITO 3. Es que, no me alcanza

CULEBRA. Temo que si no abona los cuatro mil que todavía adeuda el banco no va a tener más remedio que quedarse con su porqueriza.

CERDITO 3. Si esperan a mañana tal vez podría… Ahora no tengo más dinero.

CULEBRA. ¿No tiene dinero? ¿Y no ha pensado acudir a un banco?

El cerdito sale del banco absolutamente desolado. Ya en la calle, apenas se ha alejado unos metros del banco cuando dos gorilas de uniforme que han salido tras él lo despojan del edredón y el estiércol.

GORILA 1. ¡Lo sentimos, solo cumplimos órdenes!

GORILA 2. ¡El edredón se queda…!

GORILA 1. ¡Y el estiércol también!

Es noche cerrada y el tercer cerdito camina sin rumbo, a ninguna parte, sin pocilga en la que revolcarse, ni casa en la que defenderse del lobo.

En una esquina de la desierta calle, el vendedor de periódicos sale a su encuentro anunciando su siniestra nueva:

VENDEDOR. "¡El lobo se zampa al segundo cerdito!" "¡Gobierno lamenta hecho, pero insiste en que el cerdo no es una especie en vías de extinción!"

El cerdito escucha con pesar la triste suerte que, también, ha corrido su otro hermano.

CERDITO 3. ¡Oh no…el lobo se ha comido a los dos! Es duro perder a un hermano por más cerdo que fuese, pero aún es más duro perder a los dos cuando en nuestra puerca vida, los tres marranos que somos apenas hemos tenido tiempo de disfrutar de unas ricas bellotas, de un buen pienso. Así, en la flor de la vida, tan lejos todavía de su San Martín, han ido a morir mis dos cerditos hermanos en los dientes de un insaciable lobo. ¡Y con tantas porquerías que les quedaban por hacer!

VENDEDOR. ¡Ya sólo queda un cerdo! ¡Ya sólo queda un cerdo! ¿Quiere un ejemplar?

CERDITO 3. Sí, dame uno, que no quiero leerlo, pero al menos sus hojas me ayudarán a protegerme del frío.

VENDEDOR. No te preocupes cerdito que a donde tú vas no se pasa frío.

El vendedor, que no es otro que el lobo, rápido como un banco, se abalanza sobre el tercer cerdito y se come hasta los intereses. Después se va voceando titulares por la desierta calle.

LOBO. ¡Extra! ¡Extra! ¡Encuentran huesos del tercer cerdito! ¡Trasladan el cáncer de la ballena de hospital! ¡No se pierda las fotos exclusivas del cachalote tras su divorcio! ¿Es realmente el macaco hijo del chimpancé?

Suena la música mientras cae el telón

Con los primeros aplausos (caso de que los haya) vuelven al escenario el lobo y todos sus acólitos, haciendo espacio en el centro para la llegada de los tres cerditos seguidos de algunos puerquitos más y otros tantos animales que, inmediatamente, toman posesión del escenario y se dirigen al público.

(Cantando)

Y colorín colorado

este cuento habría acabado

que así es que nos lo han contado.

Tres cerditos devorados

por un lobo desgraciado.

Colorín colorado

el cuento no ha terminado

ya no son los 3 cerditos

que hoy somos muchos marranos

y no somos tan pendejos.

¡La vivienda es un derecho!

Colorín colorado

la vivienda que queremos,

la más sólida y segura,

la que no nos tumbe el lobo

es la que vamos haciendo

entre todas y entre todos.

Colorín colorado

la vivienda es un derecho.

Colorín colorado

no hay que darle tregua al lobo.

Colorín colorado

la vivienda es un derecho.

Colorín colorado

no hay que darle tregua al lobo...

Este estribillo se repite hasta que el Estado adjudique y abarate las viviendas, los arquitectos las diseñen como si fueran a vivir en ellas, los intermediarios se suiciden, los lobos vuelvan a los montes y el resto de las fieras a la selva, yendo presos todos los especuladores, defraudadores inmobiliarios y demás delincuentes de tan surtida fauna de canallas, empezando por los banqueros.

Caso de que estas medidas se demorasen más de lo prudente, el director del montaje puede dar por terminada la función cuando guste.

¿Quién es la Cenicienta?

Oficina del CSI (Crime Scene Investigation) Una mesa, varias sillas y enseres propios de una oficina forense. Bien entrada la noche, la forense Catherine Willows conversa con Nick Stokes, otro de los miembros del equipo de investigación forense mientras toman café en su oficina.

CATHERINE. Sigo sin entenderlo Nick… He analizado tres veces las huellas recogidas junto al horno de la bruja y ninguna corresponde a Hensel o Gretel. Si arrojaron dentro a la bruja, como han declarado, sus huellas tendrían que estar alrededor del horno. Tuvieron que apoyarse en algún momento en el horno para lograr meterla dentro.

NICK STOKES. Pudieron usar guantes.

CATHERINE. ¿Y dónde están los guantes?

NICK STOKES. Tal vez los hicieron desaparecer. Quizás los metieron también al horno.

CATHERINE. ¿Y por qué iban a deshacerse de los guantes si como quiera estaban dispuestos a entregarse y confesar? Hay algo que no encaja en esta historia. Y los análisis de las muestras de ADN de los niños tampoco aclaran nada.

Entra en la oficina el químico Greg Sanders sosteniendo una humeante probeta.

GREG SANDERS. Creo que tengo la respuesta a todas vuestras dudas. He analizado el chocolate del que estaba hecho el techo de la casa y el resultado no deja lugar a dudas: no es chocolate. Se trata de una extraña pasta de color marrón, compuesta por distintos elementos como lecitina de soja, extracto de malta de cebada, leche desnatada en polvo y manteca de cacao con aroma de vainilla, además de varios aditivos y colorantes.

CATHERINE. ¿Y cuál es el problema? A esa pasta es que Nestlé llama chocolate. De todas formas ¿qué tiene que ver con el caso?

GREG SANDERS. Que si fue esa pasta lo único con lo que la bruja estuvo alimentando a esos niños para que engordaran, además de cebarlos los intoxicó.

CATHERINE. Eso sólo probaría que el chocolate Nestlé es una mierda y que consumirlo perjudica seriamente la salud.

GREG SANDERS. Sí… pero también establecería un atenuante para Hensel y Gretel que cualquier jurado consideraría.

La discusión es interrumpida por Gil Grisson, jefe del CSI, que entra en la oficina precipitadamente.

GRISSON. ¿Qué casos tenemos pendientes?

CATHERINE. El de la casa de chocolate y los dos hermanos…

GRISSON. Olvídense de Hensel y Gretel porque tenemos un caso especial.

NICK STOKES. ¿Y qué hacemos con el cazador que supuestamente mató al lobo feroz? Sólo nos falta recibir el informe de balística y volver a interrogar a la abuela de Caperucita que, dicho sea de paso, era la que tenía registrada a su nombre la escopeta.

GRISSON. Os repito que tenemos entre manos un caso especial y hay que ponerse en marcha inmediatamente. ¡Vamos al Palacio Real! Anoche se celebró un gran baile de gala organizado por el rey con el propósito de encontrar entre las damas que asistieran novia para el príncipe. Al parecer, cuando ya el príncipe había dado con ella… la elegida, a eso de las doce de la noche, salió corriendo y desapareció.

NICK STOKES. ¿Y a nosotros nos corresponde encontrarla?

GRISSON. De eso se trata Nick. Hay que dar con el paradero de esa mujer desconocida.

CATHERINE. ¿Y no podríamos iniciar la búsqueda mañana? Ya son las 3 de la madrugada.

GRISSON. Cuanto antes nos pongamos a trabajar más posibilidades tendremos de hallarla. Y se trata de un asunto real. De hecho, todavía el príncipe sigue en Palacio y, por lo que me han dicho, sumamente deprimido.

CATHERINE. Estamos sin dormir y sin cenar, Grisson.

GRISSON. Y si no encontramos a esa mujer también nos quedaremos sin empleo. ¡Vamos Catherine… piensa en los demás, somos un equipo!

Por el patio de butacas la sirena del vehículo del CSI anuncia su llegada. En el escenario, la escalinata del palacio Real está acordonada y algunos guardias vigilan que nadie irrumpa en la escena. A prudente distancia, algunos curiosos y periodistas observan la llegada del equipo del CSI que, con la celeridad que su trabajo requiere, sacan los equipos del automóvil, se enfundan sus guantes asépticos y corren hacia un tramo de la escalinata en la que un potente foco ilumina un negro zapato de tacón. El príncipe, compungido, se acerca a Grisson.

PRÍNCIPE. Ese era su zapato… Es todo lo que me ha quedado de ella.

GRISSON. ¿Cómo ocurrió alteza?

PRÍNCIPE. Estábamos bailando, aunque no recuerdo si era un vals o un pasodoble. Recuerdo sí que era medianoche porque en ese momento comenzaron a sonar las campanas de palacio. Yo acariciaba su sedosa cabellera negra cuando ella, abruptamente, retiró mi mano izquierda de su entrepierna y echó a correr. Yo también quise correr detrás de ella… y hasta lo hice cuando me levanté.

GRISSON. No se preocupe, alteza. Encontremos a esa mujer. ¿Podría describírnosla?

PRÍNCIPE. *(Entre sollozos)* ¿Y cómo describir lo indescriptible? ¿Cómo explicar lo inexplicable? Sólo puedo deciros que era bella, que era divina y que yo estaba borracho.

GRISSON. ¿Muy bella?

PRÍNCIPE. Muy borracho

GRISSON. Bien, por el momento es suficiente. Tranquilícese, alteza. Si esa mujer existe daremos con ella.

En cuclillas sobre la escalinata Stokes, hace varias fotografías del zapato y, finalmente, con ayuda de unas pinzas, lo guarda en una bolsa de plástico. Sanders, valiéndose de unos bastoncillos de algodón recoge muestras del lugar. Muy cerca, Catherine interroga a algunos testigos mientras toma nota de sus declaraciones.

GRISSON. Ya van a dar las 9 y todavía no tenemos nada.

CATHERINE. *(Mientras repasa sus notas)* Uno de los testigos declaró haber visto corriendo a una mujer blanca como de veinte años envuelta en un vestido negro. Otro dice haber visto a una mujer negra vestida de blanco y que cojeaba ostensiblemente. Y un tercer testigo asegura que una loca desnuda que había bajado trastabillando las escaleras, paró una carroza de servicio y desapareció. ¿A quién creer?

GRISSON. Mientras no tengamos otros testimonios más creíbles habrá que confirmarlos todos. Dile a Jim que se ocupe de investigar entre las compañías de carrozas si alguna dio un servicio ayer, alrededor de las 12, cerca del Palacio Real. Y que interrogue a todas las mujeres negras y blancas que asistieron al baile… también a las locas.

Mientras Catherine transmite por teléfono al detective Jim Brass las órdenes de Grisson, Sanders pone al corriente a los demás de sus averiguaciones.

SANDERS. Las muestras de saliva que he recogido en las escaleras son tantas que dudo hubiera alguien que asistiera a la fiesta que no soltara algún escupitajo al entrar o salir. Pero hay algo, sin embargo, que puede servirnos. Cerca de donde se encontraba el zapato encontré esta plantilla de goma blanda que, obviamente, estuvo dentro de ese zapato. Es de la misma talla, corresponde al mismo pie y, además, he hallado fibra de la plantilla en el zapato.

GRISSON. Hay que ponerse cuanto antes en contacto con el fabricante de esa plantilla.

SANDERS. Ya lo hice Grisson, y me ha dicho que un par de la misma clase fue vendida a un zapatero de la ciudad hace unos días.

GRISSON. Entonces, de lo que se trata ahora es de averiguar que zapatero la vendió y a quien.

SANDERS. También lo hice Grisson pero el fabricante no conserva registro de esa venta y debe haber una docena de zapaterías en esta ciudad.

GRISSON. Pues estamos otra vez como al principio… y sigue corriendo el tiempo.

STOKES. Tal vez no. Le practiqué una fotogrametría al zapato, una moderna disciplina que nos permite calcular las dimensiones y posiciones de los objetos en el espacio, a partir de medidas realizadas sobre fotografías…

GRISSON. Sí… ya sabemos qué es una fotogrametría…

STOKES. Tú sí, pero los espectadores no.

GRISSON. ¿Y qué es lo que descubriste?

STOKES. Nada, al principio nada, después tampoco, pero cuando le hice la fotogrametría por tercera vez menos aún.

GRISSON. ¿Tú quieres seguir trabajando en el CSI?

STOKES. Tranquilo Grisson, déjame terminar. Cuando iba a realizar una cuarta prueba, al coger el zapato, me fijé en que había unos extraños residuos adheridos al tacón y, una vez analizados, han resultado ser restos de cardo amarillo.

GRISSON. ¿Y a dónde nos lleva eso?

CATHERINE. Al sur de la ciudad y al zapatero remendón. Ese es el único lugar donde crece el cardo amarillo. No existe ese tipo de cardo en el Palacio Real y menos en el salón donde tuvo lugar el baile. Y la zapatería del remendón es la única ubicada en esa zona.

STOKES. La mujer que se puso ese zapato probablemente vive cerca.

GRISSON. ¡Vamos allá ahora mismo! El príncipe está dispuesto a ir casa por casa probándole el zapato a todo el mundo hasta encontrar quien lo calce… y nos ha dado de tiempo hasta mañana.

CATHERINE. No me parece tan mala idea. ¿Y por qué entonces no dejar el caso en sus manos?

GRISSON. Porque después también podría ocurrírsele que dejáramos en sus manos nuestros cargos. ¿Lo entiendes ahora?

CATHERINE. ¡Estoy cansada, jefe… no puedo más!

GRISSON. ¡Vamos Catherine, piensa en los demás, somos un equipo!

En el interior de la única zapatería del sur de la ciudad, un viejo zapatero se desespera tratando de envolver en papel de regalo una caja con zapatos, cuando entra Grisson. El resto del equipo del CSI permanece en la calle.

GRISSON. ¿No se dejan envolver esos zapatos?

ZAPATERO. Para una maldita venta que hago en el día encima quieren que se los envuelva. He tenido que ir a buscar la caja y el lazo a otra zapatería, pero, en fin, hasta la tarde no vendrán a buscarlos y para entonces confío en haberlo conseguido. ¿Qué se le ofrece?

GRISSON. *(Al tiempo que muestra la plantilla al zapatero)* Sabemos que usted vendió esta plantilla.

ZAPATERO. *(Mientras la observa)* Sí, yo la vendí, pero no tiene garantía y no acepto devoluciones.

GRISSON. *(A la vez que se identifica)* Sólo quiero que me muestre su recibo de venta.

ZAPATERO. ¿Recibo de venta? Le tengo una mala y una buena noticia… La mala es que no tengo recibo de la venta de esa plantilla, pero la buena noticia es que podría hacer memoria. Al fin y al cabo, es la única plantilla que he vendido.

GRISSON. Estoy esperando su nombre.

ZAPATERO. Y yo un estímulo para mi memoria. Comprenda que este negocio está en crisis y... bueno, si me ayudasen a cuadrar el mes creo que mi memoria podría hacer un esfuerzo.

Grisson agarra por las solapas al zapatero y, a bocajarro, le deletrea la última hora del informativo.

GRISSON. O me das el nombre ahora mismo o te rompo las narices y te cierro esta puta zapatería.

Temeroso, el zapatero parece reconsiderar su estrategia para sacar a flote su negocio.

ZAPATERO. ¡Ya lo recuerdo sí, fue el Hada Madrina! Y no van a tener que ir muy lejos porque vive en la casa de al lado, la pintada de lila.

Antes de salir de la zapatería, Grisson elige unas cuantas cajas de zapatos y con ellas bajo el brazo, ya desde la puerta, se vuelve hacia el zapatero.

GRISSON. Yo también te tengo dos noticias. La buena es que me llevo estos zapatos y no te voy a pagar un céntimo.

ZAPATERO. ¿Y la buena?

GRISSON. Que tampoco me los vas a tener que envolver.

En su modesta vivienda y recostada en una mecedora que en su vaivén cruje y denuncia su generosa sobrecarga, una anciana de alrededor de 80 años, teje unos llamativos calcetines de lana en la cocina, junto a la encendida chimenea. De improviso, la puerta de la vivienda se viene abajo y entran, pistola en mano, Grisson y Catherine, mientras Sanders irrumpe por una ventana haciendo añicos su cristal y Stokes se descuelga por la chimenea. Antes de que la anciana pueda expresar su espanto ya ha sido rodeada por el equipo del CSI.

GRISSON. ¡No se mueva… somos el CSI! ¡Sólo queremos hablar con usted!

HADA MADRINA. ¿Y por qué no llamaron a la puerta?

CATHERINE. Para que esta obra tenga un poco de acción.

GRISSON. ¿Dónde está el Hada Madrina?

HADA MADRINA. ¿Cómo que dónde estoy? ¡Yo soy el Hada Madrina!

Todo el equipo del CSI, sorprendido por la respuesta de la anciana, queda sin habla. Una vez reaccionan, toman asiento alrededor del Hada Madrina. Catherine le muestra a la anciana el zapato de tacón.

CATHERINE. ¿Este zapato es suyo?

HADA MADRINA. ¡Oh… que suerte que lo encontraron! Lo perdí ayer en la calle y me hubiera dolido no recuperarlo, aunque si me hubieran llamado yo misma habría pasado a recogerlo.

GRISSON. ¿Y se puede saber en dónde lo perdió?

HADA MADRINA. No estoy segura…tal vez en la rotonda de la esquina… o quizás cuando volvía del mercado…La verdad es que sólo me di cuenta al llegar a casa.

GRISSON. Está mintiendo y no me gusta perder el tiempo.

HADA MADRINA. ¡Oiga, sin faltar! ¡Le digo que ese zapato es mío!

Catherine toma el pie de la anciana, le quita la pantufla y le calza el zapato.

CATHERINE. ¿Le importaría levantarse y dar unos pasos?

El Hada Madrina se incorpora, ante el asombro de todos saca de un armario el otro zapato negro de tacón y, una vez se lo pone, va y viene por la cocina mientras repara y se lamenta por los destrozos causados con la violenta entrada del CSI en su casa. Finalmente vuelve a hacer crujir la mecedora. Grisson confirma sus temores directamente, comprobando con sus manos la perfecta adecuación de los zapatos a los pies de la anciana.

GRISSON. No hay ninguna duda: ese zapato es suyo.

CATHERINE. Pero no puede ser ella. Es cierto que el príncipe estaba bebido, pero no tan borracho.

GRISSON. ¿Dónde se encontraba usted anoche, entre las 9 y las 12?

HADA MADRINA. Estuve aquí, en mi casa, viendo televisión… uno de esos idiotas programas de corazón

CATHERINE. ¿No estuvo usted en el baile del Palacio Real?

HADA MADRINA. ¿Yo? Es verdad que a pesar de mis 80 años todavía puedo hacer muchas cosas, pero créame si le digo que ya no estoy para bailes… y menos reales. Le repito que estuve en casa viendo, precisamente, una de esas tertulias insoportables sobre el príncipe y sus deseos de tener un hijo heredero…

SANDERS. Es cierto, yo también lo estuve viendo mientras trabajaba en el laboratorio.

GRISSON. Pues no entiendo nada… ¿Cómo se explica que estuvieran sus zapatos y no estuviera ella?

Un denso silencio responde a la pregunta de Grisson, hasta que Catherine da con la respuesta.

CATHERIN. Se me ocurre una forma de explicar cómo es que los zapatos asistieron al baile mientras su propietaria permanecía en su casa…Se los puso otra persona ¿Es eso lo que pasó?

Visiblemente turbada, la anciana parece desmoronarse. Su coartada televisiva ya no le sirve e intenta cambiar la estrategia.

HADA MADRINA. Tal vez ese no sea mi zapato… quizás sólo se parecen o…

GRISSON. ¿A quién le prestó los zapatos?

CATHERINE. ¡Vamos… dígalo! ¡No va a pasarle nada, ni a usted ni a la mujer que acudió al baile del Palacio Real!

SANDERS. ¡El príncipe sólo quiere conocerla y casarse con ella!

HADA MADRINA. Les repito que yo no sé nada. La última vez que vi esos zapatos estaban ahí, dentro del armario. Y yo estuve viendo televisión, un entretenido concurso que nunca me pierdo.

GRISSON. ¡Vamos confiese! Sabemos que compró un par de plantillas para los zapatos…y usted no las necesitaba. ¿Para quién compró esas plantillas?

CATHERINE. Los zapatos le entran perfectamente y no hay en sus pies la menor huella de rozaduras o lesiones que hicieran necesarias unas plantillas. ¿Eran para otra persona… verdad?

HADA MADRINA. Les digo que no sé de qué me hablan…

GRISSON. ¿Quién vive con usted?

La pregunta de Grisson vuelve a turbar a la anciana, cada vez más acorralada por las evidencias.

HADA MADRINA. Yo… vivo sola.

CATHERINE. ¿Y para quién son esos coloridos calcetines que está tejiendo?

HADA MADRINA. Bueno… para nadie en particular… lo hago por ejercitar mis dedos…es que tengo artritis… sí, por eso.

Rápidamente, Sanders toma los calcetines y los coteja con los zapatos.

SANDERS. La misma longitud, la misma anchura… Estos calcetines son para estos zapatos. Sólo necesitamos saber quién se los pone.

GRISSON. ¡No nos haga perder más tiempo y confiese quién llevaba esos zapatos!

CATHERINE. ¡Y para quién son estos calcetines!

HADA MADRINA. ¡Ya basta! ¡Quiero un abogado!

El detective Jim Brass entra en la cocina. Lleva un envoltorio en la mano y le acompaña un atractivo joven como de veinte años, de pelo corto y facciones suaves.

Todos se vuelven sorprendidos hacia ellos. También la anciana que, finalmente, se derrumba en la mecedora mientras se cubre el rostro con las manos tratando de esconder el llanto.

JIM BRASS. Creo que ya no hay necesidad de seguir interrogando a esta mujer. Una compañía de carrozas me confirmó un servicio ayer a las 12 de la noche y a las puertas del Palacio Real. Cuando interrogué al chofer me dijo que ya iba de regreso a su casa cuando lo abordó una mujer desnuda, muy excitada, a la que le faltaba un zapato de tacón negro. El chofer recordaba perfectamente la dirección a la que llevó a la mujer porque ni siquiera le pagó la carrera. La trajo a esta casa. Antes de desmontarse, la mujer se quitó su larga peluca negra…

Brass saca del envoltorio una larga peluca negra y se la pone al joven que tiene al lado.

JIM BRASS. Les presento a Ceniciento… la mujer con la que el príncipe se quiere casar y tener un heredero.

El estupor general sólo es roto por la anciana que, entre sollozos, se levanta de la mecedora y corre a abrazarse con Ceniciento.

JIM BRASS. A él me lo encontré en la entrada. Ella es su abuela.

De vuelta a la oficina y, como siempre, alrededor de la mesa, Grisson y su equipo tratan de encontrar una solución al problema que enfrentan. Por si no fuera suficiente el cansancio acumulado, el desánimo es evidente en todos los miembros. Stokes se esfuerza en permanecer despierto, Catherine entretiene su tedio probándose los zapatos negros, Sanders toma café, Brass se distrae peinando la peluca... sólo Grisson se empeña en repasar notas e informes.

CATHERINE. Lo que no entiendo es porqué huyó Ceniciento del palacio.

JIM BRASS. Según ha declarado se le estaba corriendo el maquillaje y el príncipe se mostraba demasiado efusivo. Ceniciento temía que le acabara arrancando la peluca y antes de que el fraude quedara al descubierto echó a correr.

SANDERS. ¿Y por qué fue al baile? ¿Qué hacía Ceniciento en el Palacio Real?

GRISSON. Bueno... al parecer tiene una relación con uno de los camareros del Palacio. El baile era la oportunidad de verse con él pero el príncipe se fijó en... ella y la sacó a bailar.

SANDERS. El problema es qué vamos a hacer ahora.

GRISSON. Sólo tenemos dos opciones y cualquiera de las dos nos lleva al paro, al cese fulminante de todo el equipo. Antes de que termine el día tengo que presentarle al príncipe a su futura esposa y, o bien le digo que una decrépita anciana de más de 80 años y cien kilos de peso es la propietaria de los zapatos, o le confieso que la mujer de sus sueños es gay.

CATHERINE. ¿Qué va a ser de nosotros? ¿Dónde vamos a encontrar trabajo?

GRISSON. Como están las cosas… en ningún lado. Y eso si sólo es el trabajo que perdemos, porque también podría el príncipe tomar otras medidas, que ya sabéis como las gasta.

SANDERS. ¿Y si nos vamos del país?

JIM BRASS. ¿Y a dónde vamos a ir? Ni en el País de las Maravillas quieren ya emigrantes.

De improviso, a Grisson parece ocurrírsele una idea que transforma su apesadumbrado semblante en una risueña expresión.

GRISSON. ¡Catherine, hazme el favor, camina, da unos pasos!

CATHERINE. ¿Yo?

GRISSON. ¡Sí, muévete, vamos!

Catherine comienza a andar por la oficina con los zapatos negros de tacón. El resto del equipo, antes de que Grisson les descubra su ocurrencia, ya comienzan a valorar la idea.

JIM BRASS. ¡Eso es Catherine… y ponte también la peluca!

CATHERINE. ¿No estaréis pensando…?

SANDERS. ¡Sí… es perfecta!

STOKES. ¡Nunca te lo había dicho antes… pero podrías pasar como modelo, como actriz… como princesa!

CATHERINE. Pero es que a mí el príncipe me da arcadas…

JIM BRASS. Eso será al principio… después te acostumbras.

GRISSON. Más náuseas te va a dar el desempleo. ¡Vamos Catherine… piensa en los demás. Somos un equipo!

Dos días más tarde, siempre a media noche, todos los miembros del CSI, con excepción de Catherine, celebran en la oficina alrededor de pizzas y cervezas el éxito que tanto se les resistiera.

GRISSON. El príncipe estuvo de acuerdo en que la entrega de la prometida requería una atmósfera especial así que organizó otro baile para hoy que ya debe estar terminando.

BRASS. La verdad es que Catherine se merece todo nuestro reconocimiento. Si no fuera por ella, a estas horas ya no estaríamos en este cuento.

STOKES. Tampoco es para quejarse, que ser princesa puede tener sus inconvenientes, especialmente, si tenemos en cuenta a su consorte… ¡pero es tan descansada la vida palaciega! ¡Y cualquier día enviuda!

El teléfono interrumpe a los forenses. Grisson lo toma y, apenas hubo reconocido la voz y el tono al otro lado del hilo, supo que había terminado la fiesta en el palacio. Tras asentir con la cabeza, como si el príncipe lo estuviera viendo, lacónico responde: "Ahora mismo salimos para allá". Cuando cuelga, tres expectantes agentes presagian la tragedia.

GRISSON. Era de Palacio. Hace cinco minutos una desconocida mujer que bailaba con el príncipe, sin que se sepa la razón, ha interrumpido el baile y, a la carrera, se ha marchado del Palacio. Al parecer, en la huida perdió un zapato sobre la escalinata. Tenemos que ir inmediatamente. ¡Vamos, muévanse!

Apagón.

El soldadito de plomo
y la bailarina de la lentejuela

Sobre el escenario una modesta oficina en la que funciona un juzgado. A un lado, una ventanilla cerrada. Junto a la misma, del lado del público, un funcionario resuelve un crucigrama recostado en un sillón. Al otro lado una pequeña salita con varias sillas y una pequeña mesita. En una de las sillas una mujer espera. Entra en la oficina un anciano que viste una deshilachada guerrera que alguna vez fuera roja y un descolorido pantalón azul al que no le caben más remiendos. La falta de una pierna la compensa con una vieja muleta de madera en la que se apoya. El funcionario, entretenido en sus labores ni siquiera presta atención al anciano. Solo cuando este se coloca junto a él y golpea con su muleta el suelo es que el funcionario lo advierte y sonríe.

FUNCIONARIO. ¡Vaya por Dios! ¡Si ha vuelto el soldadito de plomo! ¿Y qué le trae ahora por aquí? ¿Otra demanda?

SOLDADITO. Así es. Quiero poner una querella contra Hans Christian Andersen.

El funcionario, con gesto cansino, se levanta y deja el periódico sobre el sillón.

FUNCIONARIO. ¡Ya…! ¡Otra querella más! Mire soldadito, en los últimos veinte años ha demandado al empresario que le fabricó sin pierna; al comerciante que le vendió cojo; al Estado por inhibirse ante su solicitud de una prótesis; al ejército por no pagarle la pensión de invalidez y los salarios atrasados; al ayuntamiento de la ciudad por no tapar el desagüe por el que se fue; al duende que lo puso en la ventana; a la ráfaga de viento que lo lanzó a la calle; al niño que lo arrojó a la chimenea; a la rata que le exigió el pasaporte, al pez que se lo tragó… y ahora también quiere demandar al autor del cuento. ¡Vamos soldadito… no me haga perder el tiempo! ¿Ha ganado alguna vez cualquiera de sus pleitos? ¿Usted sabe la cantidad de crucigramas que tengo por resolver?

SOLDADITO. Siento molestarlo, pero quizás, cuando ya no le quede trabajo pendiente y regrese a su lugar tras la ventanilla, pueda encontrar tiempo para ocuparse de mi querella… así se distrae un rato de sus ocupaciones.

FUNCIONARIO. ¡Yo no tengo porqué estar detrás de la ventanilla si no tengo a nadie delante!¡Y menos para ocuparme de un anciano que, a falta de mejor oficio, se la pasa viniendo a esta oficina a joderme la existencia todos los malditos días! ¿Puede saberse por qué ahora demanda al autor del cuento?

El anciano se arma de paciencia y lentamente se explica.

SOLDADITO. Porque Andersen es el responsable de todas las calamidades que he pasado. Y que conste que se las disculpo. Le perdono que me concibiera con una sola pierna y que el negro duende que vivía en la caja de rapé me hiciera la vida imposible hasta el punto de provocar mi caída a la calle. Tampoco le tengo en cuenta que, además del golpe, ni el niño ni la sirvienta me encontraran cuando acudieron en mi auxilio, como le pasó por alto el aguacero que desató a continuación. Le dispenso que no se le ocurriera mejor distracción para los dos niños que me hallaron, que montarme en un barco de papel y ponerme a navegar por el canal de la calle hasta perderme por un desagüe abierto. Le perdono que una maldita rata me acosara en procura de un pasaporte y que, a punto de ahogarme, me tragara un pez. Le disculpo, incluso, su pirómano intento de acabar con mi vida en la chimenea.

FUNCIONARIO. Muy generoso por su parte exonerarlo de todos los cargos.

SOLDADITO. Hasta le perdono que no me dejara expresar mis emociones en atención a que yo "vestía uniforme militar" por lo que no pude gritar pidiendo auxilio cuando caí a la calle porque hasta en esas circunstancias debía "mantenerme firme y sin mover un músculo, mirando hacia delante, siempre con el fusil al hombro". Tenía prohibido llorar, así fuesen "lágrimas de plomo, que no habría estado bien que un soldado llorase". Ni siquiera me permitió el autor del cuento un simple y común pestañeo. Hasta dos veces me los negó. Sólo debía mantenerme firme y recordar aquella vieja canción: "¡Adelante guerrero valiente! ¡Adelante te aguarda la muerte!" que tanto detestaba, porque es verdad que era un soldado, pero no es cierto que quisiera morir.

FUNCIONARIO. ¿Y entonces… de qué acusa a Andersen?

SOLDADITO. Lo único que no le perdono es que no me permitiera haber amado a aquella damisela parada a las puertas del castillo de papel, que vestía "un traje de clara y vaporosa muselina, con una estrecha cinta azul anudada sobre el hombro, a manera de banda, en la que lucía una brillante lentejuela tan grande como su cara". Tenía los dos brazos en alto, pues era bailarina y había alzado tanto una de sus piernas que hasta pensé que sólo tenía una. La amé desde que la vi. Si al menos Andersen hubiera previsto, como compensación a todas las desgracias que urdió para mi vida, el feliz encuentro con mi amada bailarina al final de su cuento, hoy no estaría aquí, en este juzgado, pero no fue así. Eso es lo que no le perdono y por ello mi querella.

FUNCIONARIO. ¡Ya…! *(Mientras bosteza)* Por cierto… ¿y su fusil?

SOLDADITO. El fusil lo perdí en la chimenea, cuando rodé sobre las brasas para escapar del fuego y esconderme de Andersen. Al día siguiente, la sirvienta de la casa lo encontró calcinado y pensó que era mi corazón aquel pedazo de plomo derretido. Naturalmente, yo no quise desmentir el equívoco y una noche más tarde abandoné la casa.

FUNCIONARIO. ¡Ya…! Mire, no voy a perder más el tiempo con usted. Vaya a la sala de espera, que ahora estoy tramitando otra demanda, precisamente, contra Andersen, y aguarde a que le llame para hacer el papeleo. Mientras tanto se puede entretener poniéndome por escrito todo lo que me ha contado.

El funcionario abre la ventanilla desde el lado del público, entra el brazo y, cuando lo retira, muestra y entrega unos formularios al soldadito. Tras dar las gracias, el soldadito pasa a la sala de espera y toma asiento junto a la mujer que se mantenía a la espera, una mujer también curtida en años y desgracias, a juzgar por su atuendo: un raído y viejo traje amarrado a la cintura con una desteñida cinta que pudo ser azul. Después de unos segundos en silencio, sin que ni la mujer ni el soldadito se muevan, finalmente, la mujer se gira en su silla hacia el soldadito y sonríe.

BAILARINA. Así que tú eres el soldadito de plomo… No he podido evitar oír tu conversación con el funcionario. Yo también estoy aquí para demandar a Andersen.

Cuando el soldadito levanta su mirada del suelo y se encuentra de frente con los ojos de la mujer, un destelló de luz ilumina su rostro y su memoria. Balbuceando, como si las palabras, de improviso, huyeran de su boca, termina preguntando.

SOLDADITO. ¿Nos conocemos? Tu voz… no sé… me resulta familiar.

La bailarina, con los ojos aguados por la emoción, toma entre las suyas las manos del soldadito.

BAILARINA. No, soldadito de plomo, mi voz no puede resultarte familiar porque en todo el cuento no pronuncié una sola palabra. Ni siquiera un respingo aceptó Andersen poner en mi boca. Cuando tú llegaste a aquella casa dentro de una cajita repleta de soldaditos de plomo, yo ya estaba en el cuento, suspendida sobre una sola pierna, a las puertas de un castillo de papel y en clásica posición de danza... pero sin bailar. Y en esa posición y silencio, siempre inmóvil, llegué a la última página para que ni siquiera fuera yo, sino el viento, quien me acabara empujando a la chimenea.

El soldadito se toma un tiempo antes de reaccionar. No puede creer lo que está pasando.

SOLDADITO. ¿Entonces… eres tú…?

BAILARINA. Sí, mi soldadito, soy yo, la que no tuvo nombre, la que no tuvo palabra, la que no tuvo movimiento… Si acaso, aquella brillante lentejuela a la que el fuego dejó "negra como el carbón", único vestigio que Andersen permitió de mi existencia.

Emocionado, el soldadito se acerca a la mujer.

SOLDADITO. ¿Y cómo escapaste del fuego?

BAILARINA. La misma ráfaga de viento que me llevó a las brasas me salvó de ellas. Con el golpe perdí la lentejuela en la chimenea y acabé tirada entre los troncos que la sirvienta almacenaba a un lado. Nadie notó mi ausencia al otro día porque el único al que en verdad le importaba había corrido la misma suerte que yo, al menos, eso fue lo que creí hasta hace un rato, cuando te oí hablar con el funcionario y supe que tú también te habías librado de la hoguera y de Andersen.

Un entrañable y largo abrazo que no es de plomo, tampoco de papel, sella el feliz encuentro de los dos ancianos. Cuando se separaran, todavía sentados, ella pregunta.

BAILARINA. ¿Y qué hacemos ahora que nos hemos encontrado después de tantos años?

SOLDADITO. ¿Seguimos adelante con nuestras demandas?

BAILARINA. Creo que tengo una mejor idea. ¿Por qué no nos vamos por ahí y aprovechamos este feliz reencuentro para escribir un cuento nuevo, el que pudo ser entonces y para el que aún estamos a tiempo?

SOLDADITO. ¡Sí…! (*Conmovido*) Un cuento que tenga en nuestras manos a sus únicos intérpretes.

BAILARINA. Y sin que nadie, que no seamos nosotros, dirija nuestros pasos.

SOLDADITO. ¿Y a qué estamos esperando?

El soldadito y la bailarina rompen a reír y, tomados de la mano, se levantan y caminan abrazados hacia la salida del juzgado.

Cuando el funcionario, que ha vuelto a su sillón y crucigrama, observa que se están marchando los dos ancianos, indignado pregunta.

FUNCIONARIO. ¿Y qué pasa ahora? ¿Es que no me van a dejar terminar el crucigrama?

BAILARINA. ¿Qué es lo que le falta? ¿Podemos ayudar?

Tal vez porque ya el funcionario se había dado por vencido acepta compartir con los dos ancianos el último enigma que le quedaba por resolver.

FUNCIONARIO. Cuatro horizontal… Que odia o siente rechazo hacia las mujeres…Tiene ocho letras.

SOLDADITO. ¡Misógino!

BAILARINA. ¡Andersen!

Sin esperar la respuesta del funcionario, entretenido en confirmar las posibilidades de dos respuestas que venían a ser la misma, el soldadito y la bailarina, sonrientes, se dirigen hacia la puerta del juzgado.

SOLDADITO. Desde que lleguemos a casa voy a quitarme esta vieja casaca militar de encima.

BAILARINA. Y al mismo basurero que vaya tu casaca va a ir a parar este absurdo traje que lejos de ayudarme a volar me sirvió de mortaja.

FUNCIONARIO. ¡Eh…! ¿Y las demandas? ¿Qué hago con ellas?

SOLDADITO. Archívelas… donde mejor le quepan.

FUNCIONARIO. ¿Qué las archive… dónde?

Antes de salir a la calle, ya con la puerta en la mano, la bailarina contribuye al crucigrama.

BAILARINA. Tiene cuatro letras y sirve para sentarse… y para archivar querellas.

Apagón.

La reina, Blancanieves y el espejito mágico

(Adaptación a teatro de un cuento de Irene Campos Fernández)

A oscuras, se oye el ruido de una carroza que se detiene. También se escucha un portazo y las voces de dos mujeres que discuten y se van acercando al escenario. Se ilumina la escena. Nos encontramos en la alcoba de una reina en la que, además de algunos muebles propios de esa estancia, destaca un enorme espejo. Entran dos mujeres. La primera en hacerlo es la reina. Visiblemente enojada, se quita las botas y el vestido que arroja al suelo.

REINA. Ahora no tengo tiempo para oírte. Esa estúpida de Blancanieves debe estar en el bosque. ¡Sigue buscándola!

ASISTENTE. *(Mientras recoge la ropa que ha tirado la reina)* Así lo haré majestad, y desde que la encuentre me ocuparé de ella.

REINA. ¡Quiero que le arranques el corazón y me lo traigas!

ASISTENTE. Yo había pensado en una muerte un poco más sutil, más discreta...

La asistente hace girar la manzana en su mano en la esperanza de que la reina lo entienda. La reina, sin embargo, no repara en el detalle.

REINA. No me importa cómo lo hagas. Lo que quiero es que sea pronto. ¿Y a qué estás esperando? ¡Largo de aquí!

ASISTENTE. ¿No desea que primero la peine... majestad?

REINA. ¿Y a qué estás esperando? ¡Péiname ya!

La reina se sienta frente al espejo. La asistente, más tranquila, deja la manzana sobre el tocador y toma un cepillo y algún que otro producto. Por detrás de la reina comienza a peinarla al tiempo que trata de distraerla y de que se serene.

ASISTENTE. Tal y como ordenaste he comprado un revolucionario cepillo de cerdas de jabalí de La Boutique del Peluquero Real que marca perfectamente las ondas y, además, da volumen a la raíz y a las puntas. Y para empolvaros vuestra graciosa nariz también he traído esencia de magnolia. Y extracto de aguacate para dar tersura a vuestros labios. Si no fuera porque resulta imposible aún vais a quedar más bella de lo que ya lo sois.

La reina, en silencio, se deja peinar su larga cabellera negra y empolvar la nariz. Cuando ve a su asistente tomar del armario un traje de gala, se pone de pie. Su asistente procede a vestirla.

ASISTENTE. Como me lo habíais ordenado os tengo listo el vestido de la Casa Virginia, long dress. La verdad es que es hermoso. Estas aplicaciones de piel sobre el negro estampado con ese toque de azul turquesa en el talle hacen de este traje un vestido perfecto. Parece diseñado para vos. Y aquí están los zapatos de Louis Vuitton. Dos nubes de seda para vuestros pies.

Ya vestida y calzada la reina, su asistente recupera la manzana y queda, frente a la reina, sonriente y complacida, como si esperase un agradecimiento.

REINA. ¿Y a qué estás esperando? ¡Encuentra a Blancanieves! ¡Y no estoy para nadie… así que nadie me joda!

La asistente sale precipitadamente de la alcoba y, a solas, la reina se vuelve a sentar frente al espejo. Ya relajada, invoca a su asesor de imagen.

REINA. ¡Espejito, espejito, respóndeme de una vez si en este reino hay mujer más bella que la que ves!

Al mágico conjuro de la reina, su imagen se disuelve en el espejo hasta desaparecer. Del vaho que se forma en su luna, una andrógina voz requiere la confirmación de la pregunta.

ESPEJO. ¿De verdad quieres que te responda?

REINA. ¡Sí, Sasha, sí, claro que quiero que me respondas!

ESPEJO. Bueno, pero luego no me vengas con vainas, que te conozco. Mira mi amor, tras el último sondeo Blancanieves sigue siendo más bella que tú. Pero esa no es la única mala noticia que te tengo porque también tienes por delante a La Cenicienta, a Ricitos de Oro, a Caperucita, a La Sirenita, a Cruella de Vil, a La bella Durmiente, a Alicia Maravillas, a Gretel, a Rothenmaier, a Wendy… ¡Has bajado en el ranking al puesto 88 y casi estás a la par con el Jorobado de Notre Dame! ¡Debiera darte vergüenza… y perdóname que te lo diga!

Desolada, la reina encaja en silencio la mala nueva.

ESPEJO. Y la culpa es tuya porque no haces caso de lo que te digo. Te sugerí que llevaras una dieta más sana, que esas tartas de manzana que te zampas son las que te tienen así, pero no me haces caso, querida, y cuando no es el chocolate te bajas unas patas de puerco con patatas fritas y luego pretendes que con una faja anticelulítica vas a disimular los michelines, pero no, mi amor, no es así, el espejo lo ve todo ¿me oyes? ¡Todo!

REINA. ¿Y entonces… *(Entre gemidos)* qué puedo hacer?

ESPEJO. Lo primero cerrar la boca y lo segundo calmarte, niña, que no es para tanto. Seguro que has oído decir que hay que sufrir un poco para estar bella, y nadie dijo que sería fácil, amorcito, así que no te me desesperes ahora que estamos cerca. No te desanimes que vamos muy bien...

REINA. Sí, pero... ¿qué hago?

ESPEJO. Yo que tú me haría la lipo porque, seamos honestas, ya no tienes 20 años y necesitas resultados más rápidos. No importa los trapitos que te pongas encima, la grasa siempre te va a acabar desnudando, así que llévate de mi consejo y encomienda tu cuerpo a la cirugía. Te recomiendo un lifting frontal y un lifting facial y cervical. Y ya que estamos en eso, también una rinoplastia, aunque tampoco te vendría mal un aumento mamario subfascial y submuscular. En California, me dicen, hacen ahora unas liposucciones postmenopáusicas divinas, y algo que, actualmente, está haciendo furor es la mesoplastia. Un lujo, mi niña, y sin cirugía. Sólo te inyectan vitaminas antioxidantes, ácido hialurónico, oligoelementos y toxinas botulínicas y, si sobrevives, tu piel rejuvenece y vuelves a los quince. Y la mesoplastia también efectúa filling de los labios y de la cola de las cejas. Un palo, mi amor. Hazme caso y pórtate bien.

Acabada la consulta, la reina se incorpora. Su asistente entra con la manzana en la mano y cara de circunstancias.

ASISTENTE. Lo lamento majestad, pero Blancanieves no está en el bosque... Solo me he encontrado a los enanitos y ellos tampoco saben nada.

REINA. ¿Y a qué estás esperando? ¡Encuéntrala! ¡Seguro que está escondida en casa de los putos enanos! ¡Quiero que le cortes la cabeza!

ASISTENTE. ¿No os parece, con perdón, un poco truculento lo de cortarle la cabeza? Yo había pensado en una muerte más discreta, más ingeniosa...

La asistente vuelve a intentar que la reina repare en la manzana, pero esta no está de humor para jugar a las adivinanzas.

REINA. ¡Me importa un carajo cómo lo hagas, pero no quiero más demoras! Voy a estar ausente algunos días, semanas tal vez, y quiero a mi regreso escuchar buenas noticias. ¡Largo de aquí!

La asistente se retira rápidamente. Tras ella, más despacio, también la reina abandona la alcoba. Apagón. Se oye de nuevo el traqueteo de un carruaje, de un tren, la megafonía de un aeropuerto anunciando un vuelo, el ruido de un avión que despega y aterriza, el ruido de un motor, la sirena de un barco...

La escena se ilumina y a la alcoba entra la reina mostrando algunas consecuencias de sus muchas cirugías. Apenas se sienta frente al espejo entra su asistente manzana en ristre.

REINA. Sí, ya lo sé, no me lo digas. ¡Todavía no has dado con Blancanieves, pero más te vale que la encuentres si no quieres empezar a buscar otro trabajo! ¡Inepta, que eres una inepta! ¿Y a qué estás esperando? ¡Sal a buscarla!

ASISTENTE. ¿No desea vuestra merced que antes de irme le seque ese pequeño sudor...?

La reina confirma alarmada en el espejo el sudor que advierte su asistente. De nuevo se sienta. La asistente toma un paño y un pote del tocador y, con sumo tacto, seca el sudor de la reina para después tratar su rostro con una crema.

ASISTENTE. Es un remedio infalible. Con tres aplicaciones diarias de baba de caracol se suaviza el cutis y desaparecen las ojeras. Y algo que también ayuda es crema de zanahoria para que las mejillas recuperen su color.

Cuando la asistente termina, mientras la reina se desviste, decide cuál será el vestido que le ponga.

ASISTENTE. No está nada mal este vestido de Stefano Gabbana pero va a ser mejor este otro de Oscar de la Renta. ¡Me encanta su propuesta! Todo confeccionado en gasa con bordados florales y cristales de Swarovski. ¡Y para que resalte la figura es fascinante la novedosa utilización que hace de plisados, texturas y drapeados, tanto en el velo como en el tocado, que convierten a este vestido en el más sofisticado de su guardarropa!

Cuando la asistente le ajusta el cierre al vestido vuelve a sonreír a la reina a la espera de un reconocimiento que tampoco ahora le llega.

Esta vez, la reina apela a la mímica para que su asistente entienda que no tiene porqué seguir esperando y que debe encontrar a Blancanieves. La asistente recupera la manzana que había vuelto a dejar sobre el tocador y se retira. A solas, la reina se sienta frente al espejo e invoca a su genio de nuevo.

REINA. ¡Espejito, espejito, respóndeme de una vez, si en este reino hay mujer más bella que la que ves!

A la invocación de la reina acude Sasha, al parecer, no muy feliz de lo que ve.

ESPEJO. ¿Pero tú te estás volviendo loca? ¿Y qué haces con esos trapos encima? Pero, mi amor... ¿Tú te crees que estamos en carnaval?

La reina, conturbada, balbucea una respuesta.

REINA. Es de… Oscar de la Renta.

ESPEJO. ¡Ajá! ¿Y…? ¡Mira, hazme el favor y quítate esa ridícula vaina antes de que te vea alguien! ¿Es pena que quieres dar?

REINA. Quiero que sepas, Sasha… *(Mientras se arranca el tocado, corona incluida, de la cabeza)* que no he parado en todo este tiempo. No hay cirujano que no me haya tratado ni clínica estética que no sepa de mi cuerpo.

ESPEJO. Sí, lo sé, y sé que también te has aprendido las 50 reglas de Nutrintelligent para lograr los 60 centímetros de cintura comiendo lo que te gusta y sin sufrir con dietas aburridas; sé que has estado consultando con sus nutricionistas on line las 24 horas y que Nutrintelligent es el primer quemador intensivo de grasas que, además, elimina completamente el apetito; sé que cuentas con la aprobación de 10 reconocidos nutricionistas, y que su plan Ultimate Reductor, fat burner apetite away es infalible… pero esto lleva tiempo, amorcito, esto no es de la noche a la mañana que se consigue y en tu caso necesitamos algo más rápido, más booom, algo divine, más voilà.

REINA. También estoy siguiendo la dieta Atkins y tomando té chino antes de acostarme. He comprado un lote completo de cremas adelgazantes y anticelulitis, además de cremas antiarrugas, exfoliantes y tonificantes. Todos los sábados voy al SPA y me someto a masajes reductores, baños de lodo y mascarillas de sábila, más un poco de bótox y extensiones de cabello…

ESPEJO. Eso está bien… pero sigue siendo insuficiente.

REINA. ¿Y en el ranking… cómo estoy?

ESPEJO. Olvídate de eso, al menos de momento. Has bajado diez puestos más y Blancanieves, querida, y mira que está gorda, te sigue llevando mucha ventaja.

REINA. ¿Y entonces qué puedo hacer?

ESPEJO. Ejercicio, eso es lo que tienes que hacer. Te voy a poner a hacer ejercicio.

REINA. Es que no tengo tiempo, Sasha, no tengo tiempo, de verdad, no paro en el castillo.

ESPEJO. Pues usa Power Plate. Su modelo My3&trade es el más estilizado del mercado y la manera más económica de realizar los ejercicios de acceleration training en cualquier espacio. Y aún puedes obtener resultados más rápidos con el Power Plate Pack de Accesorios o usar el Power Shield para reducir las vibraciones. Si a eso le añades una bicicleta Spinning y aplicas un programa Gym Planner con equipamiento de Fitness, en un par de semanas estás para la pasarela Cibeles. ¡Ponte las pilas, mi amor, ponte las pilas que vamos a arrasar!

Cuando el genio desaparece entra la asistente de la reina, siempre con la manzana en la mano.

REINA. Voy a necesitar hacer algunas compras. Informa al primer ministro que he decidido subir los impuestos y no pares hasta encontrar a Blancanieves y la partas en dos.

ASISTENTE. He pensado en una muerte...

REINA. ¡Maldita sea! ¡No te pago para que pienses! ¡Quiero que la destruyas ya!

La asistente sale de la alcoba. Tras ella la reina. Apagón.

Se oyen los pasos de alguien que corre y, de improviso, aparece la reina corriendo entre las butacas. Ataviada como cualquier persona que hace "running", va y viene por la platea, entra y sale del escenario... hasta que, fatigada, regresa a su alcoba. Luz de escena. En la alcoba se encuentra la asistente con la manzana en la mano. La reina se desviste, se arranca la cinta con que se sujeta el pelo, se sienta frente al espejo y, sin mirar a su asistente, le pregunta.

REINA. ¿Cómo te llamas?

ASISTENTE. ¿Por qué desea saberlo majestad?

REINA. ¡Porque me gusta saber a quién despido! ¡Y no, no me lo digas!

ASISTENTE. ¿No quiere que le diga mi nombre?

REINA. ¡No, estúpida! ¡No quiero volverte a oír que no has dado con Blancanieves! ¡Fuera! ¡Estás despedida!

Compungida, la asesora real deja la manzana sobre el tocador y entre hipidos y sollozos sale de la alcoba.

La reina observa sus ojeras en el espejo, cada vez más marcadas, y trata de disimularlas con una crema. Después chupa un limón agrio hasta exprimir la última gota, retoca su peinado y comienza a vestirse.

REINA. Tendrá que ser el de Domenico Dolce. Y esta vez voy a calzarme los Lamborghini.

Ya lista para el encuentro, invoca a su duende.

REINA. ¡Espejito, espejito, respóndeme de una vez, si en este reino hay mujer más bella que la que ves!

ESPEJO. Pero... ¿qué es esto, mujer? ¿Qué te has hecho? ¡Mírate por Dios, pareces una muerta viviente! ¿Y esas ojeras? ¡Mon Dieu! ¿Dónde está ese culo voluptuoso que tenías? ¡Estás en los huesos! ¿Cómo puedes mear sin deshidratarte? ¡Hasta van a decir las malas lenguas que estás anoréxica, que estás bulímica, que te has vuelto un espantajo!

La reina, lejos de desmoronarse ante el vendaval de críticas de su asesor de imagen, busca justificarse en un puntual e inevitable desahogo.

REINA. Óyeme, Sasha... ya ni sé los años que llevo dándome toda clase de potingues, subiéndome a toda clase de artefactos, aplicándome todo tipo de cremas, siguiendo toda suerte de dietas... todas seguras, recomendadas, infalibles. Paso mi vida contando las calorías, los carbohidratos, los azúcares de cada alimento, asistiendo a sesiones de masajes reductores y tomando té laxante tres veces al día. Me he comprado todas las fajas del mercado, he apelado a todas las cirugías, he llenado mis armarios con modelos y accesorios de todos los grandes modistos de este reino y de los vecinos... y te sigo, todavía, escuchando que Blancanieves me saca ventaja a pesar de que, me dices, esa condenada está más gorda que una chancha preñada.

ESPEJO. ¡Ah... que no te había dicho! Blancanieves no está gorda sino embarazada. Por lo que sé, ha conocido a un príncipe muy apuesto y muy rico, se van a casar y van a tener un hijo.

La reina ahoga en su interior un grito de rabia, incluso dos, hasta tres antes de gritar:

REINA. ¡Noooooooooooooooo!

ESPEJO. Pues sí, y feliz que está. Y no pongas esa cara, que ya no tiene remedio. ¡Te dije que te controlaras, que esa boca tuya te iba a echar a perder, que ibas a acabar con tu vida y, peor todavía, con mi reputación! ¡Hasta van a decir que consumes drogas!

REINA. *(Desolada)* ¿Y cómo estoy en el ranking?

ESPEJO. ¡Ya ni sales! ¡Hasta tu asistente te ha pasado!

La reina no escucha más. Súbitamente, en un sorprendente gesto de física destreza, levanta una pierna a la altura del espejo y, de un solo golpe, descarga su furioso Lamborghini sobre la luna.

Un estrépito de menudos fragmentos de cristal quiebra la voz de Sasha. Como una muñeca rota, inservible, la reina queda en la silla, frente a su tocador, sollozando en silencio su desgracia. Ya nunca será la más bella.

De manera inconsciente toma la roja manzana del tocador y la muerde. Sonríe al escuchar crujir la fruta dentro de su boca, ese agridulce sabor que la estremece de placer.

REINA. ¡Al carajo... ya qué importan unas cuantas calorías más!

¡Extra! ¡Extra!

Conjunto de cinco piezas o cuadros con diversas temáticas (inmigración, machismo, violencia policial, medios de comunicación...) hilvanadas por un vendedor de periódicos que vocea titulares entre el público.

Piezas y personajes

El sueño americano: Vendedor de periódicos/ Ring/ Actor 1/ Actor 2/ Actor 3/ Actor 4

Visita al Museo del Hogar: Vendedor de periódicos/ Guía A/ Guía B/ Guía C

Jack el Destripador se dispone a atacar: Vendedor de periódicos/ Hombre común/ Teniente/ Policía

Tres oraciones por la televisión: Vendedor de periódicos/ Primer Experto/ Segunda Experta/ Tercer Experto

El partido del siglo: Vendedor de periódicos/ Poeta/ Aficionados (varios)

El sueño americano

Desde el fondo del patio de butacas un vendedor de periódicos, con algunos ejemplares bajo el brazo, pasea entre los espectadores y vocea los titulares.

VENDEDOR DE PERIÓDICOS. ¡Extra! ¡Extra! ¡Wall Street afirma que el sueño americano existe! ¡No se lo pierda! ¡Y lo confirma el Banco Mundial y el Fondo Monetario! ¡El sueño americano vuelve a estar al alcance de todos los que aman la libertad! ¡Extra!¡Extra!

Una vez se sienta entre el público el vendedor de periódicos, en medio del escenario a oscuras, se enciende una luz cenital sobre un personaje (Ring) en posición fetal.

Ring tiene atadas las manos a dos sogas que se pierden a ambos lados de la luz cenital, en la penumbra del escenario. Una camiseta blanca y una malla del mismo color componen su vestuario. Suena música de corte africano. Ring, lentamente, comienza a moverse. Todavía en el suelo estira las manos y los pies. Gira sobre sí mismo y busca incorporarse. Sus movimientos son lentos, los de un recién nacido que trata de liberarse de su condición y de las ataduras. Dos actores, de riguroso negro, en la penumbra y a cada lado del escenario, tienen en sus manos los cabos de las cuerdas que sujetan las manos de Ring. Tiran y aflojan las cuerdas en función de los movimientos de Ring por desatarse. La música languidece hasta desaparecer. En un extremo, otro cenital descubre a un actor (Actor 1) sentado, con las piernas colgando del proscenio.

ACTOR 1. Ring Paulino Deng nació en Sudán, uno de esos tantos países en el que nacer es más un acertijo que un derecho porque no siempre hay un médico cerca o una partera a mano, porque no siempre nace el recién nacido. Ring sobrevivió a su nacimiento y, a pesar de la escasez de la cuchara se sobrepuso al hambre y la miseria. Ni la malaria, ni el sida, tampoco los pesticidas o el agua contaminada doblegaron su afortunada vida.

Mientras el Actor-1 habla, Ring sigue moviéndose, ahora con más seguridad y consigue liberarse de sus ataduras e incorporarse. Se apaga el cenital del Actor-1 cuando este termina y suena la música africana de nuevo.

Una cuerda se desliza junto a Ring, como si fuera una serpiente, un peligro más al que habrá que enfrentar, un nuevo riesgo que correr. La cuerda juega con Ring, lo rodea, pasa entre sus piernas, va y viene, siempre amenazante. Ring se mueve entre el ritmo de la música que suena y los riesgos que asume su odisea.

Cuando la soga que serpentea por el suelo desaparece, dos sogas cruzan por delante de Ring, en paralelo, como si fueran una alambrada destinada a retenerlo, a impedir su viaje, como si fuera un látigo, una horca que amenazara su vida. Ring, sin embargo, indemne, sigue su camino. La música cesa y en el extremo opuesto del proscenio un cenital ilumina a otro actor (Actor-2) de pie.

ACTOR 2. También salió ileso de la guerra, de la que hubo, de la que se engendra, de la que no encuentra la paz, salvándose de ser fusilado por las tantas causas que litigan sus conflictos a tiros. Su buena estrella estuvo a punto de apagarse el día en que cayó preso pero las rejas tampoco rindieron al joven sudanés que, noche tras noche, urdía la posibilidad de una huida que lo llevara lejos de su maldición, tal vez a los Estados Unidos, un gran país en el que poder vivir y progresar. Le habían contado que allí cualquiera que quiera trabajar prospera; que Estados Unidos era el país de las libertades; que los edificios, los puentes, los coches, todo era grande, inmenso, gigantesco; que era el país de las oportunidades y que él también tenía derecho a disfrutar el sueño americano.

Se apaga el cenital del Actor-2. En medio del escenario queda Ring y su viaje. Vuelve a dejarse oír la música africana acompañando al joven sudanés en sus movimientos, siempre bajo la luz cenital. Las sogas son ahora, pueden serlo, la fruta que recoge, los fardos que carga, las acciones que se van a ir contando desde el movimiento y la música. Al terminar la música Ring se mantiene en el camino, siempre andando, pero sin moverse. Otro actor (Actor-3) se levanta en la primera fila de butacas y prosigue el relato.

ACTOR 3. Un feliz día Ring se desató, a la carrera saltó las alambradas y se puso a salvo en el país vecino. Por Egipto anduvo Ring comiendo lo que encontraba y durmiendo donde podía, siempre viajando hacia el norte. Cruzó el Nilo, atravesó el Valle de los Reyes, pasó por Giza y, finalmente, entró en Alejandría. Cuando llegase a los Estados Unidos, pensaba Ring, se compraría un coche, el más grande que pudiese pagar y nunca tendría que volver a andar.

Cuando termina el relato, el Autor-3 se sienta y vuelve a oírse la música africana para que Ring continúe contándonos desde su gestualidad y sus movimientos, y con el único auxilio de las sogas, su periplo hasta hacer posible el sueño que persigue. Un cuarto actor (Actor-4) se encarga de la última página en la biografía de Ring Paulino. Surge desde el fondo del escenario y aprovecha la luz cenital del propio Ring para, a su lado, terminada la música, cerrar el relato. Ring sigue caminando, sin moverse del sitio, siempre bajo la luz cenital.

ACTOR 4. Ring se había hecho un experto en evitar patrullas y controles. Detectaba el peligro con la misma presteza con que olfateaba la comida y, sin mayores contratiempos, siguió su andadura por la costa libia. En Tobruck trabajó como peón de la construcción; en el Golfo de Sidra fue pescador y en Trípoli vendedor ambulante. El nuevo año lo celebró en Túnez. En Argelia, pasó por Annalea, por Bejaia, por Argel, sembró arroz, condujo caravanas, y en camello cruzó Marruecos y llegó a Tetuán. Conoció el amor y hasta pensó en quedarse, también en volver. Pero al otro lado del mar le seguía esperando el sueño americano, el coche más grande del escaparate y, nuevamente, retomó su odisea en dirección a Tánger. Ya en ese puerto marroquí un golpe de fortuna lo llevó ante un carguero como pinche de cocina y se embarcó. Tres semanas más tarde Ring Paulino Den anclaba en Nueva York.

Suena el himno estadounidense Barras y estrellas *al mismo tiempo que se encienden las luces en el escenario, todas, para que Ring celebre el éxito de su viaje. Ya sin sogas que condicionen su vida, un eufórico Ring celebra la culminación de su sueño. De improviso se interrumpe el himno y se apagan todas las luces. Apenas dos o tres segundos, ojalá que no los suficientes para que el público crea terminada la pieza y, en el mejor de los casos, aplauda. La vida de Ring, sin embargo, aún no ha terminado. Falta para que eso ocurra que suenen tres disparos en medio de la oscuridad. Lentamente, muy despacio, vuelve luz cenital (ahora roja) a la posición de Ring. El sudanés está en el suelo, ensangrentado, muerto.*

El vendedor de periódicos aparece en el escenario y aprovecha el cenital rojo para vocear su última noticia.

VENDEDOR DE PERIÓDICOS. ¡Extra! ¡Extra! ¡Matan de tres balazos a un sudanés en Nashville, Tennessee, tras una discusión por el estacionamiento de su automóvil! ¡Extra! ¡Extra! ¡El parqueo de su coche le cuesta la vida a un negro recién llegado a Estados Unidos! ¡Extra! ¡Extra!

Visita al Museo del Hogar

El vendedor de periódicos vocea titulares.

VENDEDOR DE PERIÓDICOS. ¡Extra! ¡Extra! ¡Anuncian cierre del Museo del Hogar! ¡En rigurosa exclusiva, toda la verdad sobre el cierre! ¡Últimos días! ¡Extra! ¡Extra!

Sobre el escenario tres mujeres que como guías van a acompañar al público a través del Museo del Hogar. Las tres se van a suceder en el uso de la palabra. Y se valen de unas enormes láminas, diapositivas o cualquier otra técnica audiovisual, en las que el público va a ir conociendo la historia del hogar y sus dependencias.

GUÍA A. Bienvenidos y bienvenidas al Museo del Hogar. Como probablemente algunos ya sepan, su existencia es antiquísima… no, no me refiero al museo sino al hogar. Tan antigua como la vida humana. Hablo de dos conceptos que casi siempre han ido de la mano. Sería inimaginable en estos días suponer a los seres humanos conviviendo al margen de un hogar. Claro que, así como hay muy diversas formas de ser humano, también las hay de ser hogar. La que nos ocupa, y que vamos a ir recorriendo para mejor conocer sus instalaciones y utensilios, su historia en definitiva, durante muchos siglos fue el hogar más común en Occidente aunque, en la actualidad, sea el único que necesita un museo. Iniciaremos el recorrido por el Museo del Hogar en esta puerta en la que también concluiremos la visita, y que no siempre fue, además de la puerta de entrada, la puerta de salida. Son incontables las personas que una vez dentro del hogar, fuese por miedo o por resignación, nunca volvieron a encontrar la puerta… Bueno, quiero decir que no la volvieron a encontrar abierta. A muchas personas, generalmente mujeres, les sobrevino la muerte… y no siempre natural, en el interior de la vivienda. Como pueden advertir en la puerta, tanto el acceso como la salida dependía de una cerradura para la que, aún en el caso de que todos tuvieran llave, no todas tuvieron hora.

Una de las mujeres cambia la gráfica o lámina para que la Mujer A, con ayuda de un punzón, siga haciendo las veces de guía.

GUÍA A. Síganme, por favor. Nos encontramos ahora en la cocina, espacio en el que una de las personas que integraba el hogar y que acostumbraba a ser la misma... la mujer, se ocupaba de comprar, almacenar y cocinar los alimentos, así como otras labores entre las que podrían resaltarse...

La guía hace una pausa para sacar un papel del bolsillo.

GUÍA A. ... Me habrán de disculpar, pero la lista es larga y no quisiera dejarme ningún oficio: limpiar, tender la ropa, retirarla y plancharla, recoger, barrer, fregar el suelo, volver a recoger, poner la lavadora, atender el teléfono, limpiar las ventanas, llevar y traer los hijos de la escuela, seguir recogiendo... y estar en la noche en perfectas condiciones para sobrellevar el sexo.

A nuestra derecha podemos admirar una hermosa colección de instrumentos de cocina. Nótese, igualmente, además del hermoso diseño de los platos y los bellos adornos florales que coronan la mesa, tal vez de un reciente aniversario, restos de piel humana sobre el estropajo.

Otra guía releva a la primera en su labor.

GUÍA B. Situada cerca de la cocina se encontraba la llamada sala de estar, que ocasionalmente hacía las veces de comedor, en la que puede apreciarse, en medio del armario adosado a la pared y como si presidiera la estancia, el objeto de mayor veneración y uso en el hogar: el televisor. Gracias a él se mantenían los hogares a salvo de la lectura y de otras mal vistas actividades e, igualmente, contribuía a evitar a los miembros del hogar el riesgo de encontrarse e, incluso, dialogar, caso de que coincidieran en la sala. Se puede apreciar sobre la pequeña mesita situada entre el televisor y el sofá, el mando a distancia, un periódico y un cenicero, así como un par de chancletas de hombre junto al sofá. Vamos a entrar ahora en uno de los aposentos más importantes del hogar: la alcoba. Justo en el medio podemos advertir una artística pieza llamada cama. Conocida también como lecho, la cama estaba dedicada a la procreación, el divertimento y el descanso por ese orden. La aparente suciedad de las sábanas se debe, realmente, a restos de sangre y lágrimas debido a que no siempre existía, al parecer, común acuerdo entre los miembros del hogar en lo que se refiere a las funciones del mueble. Junto a la cama, nótese el armario en el que se guardaba la ropa y otros útiles del vestuario. Entre ellos, quisiera también llamar su atención sobre esos extraños artefactos al pie del armario, destinados a calzar los pies. Semejante invención se atribuye a Roger Vivier, un empedernido misógino francés que dedicó parte de su dilatada existencia a idear un método de tortura contra las mujeres hasta dar, finalmente, con el más sutil y eficaz de todos: los tacones.

Una de las mujeres, en refuerzo a las explicaciones que va a dar la que habla, se pone unos tacones e improvisa algunos pasos.

GUÍA B. Desde entonces, millones de mujeres se vieron condenadas por modas, circunstancias y vanidades propias a tener que desplazarse sobre estos dos artísticos zancos, sacrificando su movilidad y su salud para mayor regocijo de hombres que, como el propio Vivier, nunca tuvieron que ponérselos. El torturador francés, también considerado diseñador, no conforme con su invención, aportó al tacón, años más tarde, un diseño curvo que elevaba su altura y acentuaba el desnivel. Aunque hubo quienes celebraron los aportes de Roger Vivier y que, gracias a ellos, los tacones permitieran a las mujeres realzar sus atractivos contoneos y figuras, mujeres de todas las edades y culturas sufrieron inclementes dolores de espalda, padecieron roturas de huesos, desgarros musculares, lesiones renales y varices, además de estar inhabilitadas para llegar a tiempo a ninguna parte o poder subir y bajar solas las escaleras sin el auxilio del brazo de un gentil caballero. En películas de la época era común que las mujeres que huían de algún maníaco o asesino acabaran cayendo al suelo al rompérseles un tacón.

En cualquier caso, tampoco tenía mayor importancia porque el varonil protagonista de la trama siempre llegaba a tiempo de salvarlas de su proverbial torpeza.

Entra una nueva guía.

GUÍA C. Nos encontramos ahora frente a una ventana desde la que se atisbaba la vida a su paso por la calle. Las marcas que se aprecian a ambos lados del marco corresponden a uñas de mujer, posiblemente, desesperada. La mecedora que tenemos delante constituye una de las piezas más importantes de este museo. Si observan detenidamente percibirán como la mecedora desarrollaba, todavía lo hace, un agradable vaivén que permitía la relajación de su ocupante, generalmente una mujer. En la mecedora, la mujer dormía y amamantaba a los hijos, esperaba al esposo, contenía el llanto, controlaba los impulsos, resignaba los ánimos, cosía la ropa, mecía culpas y disculpas, envejecía y, especialmente, disipaba las lágrimas y dudas que suscitara la ventana. Sobre el tocador llamo su atención sobre algunas diversas joyas entre las cuales debe destacarse la pieza más importante de la colección: el anillo de desposada, vínculo de fidelidad y obediencia por el cual la mujer, siempre que guardara la oportuna discreción y recato, era autorizada ocasionalmente a asomarse a la ventana y saludar la vida, tras los cristales. La habitación de los hijos, también hijas, que pudieran conformar el hogar, en contra de lo que ciertos rumores sugerían, no estaba prohibida al padre ni por credo religioso ni por imperativo legal alguno. Cierto es que no era una habitación que frecuentara como lo prueba, precisamente, la fotografía del padre sobre la mesita de noche, cuya razón de ser no era otra que recordar a los hijos el rostro de quien sólo conocían de espaldas y sobre las razones que explicaran la escasa presencia del padre en esta habitación ha habido diversas versiones. Algunas apuntaban el hecho de que no estuviese dotada de televisor. Otras situaron la causa en la falta de una nevera y hasta hubo quienes situaron en la ley antitabaco la razón por la que el padre casi pasara desapercibido por esta dependencia. A nuestra derecha tenemos el baño o servicio de la casa.

Provisto de un inodoro, una bañera y un lavamanos, satisfacía las necesidades fisiológicas de sus usuarios siempre y cuando no estuviera ocupado y, caso de estarlo, desde que saliera el marido. Era, sin embargo, la mujer quien más hacía uso de esta instalación debido al hecho de que también era la que más tiempo permanecía en la casa y de que era la única habitación provista de pestillo, lo que podía permitirle, incluso, llorar sin testigos. El pequeño armario del baño escondía un amplio arsenal de productos de belleza e higiene para la mujer, que así fueran aceptados por ella o impuestos por el entorno, de su uso y resultados dependía su estima y el respeto del medio.

Otra de las guías acompaña el relato exhibiendo algunos de los productos y usos que se van a mencionar.

Ungüentos milagrosos que aseguraban la conservación de rostros juveniles en mujeres maduras, cremas suavizantes capaces de erradicar ojeras y disimular arrugas, pastillas para adelgazar y dormir, pomadas para depilarse sin dolor, tintes para transformar aspectos que nunca podían ser definitivos, junto a los inevitables analgésicos que aliviaran sus tantos afanes.

Y bien, llegados a la puerta de este hogar damos por terminado nuestro recorrido. La dirección de este museo, a la vez que les agradece su visita, también quiere anunciarles el próximo y definitivo cierre de la presente exposición a causa del deterioro de la misma.

Apagón.

Jack el Destripador se dispone a atacar

Se ilumina el escenario. Nos encontramos en la sala de estar de un modesto apartamento. La puerta se abre y entra un hombre común, cualquier hombre, sin nada en él que haga pensar que es otra cosa distinta a un hombre común. Se quita el abrigo que cuelga de un perchero, cambia los zapatos por unas zapatillas, saca de una bolsa que trae pan, algún envoltorio y una bebida que coloca sobre una mesita próxima al sofá en el que toma asiento y, ya cómodo, prende el televisor. (La puerta debe estar situada de manera que permita identificar su número: el 22). El vendedor de periódicos reaparece en el patio de butacas voceando nuevos titulares entre los espectadores para acabar sentándose entre el público.

VENDEDOR DE PERIÓDICOS. ¡Extra! ¡Extra! ¡Policía estrecha el cerco a Jack el Destripador! ¡No se lo pierda! ¡Extra, extra! ¡Ministro afirma que la ciudadanía ya puede dormir en paz! ¡Extra, extra!

Sobre el escenario, el hombre sentado en el sofá mira la televisión.

TENIENTE (OFF/TV). ¡Vamos, no me hagas perder el tiempo! ¡Te estoy ofreciendo una buena pasta y la garantía de no ser procesado! ¡Habla ya de una maldita vez antes de que yo pierda la paciencia y tú los dientes! ¡Habla!

POLICÍA (OFF-TV). ¡Le digo la verdad, teniente, no sé nada, no sé nada!

(OFF/TV). *(Sintonía del canal)* ¡Volvemos en 7 minutos!

El hombre, con ayuda del mando a distancia, quita el volumen. Se incorpora y se prepara un trago junto a la mesita. Mientras lo hace, reflexiona:

HOMBRE COMÚN. Cierto que no es ético el soborno, ni virtud la delación y tampoco está el teniente facultado para impartir justicia, pero hay que ser contundente si queremos ser efectivos porque… en algún lugar de esta ciudad Jack el Destripador se dispone a atacar.

Cuando vuelve a sentarse, atento al televisor, advierte que se reanuda la película y sube el volumen.

(OFF/TV). *(Ruido de coche a toda velocidad)* ¡Cuidado teniente… meta el freno… hay un paso de cebra! ¡Atención con la vieja que está cruzando! *(Sonido de coche derrapando y el golpe característico al impactar contra alguien).*

TENIENTE (OFF-TV). ¿Qué vieja?

POLICÍA (OFF-TV). La que llevamos encima del coche.

Vuelve a oírse el zumbido del coche que sigue su carrera.

POLICÍA (OFF-TV). ¿Le parece teniente que pida una ambulancia?

TENIENTE (OFF-TV). ¿Qué ambulancia?

(OFF-TV). *(Sintonía del canal)* ¡Volvemos en 7 minutos!

El hombre baja de nuevo el volumen de su televisor y, rápidamente, sin moverse del sofá, se prepara un sándwich y reflexiona.

HOMBRE COMÚN. Cierto que el celo profesional en el cumplimiento del deber provoca a veces lamentables accidentes, pero hay que obrar con rapidez y diligencia porque… en algún lugar de esta ciudad Jack el Destripador se dispone a atacar.

El hombre advierte que se reanuda la película y sube el volumen.

TENIENTE (OFF-TV). *(Sonido de golpes y gritos)* ¿No se respira debajo de una bolsa, verdad? ¿Verdad que no hijo de puta? ¿Dónde quieres que te meta la picana? ¡Vamos, confiesa en qué habitación está y, si sales vivo de esta, nos olvidamos de tus líos con Hacienda!

(OFF-TV). *(Sintonía de canal)* ¡Volvemos en 7 minutos!

El hombre vuelve a dejar al televisor sin voz y, siempre sentado, se sirve un trago antes de insistir en su misma reflexión.

HOMBRE COMÚN. Cierto que la coacción, las amenazas o la tortura no son métodos indagatorios propios de un estado de derecho, pero tampoco podemos entretenernos en minucias sin importancia porque… en algún lugar de esta ciudad Jack el Destripador se dispone a atacar.

Consciente de que los anuncios han terminado el hombre devuelve la voz al televisor. A sus espaldas, junto a la puerta de su apartamento, han llegado tres policías. Son los mismos policías y en la misma actitud que él está viendo en la televisión.

POLICÍA (VOZ EN OFF-TV). ¡Teniente… esta es la 22! ¿Esperamos al fiscal?

TENIENTE (VOZ EN OFF-TV). ¿Qué fiscal?

POLICÍA (OFF-TV). ¡A sus órdenes teniente! ¿Disparamos primero y después le leemos sus derechos?

TENIENTE (VOZ EN OFF-TV). Cierto que la defensa de la ley y el orden requiere órdenes de registro, permisos de allanamiento, también la presencia de un fiscal, pero… en algún lugar de esta ciudad Jack el Destripador se dispone a atacar.

POLICÍA (VOZ EN OFF-TV). ¡Atención! ¡Vamos a proceder!

El teniente, seguido de sus hombres, derriba la puerta del pequeño apartamento. Todos entran gritando y disparando a mansalva. El hombre trata de incorporarse. No entiende lo que está pasando. Se palpa la camisa ensangrentada, se tambalea. Unos cuantos disparos más tarde cae herido de muerte sobre el sofá y rueda hasta el suelo. Todavía tiene fuerzas como para arrastrarse unos metros en dirección al televisor. Junto a él, el teniente y los policías, tranquilamente, reponen la munición de sus armas y las enfundan. A una señal del teniente se dirigen hacia la puerta dando por terminado su trabajo. El último en salir, antes de hacerlo, mueve con el pie el cadáver del hombre comprobando si está muerto. Cuando ya nadie queda en la habitación se vuelve a oír la televisión.

(VOZ EN OFF-TV). *(Sintonía de canal)* ¡Volvemos en 7 minutos!

Tres oraciones por la comunicación

VENDEDOR DE PERIÓDICOS. ¡Extra, extra! ¡Expertos internacionales celebran congreso sobre comunicación! ¡No se lo pierdan! ¡Extra, extra!

Sobre el escenario tres reclinatorios. En cada uno de ellos, arrodilladas, tres personas, expertas en comunicación. La primera tiene en sus manos un periódico; la segunda, un móvil; la tercera, un mando a distancia.

Mientras el primer experto reza su plegaria sobre el reclinatorio de la izquierda, juega con el periódico en sus manos, lo dobla, lo desdobla, lo sopesa, lo vuelve del revés.

PRIMER EXPERTO. Debe haber un medio de comunicación en el que protegerse, un luminoso hueco entre tanto diario de papel en el que preservar la propia integridad. Debe haber un remoto e ignorado medio que no provoque náuseas, al que no le alcancen los ecos del romance del alcalde con la tonadillera y en el que no acabe en divorcio el feliz matrimonio de la idiota y el canalla. Debe haber un periódico que no haga de la noticia un esperpento, de la verdad un acertijo y del lector un imbécil...

En el reclinatorio del medio y provista de varios teléfonos móviles, una experta los manipula indistintamente como si buscara comunicarse al mismo tiempo con distintas personas.

SEGUNDA EXPERTA. ¡Llámenos ahora mismo... llámenos sin costo adicional alguno... llámenos y no se arrepentirá... llámenos antes de que sea tarde... llámenos y en breve le atenderemos... llámenos, una línea caliente espera por usted... llámenos y ya está concursando... llámenos y decida con su voto quién debe quedarse en la Academia… llámenos antes de que termine la promoción… ¿Sabía usted que con una sola llamada puede estar apadrinando a un niño del tercer mundo? ¡Llámenos y le financiamos su casa…! Llámenos en caso de duda… llámenos en cualquier caso... llámenos antes de las cinco… llámenos después de las seis… no deje de llamarnos… llame cuanto antes… llame inmediatamente… ¿Todavía no nos ha llamado? ¡Maldita sea...! ¿Y a qué está esperando para llamarnos? ¡Le he dicho que llame, imbécil! ¡Llámenos ya! ¡Y si no pone a circular esta llamada entre diez personas, esta noche sufrirá un accidente mortal! ¡Y mañana otro! ¡Y se agarrará la leptospirosis! ¡Hijo de puta, llama ya!

En el tercer reclinatorio, otro experto, con un mando a distancia en la mano, también hace lo posible por subir y bajar el volumen o cambiar los canales de un inexistente aparato.

TERCER EXPERTO. Eres lo que bebes, dijo el primer anuncio. Eres lo que comes, insistió el segundo. Eres lo que conduces, repitió el tercero. Eres lo que compras, insistió el cuarto. Eres lo que pareces, lo que vistes, lo que deseas…

PRIMER EXPERTO. Pero si no lo hay, si no lo encuentras, si no aparece…

SEGUNDA EXPERTA. Pero si no estás pensando en llamar y, mejor todavía, aún eres capaz de pensar…

TERCER EXPERTO. Pero si, simplemente, eres lo que eres y sólo aspiras a ser tú quien decida tu vida…

TODOS LOS EXPERTOS A CORO. *(Como si fuera una oración)* Entonces: ¡Apaga! ¡Corta! ¡Cierra! ¡Desenchufa! ¡Quita! ¡Saca! ¡Fuera!

Apagón

El partido del siglo

El vendedor de periódicos vocea su quinto titular. Pasea por el escenario y baja al patio de butacas.

VENDEDOR DE PERIÓDICOS. ¡Extra! ¡Extra! ¡No se pierda el partido del siglo! ¡Se están agotando las entradas! ¡Extra! ¡Extra!

Bajo un cenital en medio del escenario, un taburete. A su encuentro acude un poeta que, una vez se acomoda, recita las dos primeras estrofas de un conocido poema de Pablo Neruda.

POETA. "Puedo escribir los versos más tristes esta noche. Escribir, por ejemplo: La noche esta estrellada, y tiritan, azules, los astros, a lo lejos. El viento de la noche gira en el cielo y canta. Puedo escribir los versos más tristes esta noche".

Desde que el poeta cierra la segunda estrofa se encienden las luces del escenario. El poeta salta del taburete y al grito de "¡Gooooool!" corre feliz por el escenario mientras el mismo grito resuena en el patio de butacas y varios espectadores alientan y celebran al poeta.

El poeta corre con los brazos en cruz, como si fuera un avión planeando su goleador orgullo. Después se quita a manotazos posibles compañeros interesados en compartir el éxito y, finalmente, se abraza al telón del escenario. Desde el público, se escuchan voces de aliento y el clásico "oé oé oé oé". El poeta se cubre la cabeza con la camiseta y levanta sus índices al cielo, como si quisiera dar gracias a Dios. Después se vuelve a sentar en el taburete y sigue recitando el poema. Se apagan las luces del escenario y vuelve el silencio a las butacas y el cenital al taburete.

POETA. "Yo la quise, y a veces ella también me quiso. En noches como ésta la tuve entre mis brazos. La besé tantas veces bajo el cielo infinito. Ella me quiso, a veces yo también la quería. Cómo no haber amado sus grandes ojos fijos. Puedo escribir los versos más tristes esta noche. Pensar que no la tengo. Sentir que la he perdido. Oír la noche inmensa, más inmensa sin ella. Y el verso cae al alma como al pasto el rocío. Qué importa que mi amor no pudiera guardarla. La noche está estrellada y ella no está conmigo. Eso es todo. A lo lejos alguien canta. A lo lejos. Mi alma no se contenta con haberla perdido".

Como ocurriera antes, en cuanto el poeta termina la estrofa y salta del taburete con el gol en la boca, vuelve a iluminarse el escenario y el público prorrumpe en gritos de júbilo que el poeta agradece. Lo hace como acostumbra, corriendo por el campo literario hasta detenerse y, rodilla en tierra, disparar una flecha. Después reinicia el trote, voltereta incluida, hasta acabar acunando a un posible bebé. Inmediatamente se chupa el pulgar y besa el escudo de su camiseta al tiempo que, con ayuda de los pulgares señala a sus espaldas un hipotético nombre y número. Los aficionados celebran la actuación del poeta con nuevas muestras de admiración y los clásicos gritos de guerra deportivos, incluyendo el "a por ellos oé, a por ellos oé..." Cuando el poeta da por concluidas sus gracias se apaga el escenario. Sólo el cenital sobre el taburete para que el poeta termine sus dos últimas estrofas.

POETA. "Como para acercarla mi mirada la busca. Mi corazón la busca, y ella no está conmigo. La misma noche que hace blanquear los mismos árboles. Nosotros, los de entonces, ya no somos los mismos. Ya no la quiero, es cierto, pero cuánto la quise. Mi voz buscaba el viento para tocar su oído. De otro. Será de otro. Como antes de mis besos. Su voz, su cuerpo claro. Sus ojos infinitos. Ya no la quiero, es cierto, pero tal vez la quiero. Es tan corto el amor, y es tan largo el olvido. Porque en noches como ésta la tuve entre mis brazos, mi alma no se contenta con haberla perdido. Aunque éste sea el último dolor que ella me causa y éstos sean los últimos versos que yo le escribo".

El escenario se ilumina de nuevo y el poeta salta del taburete. La fiebre parece haberse apoderado de los aficionados que, enardecidos y subidos a sus butacas no cesan de gritar. También hacen la "ola", felices por el desempeño de su ídolo y entonan un himno (podría ser el Nunca caminarás solo *dedicado al Liverpool). Mientras tanto el poeta, cada vez más exaltado, corre despendolado por el escenario besándose un posible anillo. Cuando se detiene, se lleva la mano a la oreja, tal vez porque todavía no le parecen suficientes las alabanzas, y el índice a los labios, como reclamando silencio a posibles adversarios. Luego se baila una samba y se señala con los pulgares el pecho para, inmediatamente, ahora con los índices, señalar el suelo dando a entender que él habla ahí, en el campo. Algunos, los más eufóricos, arrojan sobre el terreno literario algunos objetos: libros, hojas de papel, bolígrafos... Finalmente, los aficionados saltan al terreno y sacan a hombros al poeta.*

Apagón.

La dama de las camelias... parte atrás
(Café-Teatro)

Personajes:

Presentador

Margarita Gautier

Armando Duval

(Tres espectadores)

Bajo una luz cenital y de riguroso frac, el presentador de la función da inicio a su labor con la solemnidad que requiere tan magno evento.

PRESENTADOR/A. Ladies and gentlemen, madames et messieurs, señoras y señores... muy buenas noches. Con los auspicios del Consejo General de Cultura de la Comunidad Europea... *(En este punto podría el presentador resaltar, si lo considera, el patrocinio de Pollos Victorina)* me complace presentarles por primera vez en Santo Domingo, "La dama de las camelias... parte atrás" primera de las obras que la Unión Europea, a través de su Comisión para el Desarrollo de las Culturas de Ultramar (CODECUL) se dispone a representar por distintas capitales latinoamericanas con objeto de acercar las más sublimes expresiones del teatro y la literatura europea al acervo del vulgo americano.

Por si acaso alguien no recordara la original obra del romántico francés Alejandro Dumas hijo, "La dama de las camelias", así, a secas (sin parte de atrás), nos narra el apasionado romance en que se vieron envueltos Margarita Gautier y Armando Duval. La señora Gautier dirigía un negocio en París un tanto controversial... Estamos hablando de una casa de... de una casa a la que acudían, especialmente por la noche, ilustres personajes sociales, incluso de la corte, y al que, tal vez por ello, la maledicencia de la plebe se refería como casa de... de cortesanas. El señor Duval amaba a Margarita desesperadamente e insistía en una relación imposible porque la dama, aunque supuestamente le correspondía, prefirió renunciar a su amor para no exponer a Armando Duval a la terrible enfermedad que había contraído: la tuberculosis. La obra de Dumas concluye con la muerte de Margarita y la desolación de Armando que barrunta su suicidio.

En la versión que les vamos a presentar se han tomado en cuenta algunos giros criollos que resitúen a los personajes en un marco paralelo y distante en el que, sin embargo, conserven su esencia, como podrán apreciar seguidamente.

Lamentablemente debo informarles que se han producido algunos inconvenientes durante el proceso de gestación de esta pieza al punto que carece de final. Se cree que la enfermedad del autor, tal vez de tuberculosis, le impidió cerrar la trama. Para subsanar este inconveniente vamos a necesitar el concurso de algunos de ustedes, en concreto de tres espectadores, para que hagan el papel de asesinos de Armando y Margarita.

De más está decirles el riesgo que corremos en el caso de que no se presenten voluntarios ya que la función no debe prolongarse más allá de una hora. Sin embargo, y como suponemos que van a ser decenas los voluntarios que aspiren a debutar en el teatro y en el crimen esta noche, hemos dispuesto que sea el azar quien elija a los tres afortunados que den rienda suelta a sus bajos instintos y a quienes deberán esperar a otra función.

Para ello traigo conmigo estos sobres *(Mostrándolos)* en los que están las instrucciones y que gustoso voy a repartir entre las manos que los soliciten.

Antes me gustaría aclarar algunos puntos que no deben olvidar. El primero es que el Asesino-1 solo podrá subir al escenario cuando Margarita diga: "¿Y si resulta que son violentos?" Solo entonces, el Asesino-1 sale al escenario, lee en voz alta el "Mensaje Asesino" *(Breve mensaje en verso del que se ofrecen ejemplos al final del texto)*, que encontrará en el sobre, y procede a matar a los dos personajes tal y como se le indica. No se permiten las improvisaciones.

Si ocurriera, y es muy probable que así pase no obstante la pericia demostrada por el Asesino-1, que los dos personajes se resistieran a morir o su agonía se retrasara más allá de lo prudente, subirá al escenario el Asesino-2, leyendo su mensaje asesino y ejecutando el crimen como le indique su carta.

Y si persistieran en agarrarse a la vida los dos condenados, una vez se retire el segundo asesino saldrá a escena el tercero para leer su mensaje y rematarlos.

Queda a criterio de los asesinos volver a su mesa una vez hayan hecho su trabajo o aprovechar la ocasión para suicidarse en el escenario donde quedarán como fiambres hasta el final de la representación. De más está decirles que gozan de absoluta impunidad tanto en relación a la justicia como al teatro. El parlamento de Margarita Gautier "¿Y si resulta que son violentos?" que, paradojas de la vida, desencadenará la violencia, por razones obvias, se produce al final de la obra coincidiendo con el momento en que suelen acabarse las cervezas.

Hecha la presentación, el actor reparte los sobres a quienes se los pidan y se retira.

Se encienden las luces del escenario ocupado por una pequeña mesa, una silla y una papelera. Se trata del despacho de Margarita Gautier.

A los acordes del "Rien de rien" de Édith Piaf entra majestuosa Margarita desde el público hasta detenerse en medio del escenario. Súbitamente, el "Rien de rien" da paso a una bachata y Margarita, deja traslucir cierta despendolada "alegría" hasta entonces impensable. Finalmente, cuando repara en la hora, manda a detener la música, se sienta tras su mesa y se afana en poner en orden la contabilidad de su negocio.

MARGARITA GAUTIER. Mon dié... ya son las 12 y yo todavía no termino de hacer las cuentas y cuadrar el día ¡Vamos a ver... la Macarena hizo 8 clientes! ¡Cómo ha bajado el porcentaje! ¡Y la Sharmin todavía está peor, 4, solo 4 y además los mismos de la semana pasada! Suerte que la Teresa Campos mantiene el tono y que cada noche anda mejor. La que está insuperable es la Cedeño... ¡20 anotaciones! ¡Vent! ¡Le voy a subir las dietas y las comisiones! ¡Como esto siga así y Bonetti no se me lesione en dos meses abro otra nueva sucursal...!

En algo repara Margarita que, de improviso, la idea ya no le parece tan buena.

MG. Aunque no sé, quizás fuera mejor poner un banco, sí... ¡Cómo no se me había ocurrido antes, un banco es lo que más deja y no tiene tantos gastos y tampoco riesgos! ¡Sí, me gusta la idea! ¡Saco el banco, lo subo, lo bajo, lo subo, lo bajo, un desahucio pug isí, un desalojo pug allá, lo quiebro, lo aflojo y el Estado viene y me rescata! ¡Es un negocio redondo y de mejor reputación!

Margarita se va entusiasmando. Los nombres de las empleadas de Margarita Gautier, tanto las citadas como las que quedan por nombrar, pueden adaptarse al gusto del lugar y del montaje.

MG. Sí... y en el negocio de la banca uno conoce y se codea con gente importante... ¡Ya me parece estar viendo el gran letrero luminoso sobre el edificio: ¡Banco La Gran Vaginé, la mejor manera de entrar y salir... Gautier y Asociadas SL! ¡Ahora mismo lo anoto para que no se me olvide!

Al anotarlo Margarita reflexiona, su entusiasmo desparece y el negocio que acaba de imaginar ya no le parece tan atractivo.

MG. ¿Un banco? ¿Un... banco? ¡Pero cómo se me ha podido ocurrir semejante idea! Soy demasiado ingenua e inocente como para bregar con un negocio como ese, que una cosa es ser puta y otra... Además, para qué iba a querer cambiar este negocio. A mi casa de putas también acude gente importante... No, definitivamente no, me quedo como estoy, con mi negocio de toda la vida, que más vale ser puta conocida que banquera por conocer.

Margarita retoma la contabilidad de la empresa.

MG. Y bien, para mañana por la mañana descansa la Ayuso y la Bonillita... sí, muy merecido ese descanso, que son unas leonas, esas sí que se fajan. La Pantoja y la Preysler pasan al turno de noche y la Grullón... ¡Oh no, otra vez con la menstruación! ¡Qué joder! En fin, ya veo que tendré que sacrificarme y trabajar doble turno. Y bien, eso fue todo por hoy. Tres bien, tres bien, que bien se trabaja cuando se trabaja bien.

Llaman a la puerta y Margarita se sorprende.

MG. ¡Oh...! ¿Quién será a estas horas? Nicolás ya pasó.

Se repiten los golpes en la puerta.

MG. No, ese no puede ser don Nicolás, ese nunca llama dos veces a la puerta. Ese entra y se agarra como un perro de la primera que encuentre.

Vuelven a llamar y Margarita, muy fina, responde a la llamada.

MG. Entré s´il vous plait, la puerta está abierta.

Al reiterarse la llamada en la puerta, Margarita reacciona enojada.

MG. ¡Que entre le digo... coño!

La puerta se abre y entra Armando Duval. Vehemente y apasionado viste un raído frac y oculta a su espalda una rosa que obsequiar a Margarita.

MG. ¡Oh no, es este idiota otra vez! ¡Y yo que creía que era Bill Clinton que venía a tocar el sexo, digo... el saxo!

Desde la puerta, Armando da rienda suelta a su entusiasmo con un marcado acento francés.

ARMANDO DUVAL. Bon jour mon amour, bon jour ma petite rosa, la plus belle fleur du jardin de l´amour.

MG. ¡Ya empezamos!

AD. ¡No, no digas nada Margarita! ¡Déjame contemplarte, déjame saborear este sublime instante en que mi corazón y tu corazón laten con arrebato como si fueran uno solo! ¡Permíteme admirarte Margarita, la plus, qué digo plus, la más plus belle fleur de le jardin de tout Paris, de tout la France, de tout le monde!

MG. ¡Ahora le ha dado por la horticultura!

Armando, rosa en ristre, se acerca a Margarita.

AD. ¡Te he traído esta hermosa y olorosa rosa que rebosa celosa mon amour pour tuá!

Tan vehemente se muestra Armando que su francesa pronunciación va a provocar un desgraciado incidente al proyectarse el tuá final sobre el rostro de la dama. Margarita, sin inmutarse, se limpia la cara del involuntario salivazo y murmura.

MG. ¡Qué puerqué!

Después toma la rosa que le ofrece Armando, la mueve en el aire sin saber qué hacer con ella y, finalmente, la deja caer con desgana, como si no fuera la primera rosa que Armando le regala.

MG. Con unas cuantas visitas más completo el ramo.

AD. ¿Recibiste mi epístola?

MG. ¿Que si recibí qué? ¿Ques qui ti di?

AD. Que si recibiste mi epístola, mi misiva, mi recado, mi carta.

MG. (*Entre dientes*) ¡Ma meg... qué vocabuleg! ¿Era un sobre lila?

AD. Ouí, Margarita.

MG. ¿Y lo remitía "Efluvio Apasionado"?

AD. Ouí, ouí, Margarita.

MG. ¿Y apestaba a pachulí?

AD. Ouí, ouí, ouí, Margarita.

MG. Pues óyeme ouí, ouí, ouí... no la he recibido... aunque déjame ver.

Margarita revisa rápidamente la papelera.

MG. No, definitivamente, yo no he recibido esa mierda.

Armando parece contrariado. Tras una pausa reacciona.

AD. ¿Por qué eres así conmigo, Margarita? ¿Pug cuá? Tenía tantos deseos de verte, tantas ansias por abrazarte, por besarte...

MG. ¿En qué quedamos, querías verme o buscabas otra cosa?

AD. Todas las emociones contenidas han venido tras de mí...

MG. Pues no las hagas esperar. Diles que pasen. ¡Pasen emociones, pasen!

AD. Ya no resisto, mon amour, esta loca pasión, este fuego abrasador que arde febril por ti.

MG. Armando, mucho cuidado no me vayas a quemar la alfombra...

Armando cae de rodillas ante Margarita.

AD. Margarita... j´e t´aime, j´e t´aime, j´e t´aime.

Margarita hace una pausa y parece sopesar la situación.

MG. C´est bien Armando. Por tratarse de ti te lo voy a dejar en 50 francos, pero no lo comentes por ahí que luego vienen todos a que les haga la misma rebaja.

Armando no sale de su asombro

AD. ¡Margarita Gautier!

MG. ¿Y a qué viene esa cara? ¡Ese es un precio ruinoso para mí! ¡Ni Lilian Tintori te lo haría por menos!

AD. ¡Margarita, je parlé de l´amour, de l´amour! ¡Cómo iba yo a aceptar que solo el vil metal hiciera posible nuestro amor?

Margarita vuelve a interesarse

MG. ¡Armando... tú no me habías dicho que fuera de metal! ¿Y es todo de metal? Porque si es así se podría considerar la tarifa y hacer algún reajuste... Es más, te lo voy a dejar en 40 francos.

Armando estalla.

AD. ¡Mon dieu, Margarita, no te voy a pagar nada! ¿Comprendé vu? ¡Nada! ¡Ni cinquan, ni cagan, nada, rien de rien!

Ahora es Margarita la que estalla.

MG. ¡Mire desgraciao, mamasijaya, rapafiaopal25, soplapollas, pringón de mierda...!

En pleno desahogo Margarita recapacita consciente de haber perdido los papeles. Invoca a los maestros del teatro y retoma el personaje en todo el esplendor y la finura de la lengua francesa.

MG. ¡Stanislavsky, Ionesco, Fassbinder...! Merde pour toi espe de peticó! Pero bueno... ¿tengo yo cara de trabajar gratis? ¡Hágame el favor que mi culo hay que respetármelo. Todo el día trabajando como una puta para que ahora venga el señorito a llevárselo por su linda cara!

Armando parece avergonzarse.

AD. ¡Calla, mujer, calla, hieres mi corazón!

MG. Será porque lo tienes en el bolsillo que es lo único que te duele... ¡miserable! ¡Si hoy ocupo la posición que ocupo es porque desde que nací no me he bajado de la cama! ¡Trabajando, sin descansar, trabajando!

Margarita busca respaldo y comprensión en alguien del público.

MG. ¿Usted sabe lo que es eso?

Inmediatamente advierte motivos para cambiar la pregunta por una afirmación.

MG. ¡Usted sabe lo que es eso!

Después vuelve a hacer blanco a Armando de su indignación.

MG. ¡Miserable, que eres un miserable!

AD. Pero... ¿por qué hablas como si fueras una vulgar prostituta?

Margarita se carcajea al constatar la ingenuidad de Armando.

MG. ¿Y quién te creías que era? ¿Corinna de Borbón? Claro que soy una puta, pero no cualquier puta. ¿A quién te me parezco?

AD. ¡A... la Bernarda!

MG. No, no lo digas tú, idiota, que lo diga el público. ¿A quién me parezco?

Margarita escoge la respuesta del público que más le convenza... Armando se muestra hundido.

AD. Dime que no es cierto lo que estoy oyendo, tú, mi venus, mi afrodita, mi sílfide...

MG. De acuerdo Armando, seré tu venus, seré tu afrodita... ¡pero no fui yo quien te pegó la sífilis! ¡A buscar a otro lado, buen perro!

Decepcionado ante el rumbo que están tomando los acontecimientos, Armando se ve en la necesidad de poner las cartas, también las toses, sobre la mesa.

AD. ¡Ya basta Margarita, ya basta! No es necesario que sigas adelante con esta farsa. Lo sé todo. ¿Me oyes? ¡Todo! ¡Todo! ¡Tut!

Margarita se preocupa.

MG. Bueno Armando, ya sabes bien como es este país, aquí nadie paga los impuestos....

AD. No es eso, Margarita.

MG. Pues si te han ido con el chisme de que yo contrato a menores de edad, eso no es verdad. Lo que pasa es que algunas tienen carita de niña, cuerpecito de niña, que hasta parecen niñas, pero ya tienen 18... cirugías.

AD. No es eso, Margarita.

MG. Ya caigo. Lo dices por él ¿verdad? Pero tú sabes como es este oficio y el presidente también tiene derecho a distraerse...y a veces se acerca por aquí a pasar un rato, a pasar la noche, a pasarse una semana... Es posible que se acabe por mudar aquí... pero no lo comentes.

AD. No es eso, Margarita.

MG. *(Ya harta)* No es eso, no es eso, no es sexo... Parlé vú Armando. ¿O es que nos vamos a pasar toda la noche jugando a las adivinanzas? ¡Parlé vú!

AD. Sé que me amas como solo tú puedes amar, pero piensas que nuestro amour es imposible por causa de tu cruel enfermedad...

MG. ¿Pero de qué estás hablando?

AD. De la tuberculosis que te está matando. Por eso callas, pog amor a mí, por eso te muestras despiadada, cruel, para que yo te olvide, para que yo no sufra... ¡Oh ma peti yoli, ma peti chegi, mon chanson d'amour!

Margarita recula alarmada y se lleva la mano al culo.

MG. ¿Tú te has vuelto loco?

AD. Ouí, loco de amor, Margarita. Solo tú me importas. Aunque tengamos hijos tuberculosos que aprendan a toser antes que a hablar, aunque en lugar de leche desayunen bacilos... ¡Si hemos de morir, moriremos juntos, retorciéndonos, convulsionándonos, vomitando sangre y espumarajos, pero juntos tú y yo!

Armando acosa a Margarita que inicia una huida entre el público.

MG. ¡Socorro, que me persigue un loco!

AD. Cuando la tuberculosis esté a punto de matarnos, con el último aliento de mis flemas, te diré: j´e t´aime. Y en la postrera náusea repetiré: j´e t´aime. Y cuando ya agónico no tenga para ofrendarte más sangre tuberculosa, algún quejido póstumo de huesos, alguna víscera inconforme, algún pellejo que supo de tus manos regurgitará en mi nombre que j´e t´aime.

Armando se abalanza sobre Margarita que se lo quita de encima como puede y frena enérgicamente el ímpetu de su enamorado.

MG. ¡Ya está bien Armando, ya está bien! Pero bueno... ¿quién te ha dicho a ti que yo estoy tuberculosa? ¿Quién? ¿Tú me has oído toser alguna vez? ¿Tú me has visto escupir una flema? Otra cosa no te diré... ¿pero flemas? En mi vida he estado más sana y tengo testigos: 12 diarios. ¡es que no tienes ojos en la cara? ¿Es este el cuerpo de una mujer enferma?

Antes de que Armando responda Margarita se adelanta.

MG. No, no lo digas tú, baboso, que lo diga el público. ¿Es este el cuerpo de una mujer enferma?

Margarita hace apología de sus atributos entre el público hasta que, satisfecha, regresa junto a Armando.

MG. ¿Conforme, Armando? En lo que va de año lo único que me he agarrado fue una diarrea mucupurulenta el que día que vino aquí tu padre...

Margarita tiene alguna duda.

MG. ¿Tu padre o fue Juan Guaidó? Pero por lo demás ni un simple virus.

AD. Entonces no es verdad que tengas tuberculosis.

MG. ¡Qué voy a tener Armando, en todo caso, algo de irritación de vez en cuando, pero eso con Lemisol lo resuelvo!

AD. ¿Y tampoco es verdad que me amas?

Margarita se conmueve por la ingenuidad de Armando y se le aproxima conciliadora.

MG. Armando... a veces pareces un enfant, tan peti gaté, tan inocenté, tan pendejé, tan gilipollé...

AD. Pero si es cierto que eres una hetaira, una ramera, una meretriz una cortesana, una pelandusca...

MG. ¡Cuántas cosas he llegado a ser!

AD. ¡Una puta!

MG. Cest bien, Armando. No sé por qué lo hago, pero te lo voy a dejar en 30 francos.

AD. ¡Fil de put, rastrera de merde!

Margarita ya no aguanta más insultos.

MG. ¡Ecuté muá, señor mío, no le consiento que me falte al respeto en mi propio burdel! ¡Salga inmediatamente de esta casa... de putas!

Lejos de obedecer, Armando saca de un bolsillo una navaja barbera.

AD. Lo siento Margarita, debí hacerlo mucho antes.

Margarita advierte la navaja y la amenaza de su enamorado.

MG. ¿Qué debiste hacer mucho antes? ¡Ah...! ¿Te quieres afeitar? Ahora mismo voy a buscarte el agua y el jabón.

Armando interrumpe la huida de Margarita

AD. No va a poder ser Margarita, los muertos no caminan.

MG. Entonces pediré por teléfono que te lo suban...

AD. No va a poder ser Margarita, los muertos no hablan por teléfono.

MG. *(Entre dientes)* ¡Qué inútiles son los muertos...!

AD. Si no pudo ser el amor será la muerte.

MG. No hay que ser tan pesimista Armando....

AD. La muerte sí, curiosa ironía, nos traerá la vida y a su encuentro iremos uno detrás de otro.

MG. Eso, mátate tú primero que yo te sigo.

Armando levanta su navaja dispuesto a dejarla caer sobre Margarita.

AD. ¡Muere, muere, muere!

MG. ¡Un moment, un moment!

Margarita consigue que Armando detenga el brazo armado y "repentinamente" comienza a toser, al principio suavemente, después con toda la fuerza de sus pulmones y garganta.

MG. ¡La tuberculosis! ¡Ya me agarró la tuberculosis! Sabía que me iba a pasar en cualquier momento. Claro, con toda la familia tuberculosa... ¿Quieres oír como toso, Armando?

Armando se acerca a Margarita para mejor oír sus toses y Margarita tose en todas las escalas.

MG. ¡Me está matando, me está matando la tuberculosis!

AD. Yo te voy a ayudar mon cheguí.

MG. No te molestes. Sé morirme sola. Precisamente cuando llamaste estaba pensando en morirme.

AD. Quiero estar a tu lado cuando eso ocurra

MG. No te lo recomiendo, es muy contagioso.

AD. Mejor, así compartiremos algo.

MG. Y por qué mejor no compartimos una copita de champán... ¡Camarero, pog favog, una botella de Moete-Chandon!

AD. No va a poder ser Margarita...

MG. Sí, ya lo sé, los muertos no beben Moete-Chandon.

AD. Hasta aquí llegaste Margarita. Bay bay. Nos vemos en el otro mundo.

MG. Solo eso me faltaba, jodiendo allá también.

AD. ¡Muere, muere, muere!

MG. ¡Un moment, un moment!

Armando vuelve a interrumpir su crimen. Margarita ha encontrado un resquicio por el que apelar otro nuevo recurso.

MG. C'est bien Armando, acepto mi trágico final. Si he de morir... ¡que sea! ¡no voy a resistirme!

¡Vamos! ¿A qué esperas? ¡Aquí está mi vientre... aquí está mi pecho... *(Margarita se va acercando provocadora a Armando)* aquí está mi cuello... mis labios...! ¡Mátame corazón, mátame... y te lo voy a dejar en 20 francos!

Armando reacciona indignado.

AD. Ahora sí que se acabó ¡Se finí, Margarita! ¡Muere, muere, muere!

MG. ¡Un moment, un moment!

De nuevo Armando pospone la ejecución.

MG. ¿No te parece que merezco una muerte más sublime? ¡Qué bochorno, Armando! Ir yo, Margarita Gautier, la primera meretriz de la República, la musa que inspirara a músicos y poetas, la reina de las noches parisinas... ¡a morir a navajazos! ¡No me jodas! ¡Qué vulgaridad ¡Jamás pensé que fueras tan miserable, tan arrabalero, tan zumbibolsa! ¿Qué van a decir mañana los medios de comunicación cuando encuentren mi cadáver? ¿Qué va a decir Le Figaró, The Times, The New York Times? *(Margarita vocea el titular como si fuera un canillita)* "¡Matan a Margarita Gautier a navajazos!" ¡Qué ogdinagié Armando!

Armando, abochornado, arroja al suelo la navaja.

MG. ¡Y además estando ahí, sobre la mesa, la pistola que se dejó Alejandro Dumas la otra noche cuando...!

Margarita repara tarde en su error.

MG. ¡No! ¡No he dicho nada...!

Armando toma la pistola y apunta a Margarita.

AD. C'est fini, Margarita ¿tienes a quién encomendarte?

MG. ¿Me permites consultar la guía telefónica?

AD. Solo te permito decir te quiero por última vez.

MG. ¡Ah coño, Armando... haberlo dicho antes! ¡Te lo doy gratis!

Armando, desesperado, levanta de nuevo la pistola dispuesto a disparar.

AD. Ahora sí, Margarita. Hasta aquí llegaste. ¡Muere, muere, muere!

MG. ¡Un moment, un moment!

Armando, absolutamente harto, tira al suelo la pistola. Ya no es Armando sino el actor que lo encarna quien habla.

AD. ¡Ya está bien, Margarita, a este paso no te voy a matar nunca! ¿Qué pasa ahora, que la pistola no tiene licencia y a ti no se te dispara con cualquier pistola?

MG. Es que no soporto los ruidos...

AD. ¿Y cómo te mato entonces?

MG. ¿No lo podríamos dejar para mañana?

AD. ¡No, Margarita, mañana no hay función! ¡Tiene que ser ahora!

MG. ¿Y si nos matamos en el camerino?

AD. ¡Que no, Margarita, que no, que no puede ser! La muerte tiene que ser aquí, y no cualquier muerte. Debe ser a lo grande, como lo hacen los americanos, que haya un chorreo de vísceras cayendo sobre las mesas, a cámara lenta, que la sangre lo salpique todo...

MG. ¡Qué asco Armando! ¿Y si los espectadores se molestan? ¿Y si resulta que son violentos?

A partir de este momento saldrán a escena en el orden dispuesto de antemano los espectadores a los que les haya correspondido el papel de "asesinos" de Armando y Margarita procediendo tal y como se les indique en los sobres repartidos al inicio del montaje.

Nota del autor

En relación a las armas que vaya a usar el público para asesinar a Margarita y Armando puede servir, no obstante la crueldad del método, la lectura de un poema de Ángel Lockward; un lote de sardinas pica-pica; una nominación de Acroarte... A su criterio lo dejo. La tercera muerte, eso sí, debe ser con la pistola que el asesino encontrará sobre la mesa.

Por seguir facilitando las cosas copio los tres mensajes y tipos de muerte que utilicé la última vez que Micky Montilla y yo montamos esta pieza en el Bar del Teatro Nacional con motivo de un festival de teatro.

Primera muerte: A pepitazos. Había que aprovechar el oro dominicano antes de que se lo lleve la Barrick Gold. Pequeñas bolas de papel pintadas de púrpura o envueltas en papel dorado.

Mensaje 1:

Entre tanta muerte aleve

que merecen estos dos

ninguna me agrada tanto

como la lapidación.

Que por bocones y plebes

a pepitazos de oro
¡Toma Barrick! ¡Toma Gold!
y termine esta función.

Segunda muerte: Hay donde elegir, pero, sin duda, exponerse a ciertos merengues perjudica gravemente la salud.

Mensaje 2:

Aunque es virtud la piedad
y cristiana la clemencia
lo que acabamos de ver
merece una muerte perra,
porque no hay muerte más vil
sentencio a estos dos bellacos
a morir intoxicados
del kuliki taka ti.

Tercera muerte: La pistola.

Mensaje 3:

A los tristes personajes
de esta rastrera comedia
por mucho que se les mate
no hay muerte que los absuelva
pero ya que en eso estamos
y hay a mano una pistola
que este placer no sea en vano
y aquí paz y después gloria.

Reseña de *La dama de las camelias... parte atrás*

Esta pieza para café-teatro la escribí en 1987 a sugerencia de Antonio Pantojas, un maravilloso actor boricua y extraordinario ser humano fallecido hace tres años al que conocí, él como actor y yo como guionista, en un espectáculo celebrado en el Palacio de Bellas Artes de Santo Domingo en solidaridad con el barrio de Manganagua y que coordinaba Guillermina Ruiz. De aquel *Monólogo del subdesarrollo* ni conservo el texto. Por aquel tiempo, Pantojas y la cantante y común amiga Sonia Silvestre, volvimos a coincidir, aunque yo lo hiciera desde Nicaragua, en el Bar El Consultorio, en la zona colonial de Santo Domingo, con un espectáculo llamado *Las mujeres no son de nadie* basado en poemas de Nepomuceno Concepción que era el seudónimo que yo utilizaba para escribir en *Hablan los Comunistas* y *Abril* sin exponerme a ser deportado.

En abril de 1988 y en Casa de Teatro, Pantojas presentó un espectáculo al que él mismo se encargó de buscar un nombre y que no era, precisamente, breve: *Pantojas y Koldo a nuestra manera. Espectáculo bufo-ópera-do a capella y en dos actos y 7 pesos.* Intervinieron Laura Guzmán, Hamlet Robinson, Heicel Lazala y Thana Olmos, además de Micky Montilla que era por aquel entonces el asistente de Pantojas. La primera parte del espectáculo la conformaban dos parodias sobre la ópera *Evita* de Pantojas y *Romeo y Julieta* de mi autoría. (Esta pieza también está desaparecida). La segunda parte era el estreno de *La dama de las camelias... parte atrás* donde Pantojas hacía de Margarita y yo de Armando.

A partir de ahí, con Micky Montilla siempre en el papel de Margarita y yo haciendo de Armando (excepto una ocasión en Fígaro en que Micky y yo invertimos los papeles), este café-teatro se ha montado tantas veces y en tantos sitios que pretender hacer un inventario resultaría imposible. Tan imposible como la lista de espectadores que han visto la obra en más de una ocasión llevándose la palma Anita Ontiveros y Guillermina Ruiz que han sido testigos del drama tuberculoso más de una docena de veces.

Reynaldo Disla hizo las veces de director en los montajes que siguieron a aquella primera presentación de Casa de Teatro ya con Micky siendo Margarita, y César Olmos y Fernando Castillo hicieron el papel de "presentador" de la obra en distintos escenarios. La han producido, hasta donde me alcanza la memoria: Pantojas, Oleka Fernández, Julie Carlo, Anita Ontiveros, Indira Mejía, Enilda Columna, Henriette Wisse, Luis Ortega, Sócrates Suazo y Tati Olmos, además de Micky y yo mismo. También la produjo Hitz-Anaitasuna en Pamplona, 1991, con Jesús Garín en la presentación y Arantza Rodríguez como Margarita.

Se ha montado en el desaparecido restaurante Vía Brasil, en el también desaparecido Le Figaro (sótano de Cineplex) al que también se lo tragó el tiempo, en el restaurante El Edén de Santiago, en el Embassy Club del Hotel Embajador, en la Guácara Taína, en el Hotel Gran Almirante de Santiago, en la Atarazana (Club del Banco de Reservas), en el restaurante Maniquí, en el restaurante Cataluña, en el Bar Nicolás de Bari y en numerosas fiestas privadas, incluyendo una función en una enorme residencia de una señora evangélica que había invitado a toda su congregación (obviamente no sabía lo que estaba contratando) y en donde a falta de risas obtuvimos su perdón.

En Casa de Teatro, además de la citada al principio, se ha montado más de una docena de veces. Entre ellas, la producida por Oleka Fernández con su espectáculo *Cocktail Molotov* en el que también intervinieron Ibel Cruz, Heicel Lazala, Hamlet Montero y Juan Ramos.

Se montó en el Mexican Cultural Institute de Washington durante el V Festival Internacional de Teatro Hispano en marzo del 2002; en el restaurante Sambuca de Nueva York en el 2001; en la cárcel 19 de Marzo de Azua en el 2005 (de la mano de Urrategi Alberdi) e igualmente, en muchísimas oportunidades, en el Bar del Teatro Nacional de Santo Domingo. En el 2013, precisamente, durante el Festival Nacional de Teatro, tuvieron lugar las dos últimas funciones. En la primera de ellas, con Armando con neumonía, gracias a

Micky Montilla se consiguió llegar al final de la pieza. La segunda y última presentación, al día siguiente, fue suspendida por encontrarse Armando hospitalizado.

Si incontables han sido las funciones que de *La dama...* hicimos Micky Montilla y yo, copioso es también el inventario de incidencias que, por requerir otro libro para narrarlas, voy a tener que obviar. Sépase que hubo de todo, desde una función en la que a Micky un espectador le trató de agredir a botellazos, pasando por otra en la que uno de los "asesinos" de la función sacó una pistola de verdad, y acabando por otra presentación suspendida a los tres minutos de iniciarse (ni siquiera llegó a salir Margarita Gautier) luego de que algunas de las autoridades presentes (inauguración del edificio de la publicitaria Interamérica en Santo Domingo) se sintieran ofendidas por las palabras del presentador que, en esa oportunidad, era yo. Por cierto, entre las autoridades que asistían al acto se encontraban el embajador español en la capital dominicana; Corporán de los Santos, alcalde de la ciudad; y el presidente de Acroarte. La producción corría a cargo del director de cine Pinky Pintor. En esa función contamos Micky y yo con Guillermina Ruiz como maquilladora y surtidora de tragos.

Koldo Campos Sagaseta de Ilurdoz.

Semblanza de
Koldo Campos Sagaseta de Ilurdoz

Comencé siendo vasco, pero pronto fui también dominicano y, como insistí en seguir naciendo, ocurrió que también soy cubano, sandinista, saharaui, palestino, indio, negro, mujer...

Mi primer encuentro con la República Dominicana y su mejor expresión fue en 1980 en Nicaragua durante la campaña de alfabetización, cuando fui integrado en la brigada Gregorio Urbano Gilbert compuesta por 39 dominicanos y dominicanas, única experiencia educativa con que justificar el título de magisterio. Un año más tarde, de la mano de Arlette Fernández, una de las brigadistas, recalé en Santo Domingo donde celebramos la bienvenida de nuestra hija Irene y me nacionalicé dominicano. Al margen de un posterior retorno a Nicaragua y de alguna que otra vuelta por el País Vasco, en Santo Domingo aprendí a perder al dominó, a transformar un cocido en asopao, a hacer de una tormenta una jarina y de un arduo dilema una maldita vaina.

La pasión por contar historias me llevó a *Hablan los Comunistas*, *A Primera Plana* y, entre otras trincheras, a *El Nacional* en donde, hasta hace muy pocos años seguí cronopiando.

Un premio internacional de poesía en Nicaragua y otro de teatro en Santo Domingo fueron mi revulsivo para que la pasión por escribir acabara convirtiéndose en oficio y, porque osada es la ignorancia, hasta me atreviera a subir al escenario y, por unas horas, ser Dios, el rey de España, o Armando Duval.

No he dejado un género ileso: poesía, teatro, relato, novela, ensayo, cuento, guiones de cine, artículos de prensa... y he publicado alrededor de una quincena de libros que casi vienen a ser los mismos que aguardan su turno en un cajón.

Hace diez años, la misma mano que me llevó me trajo, aunque ahora se llamara Urrategi y, desde entonces, vivo en el País Vasco donde aún dura la fiesta por Itxaso y Haizea, dos buenos argumentos de 14 y 12 años para brindar, sea con sidra o con mabí, y seguir dándole gracias a la vida.

Actualmente escribo para el periódico vasco *Gara* (naiz.info) y para los electrónicos *la pluma.net*, el brasileño *desacato* y el azkoitiarra *Maxixatzen* junto al escritor y amigo Aitor Arruti.

También tengo un blog: *Cronopiando*, en el que expongo casi todo lo que escribo.

Obras

Como poeta: *Desahogos, blasfemias y observaciones* junto al poeta y amigo dominicano Luis Gallardo en 1982, Santo Domingo; *Miermelada*, editado por Taller con una maravillosa portada de Millaray Quiroga y firmado como Nepomuceno en 1984; *The Chusma Herald* I y II, en Iruña en 1991 y en Santo Domingo en el 93; *Canto a Evangelina Rodríguez* publicado en la colección *Libros libres* de *rebelion.org* y en el suplemento de *El Nacional*; *La caja negra* en el 2001, editado por el amigo Sócrates Soazo; y *Cronopiando en verso y otras vainas* en el Estado español en el 2010 y editado por Tiempo de Cerezas.

Como dramaturgo: al margen de las expuestas, citaría *La cueva de Salsipuedes*, una obra infantil para el Consejo Nacional de la Niñez, montada en Bellas Artes en el 2001; *Espectro de arena y sangre* en Iruña en 1991; una adaptación teatral del texto de Joister Gaarder *Codex Floriae (Vida breve)* y algunas piezas cortas para café-teatro.

Como narrador: *El duendecillo y la luna* (Cuento infantil. Rep. Dominicana. 1982); *Cuento terapéutico y subliminal para dormir a los enanos y a las enanas*, (Cuento infantil. Rep. Dominicana. Ed. El Retorno de la Alegría-UNICEF y CEDEE, 1982); *El rey necio* (Cuento infantil. Ed. Nacional. Rep. Dominicana. 2012); *Los Chilopios* (Cuento. Para Consejo Electoral de Nicaragua ilustrado por

Alforja-Costa Rica. Nicaragua.1984); *Itxaso: Diario de una bebé* (Ed. Tiempo de Cerezas. España. 2008); *Diario íntimo de Jack el Destripador* (Ed. Tiempo de Cerezas. España. 2009); *La Estatua* (Novela. Ed. Ediciones Clandestinas. España. 2011); *Bolero en llamas* (Cuento. Ediciones Casa de Teatro. República Dominicana. 1998); *Ciento veinte días* (Relato. Ed. Búho -Ángel Garrido-. Rep. Dom. 2017); *Esto solo se ve aquí* (Ensayo. Ed. Libros libres *rebelion.org*. España. 2011); *Estados Unidos: el país más pobre del mundo* (Ensayo. Ed. Libros libres. España. 2008); *Nadie nos va a echar del Paraíso* (Novela. Rep. Dominicana. 2014). *Peripecias variopintas y procelosas de un corrector y columnista vasco en la República Dominicana*, en el 2020.

Como periodista: *En el país de las maravillas* (Ed. Taller. Rep. Dom. Recopilación de columnas de opinión. Rep. Dominicana. 1996); *Cronopiando I* (Ed. Corripio. Rep. Dom. Columnas de opinión. Rep. Dominicana. 1998); *Cronopiando II* (Ed. Corripio. Rep. Dom. Columnas de opinión. 2000); *Erratas de prensa* (Ed. Libros libres *rebelion.org*. España. Periodismo. 2005).

He publicado artículos en diversos periódicos y revistas dominicanas como: *Hablan los Comunistas* (firmando con el seudónimo de Nepomuceno Concepción); *Abril* (también como Nepomuceno Concepción; *El Nacional de Ahora* (como Irene Pichardo durante el primer año (1982); *La Noticia* (como Juan Pichardo); *Listín Diario, El Sol, Clave Digital, Tiro al Blanco, Fuerza Socialista* (Como Marcos Zamora y Colectivo La Chusma), *CEPAE, Tiempos del Mundo* (como Benavides Solórzano), *Análisis, Ojo por Ojo, Pedículus Pubis, DDT*... así como en el periódico nicaragüense *Nuevo Diario* (Marcos Zamora), en los medios vascos *Maxixatzen, Aska* y *Gara*, en el brasileño *Desacato.info*, en el franco-colombiano *La pluma.net*, en los españoles *rebelion.org, Insurgente* y *Rojo y Negro*, entre otros.

En República Dominicana también fui productor ejecutivo del programa *En el meridiano* de Cecilia García y José Guillermo Sued en 1994 a través de Rahintel, y junto a Pedro Echeverría y Lilian Oviedo también fui responsable de la producción y conducción del programa *...y déjeme el cabo* a través de Teleradio América en el 2005, y del segmento *Con Koldura* en la RTVD (canal 4).

Colaboré en algunos programas de radio, como *El matutino alternativo* en 1994 y *América chín a chín* en Radio Universal junto a Socorro Castellanos y más tarde con César Nanum.

Como guionista: *Boquechivo presidente* (Cine. Harold Priego y Ángel Muñiz. Rep. Dominicana. 2004); *La verdadera historia del descubrimiento de América* (Cine. Adaptación de la obra teatral. Félix Germán. Rep. Dominicana. 2006); *Altamar* (Cine. Alberto Zayas. Rep. Dominicana. 2015); *Ojo de agua* (Cine. Nathalie Peña Comas. Rep. Dominicana. 2014); *Juana la loca* (Danza contemporánea sobre obra de Manuel Rueda para Ballet Roto. Rep. Dominicana. 2003). *Juanita*, coguionista junto a Leticia Tonos en el 2018.

También he laborado como guionista de televisión para Freddy Beras Goico (*El gordo de la semana*), Ángel Muñiz, Cecilia García (*Cecilia en facetas* y *En el meridiano*), Yaqui Núñez (*Otra vez con Yaqui*).

Como guionista también he tenido que ver con algunos espectáculos realizados en República Dominicana en el pasado como el Festival Internacional de Percusión y Danza Afroantillanas, celebrado en 1992 en el Jaragua y en la Fortaleza Ozama; Corazón Caribe que tuvo lugar en 1992 en la Fortaleza Ozama; el Festival Nacional de la Cultura: 500 Tambores de Identidad Nacional, celebrado en el puente Francisco del Rosario; Un Mañana Para Todos; Desconcierto por la Descentralización, entre otros.

Como actor: Al margen de mis propias obras, también he trabajado como actor, entre otras, en *El acompañamiento* (del dramaturgo argentino Gorostiza junto a Víctor Ramírez y dirigida por Indira Mejía. Rep. Dominicana. 1997); *La maldición del padre Cardona* (película dirigida por Félix Germán. Rep. Dominicana. 2005); *Haití Chérie* (Cine. Dirigida por Claudio del Punta. Rep. Dominicana. 2005); *Ellas* (Cine. Cortometraje. Dirigida por Saleta y junto a la actriz Elvira Taveras. Rep. Dominicana. 1991).

Reconocimientos

Primer premio del IV Concurso Nacional de Poesía Gregorio Aguilar Barea, Nicaragua, 1984; primer premio *¡Hágase la mujer!* Casa de Teatro, 1987, Rep. Dominicana; segunda mención Premio de Periodismo José Martí, 2003 en Cuba; primer premio en 1er Concurso Nacional de Poesía La Tertulia del Patio 2001. Rep. Dominicana; segundo premio Concurso de sonetos de la Feria del Libro de Santo Domingo, Rep. Dominicana, 1999; Premio Volodia Teitelboim de jornalismo independente e literatura. Florianópolis, SC Brasil, 2008; homenaje en Festival Internacional de Teatro Santo Domingo 2011; premio Letras de Ultramar, 2012. Literatura infantil, *El rey necio.*

Opiniones sobre Koldo

Juan José Jiménez Sabater (León David)
(Escritor, director de teatro y actor)

Es Koldo, sin lugar a dudas, uno de los más notables dramaturgos de las últimas décadas que en nuestro país (República Dominicana) llevara al escenario sus originalísimas creaciones. Poseedor de una pluma ágil, de una desbordada imaginación, como también de una palabra mordaz que corta con el filo de la causticidad cuanto prejuicio añejo o de nuevo cuño se le ponga por delante, su agudeza crítica —que a veces raya en la caricatura— siempre hace diana, siempre da en el blanco, saldándose semejante puntería paródica en desopilantes situaciones y conflictos que no pueden sino provocar, entre estruendosas carcajadas, la más fervorosa aprobación del público. Pero erraríamos de medio a medio si diésemos en suponer que a una mera humorada de traviesa índole se reduce la producción dramática de este vasco que con tan buen pie y calurosa acogida escribió y montó sus escénicas chanzas… Porque como todo buen satírico, tras la bufonada de inocua apariencia se agazapa la crítica, crítica social, moral, religiosa, pero crítica que obra a modo de despertador y pone a pensar. Si a lo expresado añadimos que en tanto que artista de la palabra Koldo se desempeña de manera magistral, ora construyendo personajes, ora articulando las peripecias, ora desenvolviendo los conflictos, habremos puesto de relieve algunas de las prendas que hacen de este autor teatral uno de los más simpáticos y queridos en nuestra patria dominicana.

Reynaldo Disla
(Escritor y teatrista)

El teatro de Koldo Campos Sagaseta expande un humor reflexivo y al verlo o al leerlo uno no puede prescindir de la sonrisa. Teatro que invita a juzgar las ideologías opresoras y los roles sociales en paisajes de injusticia. Piezas que convidan a razonar lo que se disfruta. La dramaturgia koldiana emplea el **anacronismo**: el Paraíso de Dios con oficinas modernas, tiendas, locutores, bailarines y comerciales; la **ucronía**: ¿qué tal si un indio taíno fue quien descubrió a España?; la **exageración** de la caricatura: el lambiscón nato aplaudiendo al mejor postor; y lo **absurdo**, la **parodia**, la **repetición**, la **sorpresa** y los **juegos del lenguaje** como herramientas de la comicidad. Drama que radiografía aventuras imperiales, el desprecio al oprimido, la discriminación a la mujer y sus raíces históricas o bíblicas. Un teatro rico en recursos de expresión y excelente uso del idioma, un modelo de pieza breve; es comedia o farsa vital, crítica, satírica, jocosa y participativa.

Manuel Chapuseaux
(Actor y director teatral)

No sé casi nada acerca de Koldo. Desconozco el nombre del pueblo en que nació, cómo se llamaban sus padres, cuántos años tiene y cuál es su comida favorita. Pero lo que sé de él me basta. Sé que todo lo que escribe me gusta, así sean sus poemas, sus cuentos, sus obras de teatro y —sobre todo— sus columnas periodísticas, que siempre quisiera haber escrito yo. Sé que nadie maneja la ironía y el sarcasmo como él. Sé que sus armas literarias siempre apuntan a los poderosos, a pesar de los muchos contratiempos que esa actitud le ha acarreado durante toda su vida. Y sé que, como él mismo se ha quejado muchas veces, en esta su segunda patria (República Dominicana) a la que quiere igual que a la primera, nunca se le ha reconocido lo suficiente. Pero en el fondo no importa. Koldo no escribe buscando reconocimientos. Escribe buscando pleitos, y lo hace con tanta calidad y belleza, que a veces hasta los encuentra. Me honro en considerarme su amigo, pero más que nada me honro en ser su consuetudinario lector.

Oleka Fernández
(Directora de teatro, actriz y titiritera)

Si mal no recuerdo, la primera obra de teatro que Koldo me dio a leer fue *La verdadera historia del descubrimiento de América* y para ese entonces ya me había cautivado con su exquisita poesía y sus impertinentes escritos como columnista en un periódico de circulación nacional. ¿Qué nuevo "tour" venía a jugarme su talento? Comencé pues la lectura del texto y bastaron pocas páginas para darme cuenta de que estaba frente a un libreto que tenía todos los atributos para conquistarme: humor, poesía, ingenio y subversión. Antes del desenlace ya quería ensayar el futuro montaje.

Durante varios años estuve muy cerca del teatro de Koldo, unas veces como actriz, otras como directora de algunas de sus obras, las más como espectadora, siempre como amiga del ser humano… Me encantaba esa dramaturgia novedosa, atrevida y estéticamente irreprochable. Comenzaron las producciones y ocurrió lo que lógicamente ha de esperarse cuando la materia prima del montaje, es decir el texto, es excepcional: las representaciones tuvieron un impacto considerable en la escena teatral dominicana cautivando a un nuevo y numeroso público.

Los textos de Koldo que más se han llevado a escena son sátiras feroces de las relaciones de poder que generan las injusticias sociales, y de las instituciones que las perpetúan: el machismo y la iglesia (en *¡Hágase la mujer!*); la doble moral social ante temas como la prostitución (su parodia *La dama de las camelias*), la manipulación que la versión oficial hace de la historia (*La verdadera historia del descubrimiento de América*).

A su "imagen y semejanza", el teatro de Koldo es provocativo, picante, incisivo… Por boca de sus personajes reparte bofetadas que él mismo, bellaco de alma dulce, se encarga de aliviar con su lenguaje refinado y poético. Pero su arma mortal es su humor, afilada y penetrante espada con la que despedaza jubiloso el blanco de sus críticas.

Durante las representaciones, el público no paraba de reír, sumido en un trance del que solo salía, por breves y piadosas pausas, para retomar el aliento necesario antes de la próxima carcajada. ¡La "cuarta pared" caía demolida y en la platea se prolongaba el espectáculo!

Al tiempo que escribo esta nota, me veo ensayando *La verdadera historia...* y siento la misma exaltación que cuando encarnaba "el vigía", por ejemplo, o cualquier otro de los personajes de Koldo, fantasmas improbables que solo exigían de los actores saber jugar al teatro como los niños, con sinceridad, osadía y frescura.

¿Qué me han dejado mis experiencias teatrales con el más vasco de los dramaturgos dominicanos? Sin ninguna duda, la confirmación de que solo preservando la libertad y la autenticidad es posible elevarse como artista para darle a la sociedad lo mejor de sí.

Ese es nuestro afán. Gracias, Koldo, por lo que te toca.

Mercedes Morales (Mechy)
(Coreógrafa y bailarina)

Koldo es, puedo decirlo, uno de los responsables del amor que le tengo a las palabras y a la narrativa, debido a nuestra amistad y a la admiración que siempre le he tenido. No pienso que existan muchos escritores con ese sentido necesario del humor, sensibilidad social y palabra certera.

Siempre lo envidié, sin la falsa envidia buena que no creo exista, pero con todo el respeto que me merece una de las personas más honestas que he conocido. En ocasiones le mostré alguna tontería que había hecho y él lo convirtió en algo importante. Hasta llegamos a montar en Ballet Roto, compañía que dirigí muchos años, cuentos suyos como: *El duendecillo y la luna* y *La cueva de Salsipuedes* que vivirán para siempre en mi corazón y memoria.

Ojalá algún día pueda llegar a tener por lo menos una quinta parte de su capacidad de contar historias. Con todo mi amor, Mechy.

Gerardo-El Cuervo-Mercedes
(Actor, dramaturgo, director teatral y poeta)

Leer y conocer a Koldo es abrevar en la fuente de un hombre que ha asumido la vida desde su integridad, sin importar lo que entrañe asumir la osadía de la honesta y rotunda humanidad de la que ha hecho gala en su vida cotidiana y en su obra como oficioso de la literatura. Estamos frente a un hombre cuyas inquietudes están presentes y defendidas en todas las áreas que explora, en las andanzas donde ha puesto su bandera internacionalista, solidaria, luminosa, rebelde, firme y amorosa. Koldo es un autor que en su quehacer creativo e intelectual no desdeña ni busca ocultar sus más sentidas inquietudes, sus sueños individuales y colectivos, ni sus fundamentos ideológicos, más bien sus postulados ideo-estéticos están presentes en cada una de las manifestaciones que trabaja, es un autor que no se puede diseccionar o reducir. Quien conoce sus columnas periodísticas y le conoce personalmente sabe que es un hombre de una incuestionable valentía y coherencia, rango ético que podemos cotejar también en su quehacer como escritor.

Estas palabras la podemos corroborar todos los que hemos tenido el placer de conocerle en República Dominicana, terruño que asumió como hogar por muchos años y cuyo cariño y respeto se ha ganado a pulso entre nosotros por su defensa permanente de los intereses comunes por el presente y futuro de todos, incluso con mayor fortaleza, garbo y honestidad que muchos nacidos en el país y que no son merecedores de llamarse dominicanos. Compartimos con Koldo esta nuestra isla y nos sentimos felices por ello. En muchos de sus personajes teatrales hay huellas de esta idiosincrasia, historia y realidad nuestras como marca testamental de su conocimiento vivencial del ser dominicano.

Creo pertinente hacer un poco de ejercicio y activación de la memoria para poner en contexto a los lectores respecto a nuestro autor y en lo que ha sido su accionar vital, su paso y permanencia por Quisqueya como parte de sus andanzas por América Latina y el Caribe insular. Y también para dar constancia a sus coterráneos vascos, de la fina estirpe de embajador que han tenido por estos lares y que generosamente nos han legado.

De sólida formación académica y dueño de una literatura cáustica, mordaz, con fino manejo de la ironía y el humor negro, Koldo es un autor incómodo que cuestiona mitos o eventos afianzados en el imaginario colectivo como la creación del mundo, como lo plantea en su obra *¡Hágase la mujer!*, pieza donde se mofa y cuestiona todos los personajes que forman parte de este acontecimiento bíblico para conectarlo a temas más cercanos a la historicidad y la contemporaneidad y que están directamente vinculados a la iglesia y a la construcción de su poder entre otros tópicos. Con igual intención aborda el tema del descubrimiento de América en su obra *La verdadera historia del descubrimiento de América*. Es un especialista y desenfadado provocador de la inteligencia popular ayudando a poner en el espejo social los desmanes permanentes de los poderes fácticos y el establishment.

Al entrar en contacto con su teatro apreciamos también el profundo conocimiento que posee sobre la realidad latinoamericana y los procesos que la conforman y afectan, conocimiento vivencial y académico, el diseño y conformación de sus personajes así lo demuestran. El teatro de Koldo tiene en su construcción lo mejor de la tradición del teatro hispánico y el teatro popular latinoamericano con sus capacidades de divertimento provocador e incisivo. Un teatro vital, como una hechura fiel de su brillante creador.

Susi Pola
(Periodista y feminista)

Cuando conocí personalmente a Koldo ya "cronopiaba" en *El Nacional*, periódico vespertino dominicano, donde empecé mi voluntariado como columnista, en febrero de 1996. Y Koldo, creo, era corrector de estilo para esa época. Para entonces, conocía por las referencias en la prensa, una buena parte de estas seis piezas magistrales objeto de nuestra atención.

En ese tiempo, conocer a Koldo, era bien importante y como se suele decir en el cliché de las evaluaciones, sobrepasó todas mis expectativas, hasta llegar a ser una persona cercana y querida en nuestra casa, cuando sus afanes lo traían a Santiago. Entonces lo solíamos invitar al "parnaso" santiaguero y nos deleitábamos con sus recuerdos y sus conocimientos, espacios altamente gratificantes de mi vida en el recuerdo de hoy.

Como había sido una fiel lectora de todos sus escritos periodísticos, y su dilatada dramaturgia, hicieron mi admiración, aún permanente, porque Koldo cuando escribe, rehabilita la vida y repara todo suceso histórico desde el mejor de los recursos, el humor, que en él es satírico, desconcertante, irónico, negro, sarcástico, absurdo y superrealista.

Por eso, sus relatos dramatizados para el teatro, son lo máximo, porque en ellos, Koldo permite que desvelemos la distorsión socio cultural de las grandes gestas de la humanidad, en las que se estereotipan las actuaciones por género, raza y etnia, clase, y muchos etcéteras. Lo hace a lo largo de toda su obra y cada pieza, como el monólogo *El aplaudidor*, constituye un divertido desmonte.

Tal es el desafío a lo establecido, que Koldo refuta todo aquello que trataron de que nos creyéramos a lo largo de la vida, y hasta replica la historia sagrada como un aporte a tanta mala intención por forzarnos a ver las cosas como no fueron. ¡Y solo por eso hay que agradecerle eternamente!

Empezando por *¡Hágase la mujer!*, obra escrita en 1986, en la que Koldo replantea el cuento de Adán y Eva en clave de humor, haciéndola mucho más justa que la que nos cuentan y Eva, lejos de ser esa mujer pasiva y eterna pecadora que han querido que seamos todas, es una mujer plantada, con ideas propias y auto estima alta. Con la imagen de esa Eva, todo fuera bien diferente.

No es menos la sátira del descubrimiento de América, mucho más apropiada como historia a un posterior desarrollo más equitativo y justo, que hubiera evitado tantas guerras, siempre santificadas y justificadas. Y en ese irónico relato de la llegada de los Colón a este mundo, la palabra "descubrir" se desmonta desde el ridículo, como también la nobleza de sus majestades.

Y es que, con Koldo, nadie se salva, la sociedad entera es justipreciada y quien vaya a ver, por ejemplo, *Sonata para un pianista*, no volverá a ser nunca más, si lo fue, una persona superficial, porque lo evita el tiempo de un *Claro de luna* de Beethoven. Ambientado en la sala de un apartamento, queda evidenciada la doble moral de esta cultura en cualquier parte del mundo.

Terminar diciendo que, en estas seis piezas de teatro, con el mejor de los humores, capaz de hacernos caer en la trampa de imaginar el mundo que debió ser, Koldo nos humaniza sin dejarnos de hacer reír. ¡Gracias Koldo! Y que tu teatro llegue a todo el mundo.

Claudio Rivera
(Dramaturgo, actor y director de teatro)

Es un hombre teatro, su palabra transgresora burla a los dueños del consumo, profesando desde el teatro la insurrección civil, haciendo reír a los muertos, hacer descender a Dios hacia los paraísos tropicales donde las Evas dicen y usan lo que quieren incluso pantalones y no le comen mierda a los adanes de turno. Un transgresor incorregible donde la palabra que representa se disfraza mordaz, ágil, farsesca, corrosiva e incorruptible, transpirando ingenio y verdad. Koldo, un transgresor que reivindica lo conceptual y el bienestar colectivo, que se salva en el teatro de lo caótico, que aporta a fundar un teatro iconoclasta, que lacera el mercado con su teatro filoso, lúdico y sobre todo divertido.

Indira Mejía
(Directora de teatro y actriz)

Conocí el ingenio de Koldo en 1992 a través de su obra *La verdadera historia del descubri... miento de América* que me llevó a perderme en su estilo mágico e imaginativo en donde existía de manera latente, a través de ese puente que construye desde su sensibilidad, la denuncia y crítica histórica y social de los hechos. Me enamoré de sus líneas y, posteriormente, me dejé arrastrar por otras obras magistrales como *¡Hágase la mujer!*, *La dama de las camelias... parte atrás*, *La cueva de Salsipuedes...* En fin, leer a Koldo en los distintos géneros que cultiva, sea dramaturgia, poesía, narraciones, ensayos, cuentos infantiles o artículos, es una experiencia que no solo deleita o divierte los sentidos con su fino humor negro, muchas veces contestatario y aguerrido, sino que nos pone en comunicación de manera crítica con nuestra realidad humana, social e histórica.

Micky Montilla
(Actor)

Si algo me gusta de Koldo y de todo lo que escribe es que transmite emociones, mueve conciencias, ofrece opciones. El maravilloso paisaje que vas leyendo en la armónica estructura de sus textos resulta un cuadro de risas y verdades hasta el llanto, y es que su extraordinario sentido del humor es su punta de lanza que entra en cabeza y corazón de todos, hasta del más necio. No se anda con medias tintas, complacencias, ni encargos… Koldo no compromete unos ideales que están a favor del enriquecimiento y gozo de la genuina belleza del ser humano. De sus obras destacaría sus *Cartas a Irene* (periodismo), *¡Hágase la mujer!* (teatro) y *Como gatos arriba de un tejado* (poesía). A Koldo le agradezco haberme dado alas. Porque su ausencia no pesara tanto y no me delatara hasta le puse Juan Carlos a mi perro, en honor a él.

Ángel Garrido
(Escritor)

Venir de España a Latinoamérica sin nadie que lo reciba es tarea poco grata. Pero regresar con fines colonialistas de Las Antillas Mayores a España cargado de aborígenes extintos es tarea para Koldo. Que sean justo-justo los indios extinguidos hasta su más acabada totalidad pocos decenios después de su desdichado encuentro con el colonizador carpetovetónico, es tarea que pone patas arriba la versión más socorrida de la historia.

Dígase que sí, y dígase todo lo que se quiera decir; pero si usted no se llama Koldo Campos Sagaseta por favor no intente decirme que fueron nuestros aborígenes quienes pusieron reparos ante la sobaquina de la mismísima Isabel La Católica. Mujer, mira que te pido que mires bien lo que dices. Mira que te digo que no. Que cómo va a ser eso. Que si eran ya de suyo estrictas en grado sumo las normas de aseo personal en la corte de cualquier reino europeo anterior a la extinción de taínos, siboneyes y caribes en territorio insular del Nuevo Mundo, cómo sería entonces posible que unos salvajes sin cristianizar procedentes de esas tierras lejanas pudieran invadir el Viejo Mundo, y cuya irreverencia ancestral los condujera a la innoble tarea de poner periquitos del olfato ante los aromas provenientes de la reina católica.

El teatro de Koldo no se representa todavía en los salones de Madrid y demás urbes españolas y de otras latitudes europeas porque ha sido escrito por un indio europeo que reivindica los derechos humanos y de gentes desde la aparición de la "Mulier sapiens" sobre la faz de África hasta nuestros días. En México, tierra firme continental y de escarpado relieve, sobrevivieron al sable del conquistador español innúmeras tribus de la etnia indígena. Al Instituto Mexicano de Cultura sito en la ciudad de Washington, DC, le ha parecido oportuna la representación ante su público entusiasta del teatro de Koldo. Unos tres lustros más tarde, la audiencia que lo aplaudió a rabiar pregunta por él.

Con vasca terquedad no cree el dramaturgo Koldo Campos Sagaseta de Ilurdoz ni en la una y uno. Postula de manera inquebrantable su pluma desde lo alto de todos los géneros literarios por él cultivados, que la gente es gente, y eso no le gusta a mucha gente.

Llegado el siglo oportuno, cuando se proyecte la obra koldiana en las salas cibernéticas del teatro venidero, ya Koldo habrá partido de este mundo y las generaciones del futuro habrán conquistado a pulso en un camino largo y escarpado el derecho a desprohibirlo.

El hecho mismo de que en las sagradas letras del cristianismo se mencione una sola vez la palabra **niña**, da por sí solo acabada cuenta de la tardanza con que se emite en la obra teatral de Koldo el esperado decreto de: *¡Hágase la mujer!* No hay costilla que la contenga; y por ello se ve Koldo en la obligación de hacer uso de la facultad que le concede la Constitución del mundo en el capítulo que versa sobre sus prerrogativas dramatúrgicas.

Pedro Conde
(Escritor)

Se llama Juan Carlos Campos Sagaseta de Ilurdoz (alias Koldo), y en otra época era mejor conocido como Nepomuceno Concepción. Si no tiene fortuna, tiene más nombres que un piloto de Iberia y, a su manera, Koldo también es piloto ya que suele remontarse a grandes alturas. De hecho, y por confesión propia, es una especie de astronauta: "Lo admito, sí, es verdad, vivo en la luna, aunque no he terminado de mudarme..." El término lunático, desde luego, le sienta de maravillas, en el mejor sentido de la palabra. Koldo nació en el País Vasco y es poeta y "teatrante", más bien pirómano, un incendiario de la literatura. Koldo se destacó escribiendo y representando sus propias obras en los más variados escenarios, haciendo de tripas corazón para lograr sobrevivir en un medio que nunca le permitió la bonanza económica. Se destacó también en el periódico *El Nacional* con su columna *Cronopiando*, que desde el principio llamó la atención y causó ronchas en la epidermis sensible de la diplomacia española y de ciertos círculos del poder.

La presión contra el columnista de *El Nacional* en realidad no cesó en ningún momento hasta que, finalmente, lo reventaron. Lo borraron de *El Nacional* con sica de gato porque no cabía en el nuevo diseño del diario según la marrística explicación oficial. Algunos todavía se esfuerzan en querer borrar incluso la memoria de su columna de este país que también es el suyo. Por eso, de vez en cuando, le regalamos un espacio como este para que pueda asomarse a la cotidiana amanecida de Santo Domingo y sus alrededores... El rasgo más distintivo de su ideología estética radica en una peculiar vocación para poner las cosas al revés, patas arriba, mostrando interioridades y detalles que la "moral" y el "buen gusto" prohíben. De su amor y respeto por la Biblia y por la Iglesia nació la deliciosa travesura de *¡Hágase la mujer!* Alejandro Dumas hijo tuvo algo que ver con su versión de *La dama de las camelias, parte atrás*. De igual manera, la gesta del Gran Almirante lo motivó a escribir *La verdadera historia del descubri...miento...* El derramar torrentes de fina hiel sobre instituciones y personas serias y respetadas le ha valido el calificativo de irónico y superficial, pero lo suyo es más bien el sarcasmo. La ironía es propia del filósofo desencantado. El sarcasmo lo ejerce el idealista esperanzado y asqueado a la vez. El tipo de idealista que, como Roque Dalton, gusta de "poner bombas en las noches de los imbéciles".

FOTOS

Koldo Campos y Micky Montilla en *La dama de las camelias... parte atrás.*

Koldo Campos y Micky Montilla, Dios y La Serpiente de *¡Hágase la mujer!* Repintados por María Aybar.

Periódico *El Celestial*, programa de mano de la puesta en escena de *¡Hágase la mujer!*

230

Cartel del Teatro de la Luna. Washington D.C. 2001.

Olga Bucarelli, Koldo Campos, León David, Micky Montilla y Antonio Pantojas. Elenco reunido para una puesta en escena de *¡Hágase la mujer!*

Koldo Campos Sagaseta y María Isabel Bosch junto al cartel del Teatro Margarita Xirgu que anuncia *¡Hágase la mujer!*, dirigida por Reynaldo Disla. Buenos Aires, Argentina, 2000.

Oleka Fernández durante un ensayo de *La verdadera historia del escubri...
miento de América*. Casa de Teatro, Santo Domingo, 1992.

Durante un ensayo de Izan bedi emakumea! (*¡Hágase la mujer!*) en
Azkoitia: Koldo, Gaizka Astigarraga, Alberto Aristimuño y Naroa Epelde.

Reynaldo Disla (el Hombre) y Koldo Campos (Dios), durante un ensayo de *¡Hágase la mujer!*

Koldo y sus tres mejores obras. De izquierda a derecha: Itxaso, Irene y Haizea. La primera tiene un enorme talento para la música; la segunda es una gran escritora, aunque todavía se resista a creerlo, y la tercera es una tremenda actriz. ¡Ninguna me salió abogada! Algo tuvimos que hacer bien las madres de las criaturas y un servidor.

Disponible desde diciembre de 2020. Editorial Galipote.